D1622592

HASHTAG

José Ignacio Valenzuela

Hashtag

NUBE **DE TINTA**

Hashtag

Primera edición: abril, 2017

D. R. © 2017, José Ignacio Valenzuela

D. R. © 2017, derechos de edición mundiales en lengua castellana:
Penguin Random House Grupo Editorial, S. A. de C. V.
Blvd. Miguel de Cervantes Saavedra núm. 301, 1er piso,
colonia Granada, delegación Miguel Hidalgo, C. P. 11520,
Ciudad de México

www.megustaleer.com.mx

ISBN: 978-607-315-235-8

Impreso en México – *Printed in Mexico*

El papel utilizado para la impresión de este libro ha sido fabricado a partir de madera procedente de bosques y plantaciones gestionadas con los más altos estándares ambientales, garantizando una explotación de los recursos sostenible con el medio ambiente y beneficiosa para las personas.

Penguin
Random House
Grupo Editorial

Para Alina,
inmortal y bella como la orquídea que me regaló

Perderse es también camino,
Clarice Lispector

La fotografía es un secreto de un secreto.
Cuanto más te dice, menos sabes,
Diane Arbus

Hashtag sust. masc. (en sitios web de redes sociales y aplicaciones):
una palabra o frase precedida de un hash (#)
que se utiliza para identificar, organizar y agrupar
los mensajes relacionados con un tema específico.
También se denomina así al propio símbolo de hash (#),
cuando se usa de esta manera.

No puedes negar que hoy en día todo se agrupa, organiza y comunica de manera tan intrascendente como un hashtag. El tema más *hot* del momento está de moda sólo unos minutos, se hace *trending topic*, recorre el mundo en una fracción de segundo y después se olvida sin remordimiento alguno. Pero el amor, los sentimientos, la identidad, no son hashtags. No son palabras vacías. ¡Claro que no! Son estados del alma, Eric. Y esos estados duran para siempre. Por eso odio los hashtags, porque por culpa de ellos se hizo costumbre escabullir el romance, la pasión, la piel sudada. Los hipsters del mundo comenzaron a esconder la esencia humana bajo frasecitas de autoayuda, gatos, tazas de café y filtros de tonos pastel. Todo muy limpio, *cool* y políticamente correcto. Como las fotos de Instagram, esas que tanto te gustan. Y si a eso le sumamos que tienes a la Luna en Escorpio, estamos frente a un caso de extrema gravedad. No, no me mires con esa cara. Si yo fuera tú, estaría prestando muchísima atención a lo que te estoy diciendo. ¿Que qué significa tener a la Luna en Escorpio? Simple.

Te guardas los sentimientos. No los dices, no se los comunicas a nadie. Los metes lo más adentro que puedes, para que así no tengan nunca la posibilidad de escapar. Porque para que decidas exteriorizarlos deben darse muchas condiciones a tu alrededor, condiciones que casi nunca son posibles ni realistas. Agrupas tus sentimientos, los organizas y los reduces a una sola palabra. A un hashtag. A un maldito hashtag que publicas en tus redes sociales. Por eso no hablas. Por eso nunca dices nada. Por eso eres el hombre con más secretos que conozco. Por eso te escondes en el interior de un baúl del que nadie tiene la llave. Por eso te comunicas sólo por medio de hashtags, porque un hashtag es algo tan colectivo y anónimo que es el lugar perfecto para esconderse de la crítica de los demás. No, no estoy diciendo que seas débil. Muy por el contrario. A ver, contéstame esta pregunta: ¿qué sucede cuando la energía se acumula y se acumula y se acumula durante mucho tiempo? Exacto. De pronto toda esa energía explota sin que nadie pueda evitarlo. Molesto, tú puedes ser terrible. Mortal, incluso, como el venenoso dardo de un escorpión. ¿Ahora sí me crees? ¿Te reconoces por fin en mis palabras? Asúmelo. De toda la gente que te rodea, Eric, yo soy la persona que más claramente te ve. #Amigos #Sinfiltro #Friendsforever

PRIMERA PARTE
NEGACIÓN

1
#JADE

La noche más larga de mi vida comenzó cuando el sol aún brillaba con fuerza en el cielo. Subí de dos en dos los peldaños de la entrada principal del Cedars Sinai, crucé las altísimas puertas automáticas de vidrio que se abrieron a mi paso, y entré al gélido lobby que desde el primer instante me pareció un enorme acuario vacío, sin peces ni cofres de piratas ni rocas con agujeritos que la decoraran. A partir de ese momento comencé a respirar por la boca, tal como había hecho el día anterior, a ver si de esa manera conseguía no oler el mismo e insoportable aroma a desinfectante que el aire acondicionado soplaba sin descanso.

Me metí las manos al bolsillo. No quería que nadie se diera cuenta de que me temblaban. Tragué con dificultad.

Mientras esperaba subirme al ascensor pensé en sacar el iPhone y tomar alguna fotografía para subirla a Instagram, pero me contuve. #Hospital #CedarsSinai #Pain. No. No me pareció correcto. No era el minuto. Además, tenía la absoluta certeza de que ésa sería la última vez que iba recorrer el trayecto hasta la ICU. Algo me decía que aquella mismísima noche darían de alta a mi madre y podríamos regresar juntos a casa. Mis entrañas me lo aseguraban. O mi voz interna, o lo que fuera. El hecho era que no tenía sentido sacarle fotos a un hospital al que no pensaba regresar por el resto de mi vida. No quería registro alguno de aquella pesadilla.

Cuando salí del ascensor, un inmaculado pasillo se abrió frente a mí. Lo atravesé intentando hacer caso omiso a las enfermeras que no me quitaban los ojos de encima, o al solitario grupo de sillas de ruedas estacionadas en una esquina, o al persistente olor a desinfectante que no tenía intenciones de esfumarse. Una nueva puerta de vidrio me cerró el paso. Pero ésta no se abrió de manera automática de nuevo: tuve que empujarla con ambas manos para poder cruzar.

—Buenas tardes.

Era la misma enfermera sentada tras el mismo escritorio. La misma de la noche anterior. La misma que me recibió cuando entré a esa misma sala, sin poder respirar, aún sin entender nada, absolutamente huérfano de respuestas, de alguien que pusiera toda la información en orden por mí y pudiera explicarme con claridad lo que había ocurrido. En aquella oportunidad lo primero que vi al ingresar fue el enorme cartel de *Intensive Care Unit* que pendía sobre la cabeza de la enfermera, esa que ahora me sonreía con un gesto de mayor confianza, porque mi rostro era lo único que había visto en aquella sala las últimas veinticuatro horas y, al parecer, ya estaba acostumbrada a él.

De seguro ella también lo adivinó todo. Le debe haber bastado echarme un solo vistazo de pies a cabeza para descubrirlo. Maldita sea.

—Te están esperando —dijo desde el otro lado del escritorio.

Seguí la indicación de su dedo, tan limpio y desinfectado como el resto del espacio que la rodeaba, y me topé con Jade. Mi amiga levantó la vista de su celular y esbozó una sonrisa que no supe si era de simpatía, tristeza o solidaridad, o todas esas cosas juntas. Su cabello, peinado en dos aguas y separado por una recta línea al medio, resplandecía de un intenso rosa Hello Kitty bajo los halógenos de la sala de espera.

—¿Te gusta? —exclamó—. Me lo pinté anoche. El naranja me empezaba a hartar.

Ante mi expresión de desconcierto por su presencia en el hospital, agregó con rapidez:

—Vine a acompañarte, Eric.

—¿Y cómo supiste que estaba aquí?

Encendió una vez más su teléfono y orientó la pantalla hacia mis ojos. En ella pude ver una fotografía del enorme letrero luminoso del Cedars Sinai que destacaba nítido entre los colores saturados y las sombras más relevantes del filtro Lo-Fi.

—La subiste esta mañana. Hace once horas, para ser más exacta —puntualizó.

No recordaba haber tomado esa fotografía, ni mucho menos haberla posteado en mi Instagram. La elección del Lo-Fi, sin embargo, había sido todo un acierto. Los ángulos rectos de la arquitectura del hospital, en contraste con el cielo azul de Los Ángeles, y la intensidad casi *high definition* que le otorgaba el filtro generaban una imagen muy atractiva. Pero me asustó no tener conciencia de haber sacado mi iPhone, ni de haber disparado la cámara, ni mucho menos de haber entrado a mis redes sociales para compartirla con mis 234 seguidores. ¿Qué había sucedido conmigo desde el momento que recibí la llamada telefónica, hasta que regresé hoy a casa, sólo por unas horas, para tomar una ducha, cambiarme de ropa y volver pronto al hospital a recoger a mi madre?

—Perdiste el viaje, Jade —dije—. Te lo agradezco, pero no pienso quedarme aquí mucho rato. En cualquier momento dan de alta a mamá y regresaremos a Pointe Dume.

—Eric… —musitó y me tomó la mano.

—La van a dar de alta —repetí, ya no tan convencido.

—Eric… está bien… Todo va a estar bien —contestó en un susurro—. Conmigo no tienes que fingir ni hacerte el fuerte.

Quise responderle pero la boca se me llenó del mismo sabor salado de las lágrimas. Cuando el día anterior sonó mi celular y una voz vagamente familiar preguntó si estaba llamando al teléfono de Eric Miller, mi paladar se inundó de inmediato de ese gusto tan particular que provoca el anticiparse a una desgracia. Mis entrañas me aseguraron de inmediato que *algo* había ocurrido. O quizá fue mi voz interna, o lo que fuera. Pero lo supe. Lo supe antes de que me lo dijeran. Y lo supe porque había sido mi culpa.

—¿Eric? Habla Jeremy Kerbis. Soy el abogado de tu padre —había dicho la voz al otro lado de la línea.

—¿Cómo están ellos? —pregunté mientras alzaba mis manos en el aire para conservar el equilibrio.

—Es mejor que vengas al hospital —contestó con ese mismo tono de voz lleno de falsa calma que se usa cuando se debe comunicar una tragedia—. ¿Tienes cómo llegar al Cedars Sinai o necesitas que vayan por ti?

—¡¿Cómo están?! —grité.

Maldición. ¿Por qué no lo detuve? ¡¿Por qué no evité que mi padre se subiera a su Audi en ese estado?! Podría haberle mentido. Hubiese bastado un simple engaño para frenar su partida. Pero no lo hice. Porque de alguna manera, quizás en el fondo de mi alma, estaba feliz de que todo hubiera ocurrido. De que por fin las cosas salieran a flote.

—Tu padre murió —dijo el abogado y escuché su voz quebrarse en las últimas sílabas—. Tu madre está hospitalizada. Grave. Es mejor que vengas, Eric. ¿Tienes cómo llegar?

Jade hizo un intento por quitarme un mechón de pelo que me cubría un ojo, pero eché la cabeza hacia atrás de manera instintiva para evitar el contacto con sus dedos. Tenía ganas de llorar. A gritos. Pero hacía veinticuatro horas que no era capaz de derramar ni una lágrima. Se quedaban atascadas en el interior de mi boca, naufragando entre la lengua y el paladar.

—Eric, tu mamá no va a salir hoy del hospital —explicó ella tratando de parecer didáctica y eficiente.

—¿Y cómo lo sabes? —grité—. ¿Acaso te lo dijeron las estrellas? ¿O tu tarot? ¿O lo leíste en un par de putos caracoles que encontraste en la playa?

—No —dijo sin inmutarse ante mi desafinada reacción—. Escuché a dos enfermeras hablar sobre ella. No tiene buen pronóstico, Eric. Ésa es la verdad.

Era mi culpa. Que mi padre estuviera camino al crematorio y mi madre agonizara en el *Intensive Care Unit* del Cedars Sinai era mi culpa. Y ahora, el maldito hijo perfecto no sabía qué hacer o cómo reaccionar.

Qué ganas de que alguien me abrazara.

—¿Familiares de la paciente Anna Miller?

Era la voz de la enfermera. La misma enfermera del día anterior. La misma que me recibió ahora. La misma que parecía un pulcro mueble más de esa sala de espera, tan esterilizada como el resto del hospital donde agonizaba mi madre.

—Puedes verla unos minutos —me dijo con evidente tristeza.

Avancé hacia una puerta de un vidrio tan opaco que no permitía ver hacia el otro lado, y que se abría sólo al acercar a un lector electrónico una tarjeta magnética que todas las enfermeras llevaban colgando de un bolsillo de su delantal, junto a una plaquita con su nombre. Jade me dio un par de palmadas en el hombro que no fui lo suficientemente rápido para esquivar.

—Todo va a estar bien —mintió—. *When the world gets cold, I'll be your cover. Let's just hold onto each other.* No te olvides nunca de eso. Lo recuerdas, ¿verdad? ¿Nuestra canción…?

Por toda respuesta pulsé un timbre que sonó como una chicharra reseca en algún lugar de ese laberinto de pasillos y cuartos llenos de gente moribunda. Alguien, quién sabe quién, oprimió un botón que abrió la puerta con un chasquido metálico.

Avancé por un largo corredor rumbo al sector de pacientes que, debido a su gravedad, estaban conectados a tantos aparatos que necesitaban una enorme sala sólo para ellos y su agonía. Crucé veloz frente a la puerta entreabierta de un cuarto. En su interior alcancé a escuchar un sollozo. Era un llanto ronco, sin histeria ni dramatismo. Era un llanto honesto, de un simple y profundo dolor. Sin disfraces. El llanto de un hombre que tenía mucha, muchísima tristeza y que, a diferencia de mí, sí era capaz de expresar sus sentimientos. Una voz femenina intentaba calmarlo. Desde mi lugar en el pasillo pude ver la espalda de una enfermera de pie junto a la cama.

—Sonríe, Chava, sonríe —suplicó la mujer al que yacía en el catre—. Regálame la mejor de tus sonrisas. Yo sé que puedes.

No sé cómo lo supe, pues desde mi posición no podía verlo, pero juraría que Chava sonrió. Y junto con él sonrió también la espalda de la enfermera, y hasta la noche oscura en la que yo estaba enterrado.

2
#ALMAS

Un año antes de todo, un año antes de la llamada telefónica del abogado Jeremy Kerbis, de convertirme en un habitante más del laberíntico mundo del Cedars Sinai, de sentir que mi vida se había acabado, yo tampoco era feliz. Y no lo era por varias razones, pero la principal consistía en tener la certeza de que mis padres pensaban que yo era el hijo perfecto. Me lo repetían a cada momento. Cuando regresaba de la escuela y encontraba a mi madre en su taller de pintura y, con un pincel en la mano, me lanzaba un beso y me decía:

—¿Cómo está el hijo más perfecto del mundo?

También me lo dejaba saber mi padre cuando hacía su última ronda por la casa antes de acostarse, y su parada final era mi cuarto. Se acercaba en silencio hacia mi escritorio, donde por lo general me encontraba navegando en internet, o subiendo mis fotos a Instagram, y con un torpe pero sincero movimiento de su mano acariciaba mi cabello ensortijado al tiempo que me soltaba un forzado y poco natural:

—Buenas noches, Eric. Y gracias por ser el mejor hijo que un padre pueda desear.

Esos comentarios, lejos de hacerme feliz o llenarme de orgullo, me convertían en el ser más desdichado del mundo. Hacía precisamente un año que comencé a sentir la necesidad de gritarles en su cara: "¡Basta! ¡No soy perfecto! ¡Soy un maldito mentiroso que no merece ni uno solo de sus besos!", cada vez que me sonreían o me hacían saber lo mucho que me querían por medio de sus frases llenas de clichés y eslóganes cursis. Y como eso sucedía cada cinco minutos, me pasaba el día entero reprimiendo mis deseos de estallar como un volcán lleno de vergüenza y humillación.

Sin embargo, hubo un día que sí fui feliz. Y como la felicidad resultó no parecerse en nada a lo que me imaginaba que era, estuve a punto de no darme cuenta de lo que me estaba sucediendo. Fue Jade quien me lo hizo notar. Claro, Jade. Quién más. La encontré en la cafetería de la escuela, sumergida en su celular. Apenas me vio entrar, me hizo un par de enérgicas señas con el brazo en alto. Su cabello verde limón se sacudió con el movimiento y terminó por cubrirle la mitad del rostro.

—¡Mira! —exclamó llena de entusiasmo—. Acaban de subir a Vevo el nuevo video de Madonna. Ya lo vi treinta y cuatro veces —agregó con indisimulado orgullo.

Porque Jade es así. Se apasiona por cosas que, por lo general, levantan sospechas en los demás. Si todos están bailando alguna canción de Taylor Swift, ella recorre el pasillo de la escuela cantando a todo pulmón un tema de los Beatles. Si todos corren en masa a ver la última película de los Avengers, o alguna de las tantas de Iron Man, Jade se encierra en su casa y no sale hasta haber visto todo el cine sueco que se puede encontrar en Netflix. Y, por lo que podía suponer, ahora estaba en una nueva fase que ella misma definió como "noventera de cantantes femeninas con intenso contenido en sus líricas".

—La canción se llama "Ghosttown", y el video está impresionante —puntualizó—. Míralo. No tiene desperdicio.

Antes que pudiera negarme —la verdad, nunca he estado interesado en la música de Madonna— enfrentó su celular ante mis ojos. Pude ver a Madonna, de largo abrigo y sombrero de copa, avanzar por lo que parecía una ciudad en llamas después de un ataque terrorista o un apocalipsis destructor.

Jade cantó tan fuerte que varios estudiantes voltearon hacia ella e hicieron un gesto de burla al descubrir que se trataba de mi amiga en medio de alguna nueva locura.

When it all falls, when it all falls down
I'll be your fire when the lights go out
When there's no one, no one else around
We'll be two souls in a ghost town

Jade me clavó la mirada justo cuando Madonna dijo *two souls in a ghost town*. Dos almas en un pueblo fantasma. Ella y yo, claro. Dos peces raros en vías de extinción nadando juntos en un acuario demasiado hostil.

—La letra es preciosa, ¿verdad? —dijo.

—Más o menos —contesté—. Y ahora apaga eso, que no quiero que los gorilas nos vean cantando a Madonna en su territorio.

When the world gets cold
I'll be your cover
Let's just hold

Onto each other
When it all falls, when it all falls down
We'll be two souls in a ghost town

—¿Lo reconoces? —puntualizó y señaló a un actor que bailaba una especie de tango con Madonna en el video—. Es el protagonista de "Empire", la serie que vimos la semana pasada en Hulu. El que hace de Lucious Lyon.

—Sí. Terrence Howard —precisé, a ver si de ese modo cancelaba por fin la conversación.

—¡Quiero bailar así contigo alguna vez! —exclamó, pero acto seguido agregó—: No, mejor no. No quiero hacer el ridículo. ¡Me vas a dejar en vergüenza con tus dos pies izquierdos!

Apagué su celular y suspendí la canción de Madonna. Jade continuó burlándose de mí mientras improvisaba una torpe coreografía, según ella imitándome en una pista de baile. Porque así era mi amiga: no había cómo detenerla. Ay, Jade.

—¡Basta! —la regañé—. Nos están mirando…

De pronto, la densidad del aire que nos rodeaba mutó en un súbito giro de temperatura. Fue como si alguien hubiese apagado el aire acondicionado y una espesa y ardiente corriente amenazara con derretirnos a todos. A mí, al menos. Y la razón del cambio climático no era el hoyo de ozono, ni la contaminación de los mares, ni mucho menos el humo negro de las chimeneas de todas las fábricas de California. No. La causa tenía nombre y apellido: Simon Davis. En ese momento yo no sabía cómo se llamaba, claro. Lo supe después. Para mí, en aquel instante de inesperada felicidad, él era sólo un anónimo y nuevo estudiante, con la sonrisa más hermosa que había visto en toda mi vida, que acababa de entrar a la cafetería. Avanzó hacia la larga fila que esperaba por su almuerzo de mediodía y se quedó ahí, ajeno a todo lo que había provocado.

—Qué linda sonrisa la de ese chavo —dijo Jade, tan impresionada como yo—. ¿Sabías que nuestro rostro necesita doce músculos para generar una sonrisa…?

Ahora que lo pienso, Jade debió haberse dado cuenta. Ella es una mujer inteligente, más que cualquier mujer que conozco. Tuvo que haberlo leído en mis ojos.

—Son seis pares de músculos —continuó mientras buscaba a toda velocidad la información en Google—. Sí, aquí está. El primero es el músculo elevador del ángulo de la boca. El segundo, el músculo elevador del labio superior. El tercero, el orbicular de los ojos.

—Jade —la interrumpí.

—El cuarto es el músculo risorio. Qué divertido nombre para un músculo, ¿verdad? Suena como risotto. El quinto es el cigomático mayor.

—¡Jade, basta! —exclamé, sintiendo que mis pulmones aún ardían por el inesperado incendio que había consumido la cafetería.

Mi amiga suspendió su discurso y me clavó una mirada parecida a dos dardos envenenados. Tiene que haberse dado cuenta. Por algo quiso cambiar bruscamente de tema. Por algo desvió la conversación hacia la estúpida anatomía muscular de nuestra cara.

—Tengo que irme —dije.

—Pero ni siquiera has almorzado, Eric.

—Tengo que irme —repetí.

Cuando salí al patio de la escuela una fresca bocanada de aire consiguió enfriar mis pulmones resecos. Recién entonces traté de entender qué había sucedido. Pero algo me dijo que lo mejor que podía hacer era cubrir ese sentimiento con cemento, enterrarlo lo más adentro posible, junto a mis otros secretos. Mis entrañas me lo aseguraban. O mi voz interna, o lo que fuera. Necesitaba con urgencia regresar pronto a casa, atravesar el enorme hall de nuestra mansión, cruzar los enormes ventanales de la sala hacia la terraza, salir al patio trasero y meterme como un cachorro asustado al taller de pintura de mi madre para que ella suspendiera el delicado trazo de uno de sus pinceles, me mirara con esos ojos llenos de amor y miel, y me repitiera una vez más aquella mentira que tanta falta me hacía escuchar en esos momentos:

—¿Cómo está el hijo más perfecto del mundo?

3
#CHAVA

Conocido empresario muere tras perder el control de su vehículo

09.15.2015 El accidente ocurrió ayer a las 7:00 pm, cuando Richard Miller (42) viajaba por la Pacific Coast Highway junto a su esposa, la pintora Anne Miller.

El conocido empresario gastronómico Richard Miller murió de forma instantánea tras impactar el coche que conducía contra un camión que al parecer estaba ingresando a la vía, a la altura de Cross Creek Rd. El percance ocurrió ayer por la tarde, cuando Richard Miller viajaba en compañía de su esposa desde Pointe Dume en dirección al este, a una velocidad superior a la permitida, según indicaron testigos del accidente.

Como señaló el informe policial, el vehículo impactó violentamente contra el costado de un camión y, producto de la colisión, se incendió de inmediato. El cuerpo del conductor quedó atrapado en el interior del coche, mientras que el de Anne Miller fue rescatado por testigos, sufriendo graves lesiones y quemaduras que obligaron su traslado al hospital Cedars Sinai de Los Ángeles, donde se encuentra actualmente en estado crítico.

Richard Miller era un conocido y respetado empresario dedicado al rubro de la gastronomía, que inició su carrera en Nueva York. Llevaba casi ocho años viviendo en el exclusivo sector de Pointe Dume, en Malibú.

La noticia de la muerte de mi padre ya había llegado a los periódicos. Junto con ella también llegó la locura de llamadas telefónicas, de parientes lejanos y cercanos que inundaron nuestra casa sin respeto alguno, y de visitas inesperadas que tomaron por asalto los pasillos del Cedars Sinai. Decidí quedarme todo el tiempo posible en la ICU acompañando a mi madre. Sólo yo estaba autorizado a entrar hasta ese sector de cuidados intensivos y ese privilegio de familiar cercano me mantenía a salvo de aquellos rostros y voces a los que no tenía ninguna intención de enfrentarme. Me comunicaba por WhatsApp con Jade de vez en cuando, para sentir que en mi vida había algo más que olor a medicamentos, murmullos de enfermera y el soplido mecánico del respirador que mantenía viva a mi madre.

Jade: Si quieres puedes venir a dormir a casa.
Yo: No, gracias. Voy a quedarme aquí.
Jade: No puedes dormir en Cuidados Intensivos.
Yo: Gracias, Jade. Voy a quedarme aquí.
Jade: *When the world gets cold I'll be your cover.*
Yo: Gracias, Madonna. J
Jade: De nada, bobo.

Apagué el celular pero lo volví a encender al instante. Sin pensar en lo que hacía, tomé una fotografía del monitor cardiaco que registraba los latidos del corazón de mi madre. Acto seguido la subí a Instagram y le apliqué el filtro Willow, que transmutó de inmediato todos los colores en un cremoso blanco y un pálido negro. #Sistole #Diastole #Ghosttwon escribí sin saber muy bien por qué. A los cuatro segundos vi aparecer el *like* de @Wildhair, que era el nombre con el que Jade se había registrado en Instagram. Y bajo la foto escribió:

@Wildhair: Two souls @ericmiller98 No te olvides nunca de eso.

Quince minutos después, el número de *likes* había aumentado a 319. Y mis seguidores pasaron de 234 a 584. Por lo visto, el accidente de mis padres catapultó mi popularidad en las redes sociales hasta la estratósfera. Imaginé a cada uno de esos 584 internautas sintiendo lástima por mí, el pobre infeliz que había perdido a su padre y que no se separaba de su madre agonizante. De seguro en sus fantasías me veían hecho un mar de lágrimas, incapaz de articular palabra y con la expresión completamente desencajada.

"Estúpidos", pensé. No entienden nada. Llevo tanto tiempo mintiendo que ya no siento nada. Ni siquiera soy capaz de representar con éxito el drama del hijo huérfano.

Junté valor para acercarme aún más al catre clínico donde reposaba mi madre. Bajo las varias capas de vendajes que le cubrían el rostro, el cuello y uno de sus hombros se podía adivinar el montículo de su nariz y la hendidura de sus ojos hinchados. A través de una pequeña abertura, le habían insertado en la boca entumecida un grueso tubo plástico que le soplaba aire artificial en los pulmones. Ambos brazos yacían bajo una delgada sábana que protegía las quemaduras de su piel. Alcancé a ver una de sus manos, cubierta de ungüentos y con la cánula del suero enterrada en su dorso, donde parecía brillar la argolla matrimonial en su dedo anular.

Por más que hice el intento no logré reconocer a mi madre, la de siempre, en ese cuerpo malherido y fracturado que tenía enfrente.

—Vas a tener que salir un momento —dijo una enfermera a la que no escuché entrar—. Ya sabes, la ronda de las diez.

¿Ya eran las diez de la noche? ¿Cuántas horas llevaba inmóvil junto a ella?

Asentí y salí al pasillo. Estaba tan silencioso que fui capaz de escuchar el siseo de los tubos fluorescentes ubicados en línea recta sobre mi cabeza. Ni siquiera conseguí adivinar si tenía hambre. Lo único que pude descubrir fue que me temblaban las rodillas, quizá por el exceso de tiempo sentado en una silla tan incómoda como una roca marina. Revisé mi Instagram: 498 *likes* a la foto del monitor cardiaco. Por lo visto, la desgracia propia o ajena siempre conseguía más atención que cualquier otro estado.

No tuve tiempo de hablar con ustedes, papás. No tuve tiempo de mostrarles mi verdadera cara.

Un lejano quejido me hizo girar la cabeza en dirección a una puerta entreabierta. A través de ella se colaba, además del sonido, un poco de luz.

—Paty —escuché—. ¡Paty…!

Volteé en ambas direcciones. No vi a ninguna enfermera ni a nadie que pudiera responder al nombre de Paty. Hasta el silbido eléctrico de los tubos fluorescentes se quedó en silencio cuando un nuevo quejido, tan débil pero doloroso como el anterior, irrumpió en el pasillo. Me acerqué a la puerta y asomé la cabeza. Alcancé a ver el final de una cama. En la ligera sábana se dibujaban las puntiagudas siluetas de dos pies. Al dar un paso hacia el interior, pude ver el resto del cuerpo, tan delgado y huesudo que su figura trazaba en la tela el mapa de una cordillera de diferentes alturas. Un rostro de ojos hundidos en sus órbitas, pero desconcertantemente brillantes, me miró con asombro desde su inmovilidad.

—Tú no eres Paty —dijo.

Debía de tener mi edad. O tal vez menos. Pero el profundo dolor que su cara reflejaba impedía cualquier posibilidad de análisis. Podía tratarse de un niño híper desarrollado, o de un anciano tan flaco y débil que hasta su rostro se había convertido en el de otra persona.

El filtro ideal para fotografiarlo sería el Brannan, pensé, porque acentúa los verdes y los grises, y eso le daría un efecto aún más dramático y metalizado a los ángulos de su perfil. #dolor #enfermo #cuidadosintensivos. ¿Cuántos *likes* ganaría con su imagen?

—¿Quieres que llame a la enfermera? —pregunté con la intención de salir lo más rápido de ahí.

—Agua —musitó.

—¿Cómo?

—Agua —repitió y chasqueó la lengua en el interior de la boca.

Sobre una mesita tan blanca como los muros, el suelo y las cortinas de la ventana, descubrí un vaso de vidrio, una botella llena hasta la mitad, y un popote todavía envuelto en plástico. No. Ese tipo estaba muy equivocado si pensaba que yo iba a darle de beber. Estaba internado en uno de los hospitales más caros de Los Ángeles, atendido por un batallón incansable de enfermeras que aparecían a toda hora, incluso cuando uno no las esperaba, por lo que mi presencia sobraba en esa habitación. Decidí que era el momento preciso para retroceder hacia la puerta. Sin embargo, no me moví de mi sitio. El muchacho continuaba clavándome sus ojos oscuros y penetrantes, como dos agujeros negros donde era imposible identificar algún rastro de color.

Como si fuera testigo de una película de la cual no tenía el más mínimo control para detener, adelantar o retroceder, vi mi propia mano tomar el popote para luego quitarle el plástico que lo cubría. Acto seguido, esa misma mano tomó la botella, vació un poco de agua en el vaso, lo levantó de la mesa y lo llevó hacia el muchacho que seguía todo el desarrollo de la escena con el incansable movimiento de sus pupilas alertas.

Me quedé junto a la cama, esperando a que se sentara para acercarle el vaso.

—Me duele moverme —dijo—. Lo siento.

Algo avergonzado de mi error, di un par de pasos más hasta quedar exactamente junto a su cabeza. Aproximé el popote a sus labios: unos delicados labios que parecían tan suaves y que de inmediato lo rodearon con urgencia. Lo escuché tragar uno, dos, tres largos sorbos que cayeron por su garganta al igual que un balde se precipita hasta el fondo de un pozo sin agua.

¿Por qué estaría hospitalizado? No se le veía ninguna herida evidente, o alguna protuberancia que dejara adivinar un tumor o una deformidad del cuerpo. Junto a la cabecera colgaba una bolsa de suero, y otra que de seguro era algún analgésico que goteaba incansable en una manguera cuyo otro extremo se perdía en el interior de una vena de su brazo. Pero debía tener algo grave: por algo lo habían trasladado a Cuidados Intensivos. Un cáncer terminal, tal vez. Alguna enfermedad desconocida que lo había hecho bajar tanto de peso.

—Gracias —dijo—. Muchas gracias.

Y entonces sonrió. Y junto con él, sonrieron sus ojos nocturnos. Y sonrió también el vaso que aún tenía en mi mano. Y sonrieron el suero, el analgésico y la botella casi vacía de agua que continuaba en la mesita de melamina blanca.

Sentí erizarse la piel de mi nuca: la misma piel que creía muerta hacía varios meses.

Hubiese querido poder cerrar los ojos. Refugiarme en la oscuridad más absoluta, ahí donde nadie podía encontrarme, tal como hacía cuando comenzaban los insultos y golpes.

—Soy Chava —agregó—. Y tú, por lo que veo, sigues sin ser Paty.

Esta vez sí retrocedí hacia la puerta.

—¿No vas a decirme cómo te llamas? —preguntó con sorpresa al ver que me alejaba.

—Eric —susurré.

—Gracias por darme de beber, Eric. Las medicinas para el dolor me están secando por dentro.

Basta. No quería seguir escuchando. Ya tenía suficiente con mis propios dolores como para encima agregar a la lista los de un tipo que intentaba hacerse el simpático frente a mí, pero que yo sabía muy bien que el día anterior estaba llorando sin control en este mismo cuarto. ¿A quién pretendía engañar? ¿A mí? ¿Al rey de la mentira?

—¿Y qué haces aquí, Eric? ¿Vienes a ver a algún familiar?

No lo dejé seguir hablando. Salí al pasillo, donde me encontré de bruces con una enfermera que me miró con extrañeza al notar mi urgencia por escapar de ahí. A grandes zancadas regresé al cuarto de mi madre, que continuaba sepultada por la infinidad de mangueras, cables y aparatos que rodeaban su cama de enferma. Me acomodé en la misma silla dura como una roca marina, subí las piernas y me abracé a mis propias rodillas, como si quisiera defenderme del inminente ataque de los ojos negros de Chava.

No sé por qué en ese instante me acordé de Simon Davis. Y, tal como solía hacer inmediatamente después de pensar en él, lo maldije, le pedí perdón y le eché la culpa de todo.

4
#YO

La información que entrega mi Instagram es la siguiente: mi nombre es Eric Miller, tengo 603 seguidores y sigo a otros 76 usuarios. He posteado 3 583 fotos. La primera, la que inauguró mi obsesión por subir imágenes a toda hora, cumple tres años en un par de días. Dice que fue tomada hace 156 semanas y acumula 13 *likes*. En ella se ve parte de la carrocería del Audi azul metálico de mi padre y algo de la vegetación del antejardín de casa, junto a la puerta de entrada de la cochera. Mi estreno en Instagram coincidió con la compra de aquel lujoso vehículo por parte de mi padre. Qué irónico, ¿no? Esa tarde llegó con una sonrisa aún más grande de lo acostumbrado y las llaves de su nueva adquisición en una de sus manos. Bueno, los que conocieron a mi padre saben que sonreía por todo. Por lo bueno y por lo malo. Otra razón más por la cual no nos parecíamos absolutamente en nada. Aunque el asunto de la sonrisa no era nuestra principal diferencia. No. El mayor contraste entre nosotros dos era aún más evidente: una diferencia que no se ve pero que muchos intuyen. Y no hay nada más poderoso que una intuición. Al poco tiempo de conocerme o de escucharme hablar, empiezan a mirarme de manera distinta, como si hubieran descifrado ese maldito secreto que hace que en sus ojos se asome sin piedad el brillo de indisimulada burla con el que estoy tan acostumbrado a vivir. Duele, claro. Duele mucho. Porque es terrible cuando alguien ve en ti algo que tú no quieres que nadie nunca vea. Y siempre es así. Así ha sido y así siempre será.

Sí, en mi primera fotografía de Instagram se alcanza a ver el Audi de mi padre. El mismo que le quitó la vida y dejó a mi madre convertida en esto que no se parece a ella, y que estoy mirando ahora mismo. Recuerdo que aquel día, luego de retratar al juguete nuevo de mi papá, estuve indeciso durante varios minutos hasta que seleccioné el filtro Rise para así aumentar la exposición de la luz del atardecer y virar los colores hacia el amarillo y el crema. #cochenuevo fue el hashtag que escribí. Maldito #cochenuevo. Maldito #cochenuevo que me dejó incapaz de poder hablar con ellos de mi secreto. Maldito #cochenuevo que quedó retratado para siempre en mi primera instantánea algo deslavada que sólo consiguió 13 miserables *likes* entre los pocos seguidores que tenía en aquel entonces.

Jade dice que con toda seguridad he batido un récord entre los millones de usuarios de Instagram: nunca me he tomado una selfie. Ella opina que Kevin Systrom y Mike Krieger, los genios que inventaron la aplicación, deberían darme un premio por no haber caído en la tentación. No lo creo así. A nadie le gusta ver el rostro sombrío de otro ser humano. En mi cara no hay nada parecido a una sonrisa. Además, ¿quién decidió que debíamos sonreír frente a una cámara fotográfica? ¿Quién fue el infeliz que echó a correr la voz de que una sonrisa, por más falsa que sea, era un requisito a la hora de enfrentarse a un lente? Yo no sonrío, aunque Jade me odie por esa razón. Nunca lo hago. Y por eso no publico selfies. Porque no voy a obligar a nadie a soportar la expresión de profunda derrota con la cual me levanto todas las mañanas y me acuesto por las noches. Especialmente ahora. Sobre todo ahora.

Si de verdad Instagram fuera a darle un premio a alguien, ese reconocimiento se lo debería llevar Jade: es la única que le ha dado like a todas mis fotos. A todas. Desde la del Audi nuevo con filtro Rise, hasta la que subí hace quince minutos, donde se ve la bolsa casi vacía del suero de mi madre y parte de la ventana con vista a San Vicente Blvd. Para esta última seleccioné el filtro Sutro, porque es lo bastante oscuro como para darle un toque aterrador a la imagen. Jade dice que a veces debería elegir la opción Normal a la hora de publicar una fotografía, que en algunas ocasiones el resultado final es mucho más estético y honesto si no se interviene con tantos juegos de luces, colores y sombras. Pero yo no creo que sea así. La realidad siempre desilusiona. La realidad, la que ven mis ojos, siempre es muchísimo más triste que lo que la cámara de mi iPhone retrata. Por eso uso tanto Instagram: porque me permite decorar y modificar a mi antojo lo que mis ojos ven. Como la bolsa de suero de mi madre que gracias a la magia de Sutro ahora parece una tétrica decoración de una fiesta de Halloween y no un aparato médico que busca con desesperación alargarle la vida.

Seamos honestos: ¿quién querría sonreír, o llorar, o amar, o vivir en un mundo tan deprimente donde las bolsas de suero se ven única y exclusivamente como bolsas de suero?

5
#AMIGO

Al día siguiente desperté con el tintineo metálico del carrito que una enfermera empujaba a lo largo del pasillo rumbo a la sala donde estaba mi madre. De seguro era hora de una nueva ronda de control. No tenía muy claro qué hacían con ella en esos momentos, pero desde la distancia veía cómo anotaban cifras en un papel que pendía desde el borde de la cama, o vaciaban un líquido espeso y turbio que se acumulaba en un receptáculo oculto bajo el colchón, o giraban con infinito cuidado el cuerpo de mi madre para asearlo a través de los vendajes que la cubrían casi por completo. Todavía no me atrevía a mirarla a los ojos. No era capaz de sostener sus dedos entre los míos, con miedo a sentirlos tan fríos y rígidos como los de una muerta.

Por primera vez mis entrañas, o mi voz interna, o lo que fuera, me habían fallado. Y de la manera más cruel: no había conseguido regresar con mi madre a nuestra casa. Ya se cumplía una semana de encierro en el hospital y, a juzgar por la cara de los médicos cuando la examinaban, todavía no podía siquiera soñar con una fecha para su alta.

—Vas a tener que salir un momento —dijo una voz—. Necesitamos estar solas para el procedimiento.

El miedo no me permitió alzar la vista para saber de qué se trataba ese nuevo procedimiento. Sin embargo, antes de abandonar el lugar alcancé a ver el destello metálico de unas tijeras que se acercaban directo hacia los vendajes que envolvían su cabeza.

Cerré los ojos y traté de pensar en otra cosa para espantar la angustia de no poder defender a mi madre de esas tijeras tan parecidas a un instrumento de tortura. Rápido. En lo que fuera. Una imagen que me hiciera olvidar el desasosiego. Piensa, Eric. El mar. El mar desde nuestra terraza en Pointe Dume. El atardecer lleno de rojos y lilas que en verano incendia los ventanales de la sala. El viento que sacude con suavidad los arbustos de lavanda que mi madre plantó a lo largo del camino que lleva a su taller de pintura. Los ojos de Simon Davis. La boca de Simon Davis. La sonrisa de Chava.

Abrí los ojos. Me encontré en mitad del pasillo, frente a la puerta del cuarto de Chava, que seguía entreabierta. Agudicé el oído. Nada. No oí nada. Debía estar durmiendo. O tal vez sedado con alguno de esos medicamentos que les gustaba tanto recetar en ese hospital.

Los tubos fluorescentes seguían zumbando de manera insistente sobre mi cabeza.

Sin que pudiera detenerla, mi mano empujó la puerta, que terminó de abrirse sin hacer el menor ruido. Cuando vi que mis pies daban un paso hacia el interior del cuarto, supe que debía inventar rápido una excusa. Pero no se me ocurrió qué decir.

La cama estaba vacía. La sábana blanca que cubría el colchón lucía tan estirada como la superficie de un tambor que nunca han tocado. Ni rastros de la botella, ni del vaso con agua, ni del suero colgando del techo. Ni de Chava.

—¿Puedo ayudarte?

Al girar, descubrí que una enfermera de cabellos tan negros como sus ojos me miraba desde el umbral. Me pareció curiosa su posición: no terminaba de entrar al cuarto, pero tampoco se decidía a seguir por el pasillo. Estaba a medio camino entre sus labores y la intriga de saber qué hacía yo ahí.

—Busco a… a Chava —fue lo primero que mi mente articuló como justificación.

—¿Por qué? —dijo ella aún más curiosa—. ¿Para qué lo necesitas?

—Es… es mi amigo —mentí.

Ella pestañeó más de lo necesario. Abrió la boca para decir algo, pero de inmediato se contuvo. Entonces tomó la decisión: terminó de entrar a la habitación y avanzó directo hacia mí.

—¿Amigos? Nunca te había visto —sentenció—. ¿De dónde lo conoces?

Tuve el impulso de enfrentar a esa entrometida mujer y recordarle que ella estaba ahí para atender a los enfermos y no para cuestionar a los familiares. Pero había algo en su mirada, algo que se parecía más al miedo que al enfado, que me hizo apretar con fuerza los labios para no decir algo de lo que pudiera arrepentirme.

—Chava es mi hijo —confesó—. Y no tiene amigos.

Quise decirle que yo tampoco tenía amigos, pero al instante recordé a Jade y me sentí culpable por no haber pensado en ella. A veces la percibía como parte de mi inventario personal, como mi ombligo, o como un lunar de esos que uno tiene que prestar atención y volver a ver para recordar que sigue ahí. La conocía desde primer grado, cuando nos sentaron juntos en el salón de clases y de inmediato nos reconocimos como parte de la misma tribu. La vi crecer. La vi convertirse en una mujer llena de ideas propias, de argumentos y de gustos muy particulares. La vi enamorarse de actores de cine, de protagonistas de novelas y de superhéroes que sólo la hicieron sentirse más sola y diferente. La vi pintarse el pelo de los colores más variados y estrambóticos. Ay, Jade.

—Chava ya no está en cuidados intensivos —dijo su madre con evidente alivio—. Lo trasladaron al cuarto 435. ¿Quieres ir a verlo?

Su pregunta me pareció más una orden que, por alguna razón, no me atreví a contradecir. Tal vez llevaba años buscándole un amigo a su hijo enfermo y yo había caído del cielo en el momento menos esperado, como suelen ocurrir los grandes acontecimientos. Asentí. Le prometí a esa enfermera de mirada triste que iría al cuarto 435 a pasar un rato junto a ese muchacho de ojos vivaces y labios delicados que se me había instalado en la mente.

Cuando salí hacia la sala de espera de la ICU, me encontré con Jade que estaba medio recostada en uno de los amplios sillones azules del lugar. Al verme, apagó su celular, se puso de pie de inmediato y sonrió con esa sonrisa llena de dientes, encías y labios carnosos que esta vez había pintado de un intenso rojo cereza que contrastaba nítido con el rosa del cabello y el verde musgo de su chamarra estilo militar.

—¿Te gusta? —me preguntó y giró para lucirme su nueva cazadora, como si fuera una modelo desfilando en una importante pasarela—. La conseguí en una feria de las pulgas en Venice.

—¿Qué haces aquí?

—Acompañándote. No me gusta saber que estás solo allá adentro —dijo y me dio un golpecito cómplice en el brazo—. Para eso son los amigos, ¿no?

Pensé en Chava y en su forzada soledad, un par de pisos más abajo. Al menos tenía a su madre, que velaba por él. Y yo tenía a Jade, que por lo visto nunca iba a dejarme solo Gracias, Jade.

—Ven. Te quiero presentar a alguien —decidí.

—¡Ay, sí, me encantan las sorpresas! —exclamó entusiasmada y se colgó de mi brazo—. Por suerte vine con mi chamarra nueva. ¿Es alguien importante? ¿Crees que le guste mi pelo? ¿Quieres que me ponga un poco de perfume?

Y ante la tortura de seguir escuchando sus preguntas sin descanso hasta la habitación 435, respiré hondo, negué con la cabeza, intenté aferrarme con todas mis fuerzas a las pocas reservas de paciencia que conservaba en algún lugar de mi organismo, y nos empujé a los dos hacia el interior del ascensor.

—Yo sabía que hoy iba a ser un día especial —dijo Jade repetida hasta el infinito en los espejos del elevador—. Lo leí en mi horóscopo. ¿Quieres que te lea el tuyo?

Me encogí de hombros, pero ella siguió preguntando, como si de verdad yo estuviera interesado en los planetas y en los signos del zodiaco, hasta que nos encontramos frente a una puerta señalada con el número 435. Jade suspendió su interrogatorio, me miró con cierta preocupación, y sentenció:

—Eric, no te veía temblar así desde la fiesta de cumpleaños de Simon Davis.

Claro, yo ya me había dado cuenta. Es sólo que no quería reconocerlo.

6
#FIESTA

Poco después de haber visto por primera vez a Simon Davis en la cafetería de la escuela, Jade y yo nos enteramos casi por casualidad que se aproximaba su cumpleaños. Ella escuchó la noticia en el baño de mujeres. Encerrada en una de las casetas de los escusados, oyó con toda claridad a dos estudiantes de un grado superior que parloteaban frente al espejo.

—¿Simon, el recién llegado? Sí, claro que sé quién es. El más guapo de todos.

—Bueno, ese mismo está organizando una fiesta para celebrar sus dieciocho años.

—¿Ya va a cumplir dieciocho? Parece menor.

—Será por la cara de ángel que tiene…

—¡No me pierdo esa fiesta!

—Yo tampoco. Vive solo con su padre en una casa en Venice, cerca de Abbot Kinney.

—¿Y la madre?

—Parece que se quedó en Florida después del divorcio.

—Pobrecito. De seguro necesita una mujer a su lado que lo consuele.

—Y eso no es todo. Dicen que el día de la fiesta su padre estará de viaje. ¡Vamos a tener la casa para nosotras…!

Jade bajó la cadena del inodoro, salió como si nada, se lavó las manos y corrió fuera del baño directo a contarme. No la veía tan entusiasmada desde que se ganó un par de boletos en un concurso de la radio para ir a ver a Sting a The Forum.

—No podemos llegar a una fiesta a la que no hemos sido invitados —dije y odié cada una de mis palabras.

—Ay, no te hagas, Eric —rebatió sin hacerme mucho caso—. ¡Tú también te mueres de ganas de ir!

Preferí no responder. No estaba dispuesto a dejar que el temblor en mi voz delatara mi verdadero estado de euforia. No podía pensar en nada que no fuera conocer por fin la casa de Simon Davis. Recorrer su mundo. Admirar sus tesoros personales. Algo me decía que aquella noche iba a ser el inicio de una nueva etapa en mi vida. Mis entrañas me lo aseguraban. O mi voz interna, o lo que fuera.

—Voy a pedirle el coche a mi abuela —asintió Jade, que no había dejado de hacer planes—. Nos encontramos a mitad de camino y de ahí seguimos juntos. ¿Vale?

La noche acordada tardé más de lo planeado en ducharme, vestirme y prepararme para la fiesta. Me cambié cuatro veces de ropa y terminé poniéndome lo primero que había seleccionado: unos jeans rotos en una rodilla, una playera algo desteñida por el sol y una chamarra de piel que hacía juego con mis zapatos. Antes de salir le tomé una fotografía al desorden de mi baño y, luego de aplicarle el filtro X-Pro II, la subí a Instagram. #Caos #Partynight #Friday fueron los hashtags que escribí. Recuerdo que conseguí 25 *likes* por aquella foto que tan poco representaba mi manera habitual de ser. No era la fiesta la que me importaba, claro. Era *otra* cosa: una que no estaba dispuesto a reconocer.

Cuando Jade y yo bajamos del destartalado coche, que luego de muchas vueltas conseguimos estacionar en una esquina perdida de la 6ta Avenida, caminamos hacia Westminster Ave. Pocos metros antes de llegar a Abbot Kinney, tal como las chismosas del baño habían anunciado, se encontraba la casa de Simon Davis. Era una hermosa construcción de madera, de tres pisos, de muros azul petróleo y puertas y ventanas blancas, y un puntiagudo techo de diferentes alturas. Un enorme balcón enmarcaba el segundo nivel, y desde su baranda colgaban banderas de variados colores. Un largo camino de antorchas avanzaba zigzagueante a lo largo del frondoso antejardín, directo hacia los peldaños que lo dejaban a uno frente a la entrada principal. Amortiguada por la gruesa puerta llegó hasta nuestros oídos *A Little Respect*, cantada por Erasure.

—¡Éste es de los míos! —sentenció Jade, fascinada—. Le gusta la música noventera.

El interior de la residencia me recordó lo que yo siempre imaginé debía ser el corazón de una colmena: un espacio reducido repleto de avispas que zumbaban sin descanso mientras chocaban entre ellas, avanzando apenas por culpa del calor que convertía el mundo entero en una masa pegajosa. Atravesamos con gran dificultad un estrecho vestíbulo atestado de gente que no conocíamos. Jade sonreía con más entusiasmo del habitual, los rasgos de su cara casi borrados a causa de la poca iluminación y el exceso de humo de cigarrillos. A la derecha nos encontramos con la sala. Habían movido todos los muebles hasta pegarlos contra los muros, para así tener más espacio donde bailar.

Erasure seguía cantando a todo volumen:

I'm so in love with you
I'll be forever blue
That you gimme no reason
Why you make-a-me work so hard

De inmediato Jade se lanzó a la pista y comenzó a moverse al compás de la música, cantando a voz en cuello al igual que el resto de los presentes. Yo confirmé, una vez más, que soy invisible para la gente *cool*. No existo. Es así de simple. Pasan por encima de mí como quien esquiva un bulto transparente que de tan insignificante no alcanza ni a entorpecer el camino. Nadie me ve. Todos parecen compartir algo, un mundo propio, un secreto, una aventura pasada, una experiencia que les permite entablar conversaciones con gran facilidad, como si se conocieran de toda la vida. Yo no sabría qué decir si alguien se me acercara con la intención de hablar un rato. Prefiero ser mudo.

Hubiese querido cerrar los ojos. Refugiarme en la oscuridad más absoluta, ahí donde nadie pudiera encontrarme, tal como hacía cuando comenzaban los insultos y golpes.

Dejo atrás la sala y sigo avanzando por el vestíbulo que ahora se ha convertido en un largo pasillo que lleva directo hacia la escalera, rumbo al segundo piso. Los peldaños están invadidos por hombres y mujeres que tampoco reconozco de la escuela, que se ríen a gritos mientras fuman y beben directamente de algunas botellas que pasan de mano en mano. ¿Y Simon? ¿Dónde está Simon? No lo vi en el océano de sudorosos torsos, manos y brazos que saltaban siguiendo las pulsaciones de la canción. Tampoco lo veo en esta especie de anfiteatro escalonado donde me encuentro ahora. Un tipo con un tatuaje tan grande que comienza en su antebrazo y se asoma por debajo del cuello de su camiseta me ofrece una botella de tequila. Vaya, por lo visto existo al menos para alguien. Aunque sea un tipo con un piercing en una ceja y un tatuaje que mi padre jamás aprobaría. Niego con la cabeza.

—¿Alguien sabe dónde está Simon? —chillo, pero mi voz es devorada de inmediato por la siguiente estrofa de la canción.

And if I should falter
Would you open your arms out to me
We can make love not war
And live at peace with our hearts

El grupo instalado en la escalera celebra la llegada de una nueva botella, esta vez de ron. De inmediato varias bocas se aferran al gollete y comienzan a beber.

—¡Simon! —vuelvo a gritar—. ¿Alguien ha visto a Simon?

Una de las manos señala hacia lo alto. ¿En el segundo piso? ¿Es eso? ¿Me están indicando que el dueño de la casa se encuentra allá arriba?

Empiezo a pensar que fue una mala idea venir a esta fiesta. A la luz de los acontecimientos, la silenciosa tranquilidad de mi cuarto se me ofrece como un ideal tan perfecto y anhelado que un suspiro se me escapa antes de que alcance a detenerlo. Voy a girar para regresar a la sala y avisarle a Jade que me voy a casa, cuando atisbo a Simon en lo alto de la escalera. Se está riendo a gritos junto a una muchacha que debe tener su edad, o quizás un poco más, que también ríe mientras le toca el hombro y una de las mejillas con un largo y delgado dedo. Simon parece encantado con el contacto. Y ella también, por lo visto. *Demasiado* encantada.

El estómago me da un vuelco. La odio. La odio con toda mi alma. #Bitch

El calor me pega la camiseta al cuerpo y me moja la raíz del pelo. ¿Acaso nadie conoce en esta maldita casa la existencia de los aires acondicionados? Me sorprendo de pronto con las mandíbulas rígidas y las manos empuñadas. ¿Por qué tengo tanto coraje? ¿Cómo es posible que sea capaz de escuchar la estridente risa de esa estúpida por encima de la música que parece aumentar de intensidad a cada segundo? Una mano, quizá la misma del brazo tatuado, me vuelve a ofrecer la botella de alcohol. Esta vez la acepto. ¿Yo? ¿Voy a beber? Antes de pensar siquiera en una respuesta, doy un largo trago que me quema la garganta y me hace imposible distinguir si se trata de tequila, ron o algún otro destilado. Toso. Toso fuerte. Pero como he vuelto a ser invisible para toda esa multitud fabulosa y distinta a mí, a nadie parece importarle. Y entonces para calmar el tosido vuelvo a beber, un sorbo aún más largo y generoso, que cae directo hacia mi estómago vacío y me incendia por dentro. Devuelvo la botella. En lo alto, la muchacha se acerca a la oreja de Simon y le dice algo en secreto. Él sonríe y asiente con la cabeza. Ella se aleja unos pasos y se mete en uno de los cuartos. Fue una mala idea haber aceptado la invitación de Jade. Yo tendría que estar en mi casa. En mi recámara. En la apacible protección de Pointe Dume. Contando los *likes* de mis fotografías en Instagram o jugando con la cámara de mi iPhone. ¿Qué mierda hago yo en Venice, en el mismísimo vértice de un huracán que, por lo visto, está empezando a convertirse en una amenaza? Allá arriba, Simon Davis suelta un largo suspiro y se apoya en la baranda. Se inclina hacia abajo, echando un vistazo al progreso de su fiesta. Parece satisfecho, amo y señor del espacio, dueño de sí mismo, de cada uno de sus espléndidos movimientos y de su sonrisa hipnótica. Y se queda ahí, como un personaje recortado de otra película, una romántica y emocionante, sobrepuesto en el caos en que se ha convertido su casa. Su placidez no tiene nada que ver con el desenfreno que lo rodea. Y no parece importarle. Al contrario. Está a gusto con lo que provocó. En dominio absoluto. Si tan sólo pudiera sacarle una foto sin que se diera cuenta. ¿Sería muy extraño si tomo mi iPhone y disparo hacia lo alto de la escalera? Y ocurre lo inesperado: sus ojos se posan en mí. El toque de sus pupilas vuelve a materializar por arte de magia mi cuerpo transparente. Ahí estoy de nuevo. Para él. Siento un calor de fin de mundo que enrojece mis mejillas y mis orejas. Simon sigue mirándome sin pestañear. ¿Me estará observando realmente a mí? La intensidad de sus pupilas quiere decirme *algo* que no logro identificar, pero que me hace sentir bien. Apreciado. Cómplice. La misma imbécil que estaba conversando antes con él vuelve a aparecer y lo toma por un brazo, llevándoselo con ella de regreso al cuarto. Ya está. El contacto con Simon se corta de golpe, igual que el hilo de un papalote que se pierde para siempre y sin control en la estratósfera. Regreso de bruces a la vulgaridad de la fiesta, a la música a todo volumen, a los gritos de los presentes, al sudor que me moja sin piedad la camiseta y a la dureza de mi entrepierna que me avergüenza sin que pueda hacer nada por evitarlo. Me abro paso peldaños arriba. En la segunda planta el aire es aún más caliente. #infierno #party #hotnight. Ésos serían los hashtags elegidos si me decidiera a fotografiar la noche. Pero no. La valentía me dura sólo hasta que alcanzo el último peldaño y me descubro en un breve pasillo, rodeado de puertas entornadas donde se adivinan todo tipo de actividades del otro lado. ¿Qué estarán haciendo Simon y esa tipa de risa estridente y manos demasiado confianzudas? Carraspeo para mitigar la dolorosa huella que el alcohol dejó en mi garganta quemada. El corazón me late con fuerza y esto se duplica a la altura de mis sienes. Empujo despacio una puerta. El interior está aún más oscuro que el pasillo donde me encuentro pero en una esquina, entre el closet y una de las mesitas de noche, descubro a una pareja comiéndose a besos. Sé que están besándose por el ruido que hacen sus bocas, o sus lenguas, o la fricción de sus mejillas, qué sé yo. Están tan ocupados en lo suyo que ni siquiera se han enterado que estoy ahí, paralizado frente a ellos, incapaz de seguir avanzando o de retroceder para escapar. El tipo, que me da la espalda, viste la misma camiseta oscura que le vi a Simon unos segundos antes. Es él. Es Simon. Besando sin contemplaciones a la estúpida que consiguió por fin su propósito. Los dos parecen cosidos por un hilo invisible que no les permite separarse. Juntos ruedan hasta pegarse a uno de los muros. Y es ahí cuando veo el destello metálico de un piercing en una ceja y el tatuaje que repta brazo arriba, hasta el cuello, y descubro que Simon no está besando a una mujer sino a un hombre, el mismo que me ofreció la botella allá abajo. ¿En qué minuto subió? Retrocedo un paso. Si abro la boca el corazón me va a saltar fuera y va a quedar tirado como un cadáver sobre la alfombra. Algo parecido a la felicidad me impide ponerme a llorar de tristeza al ver que Simon se besa con otro. La confirmación de todas mis dudas y anhelos me hace sentir victorioso. Alguien habla allá en el pasillo. Están llamando a Simon. Es la mujer. Aquella tonta mujer que, por lo visto, tampoco supo descubrir la verdad en el momento preciso. Ella termina de empujar la puerta, molesta, al parecer algo borracha. Aprovecho el instante de confusión y salgo corriendo de ese cuarto donde vi lo que tanto deseaba ver, pero que al mismo tiempo hubiese anhelado con toda mi alma no presenciar. Me abro paso en la escalera, saltando de dos en dos los peldaños rumbo a la puerta de salida. Jade intercepta mi paso. El pelo verde se le ha pegado a la cara a causa del sudor, y tiene en una de sus manos un vaso de plástico repleto de algo que huele a cerveza barata.

—¿Dónde estabas? —me pregunta a gritos.

Yo no respondo, incapaz de hablar y de procesar tanta información. Jade me toma de una mano para llevarme de regreso a la pista de baile, pero su rostro palidece apenas su piel entra en contacto con la mía.

—Eric, estás temblando —dice asustada—. ¿Qué pasó?

Sigo mudo, feliz y triste al mismo tiempo. ¿Se puede estar feliz y triste de manera simultánea? Tal vez estoy volviéndome loco. Tal vez tantos años de mentiras terminaron por pasarme la cuenta.

Me suelto de Jade y salgo veloz hacia la calle. Mi amiga queda atrás, sin entender nada. Al menos eso fue lo que pensé aquella noche, hace ya casi un año. Pero hoy, a la luz de los acontecimientos, puedo asegurar que Jade siempre entendió todo. Es demasiado inteligente como para no haberlo notado. Por eso decidí, mientras caminaba a tropezones por Abbot Kinney, que cuando ella y yo nos encontráramos de nuevo en el colegio y me preguntara por mi abrupta huida de la fiesta, yo iba a negarlo todo. De hecho, decidí que a partir de ese preciso instante iba a vivir en negación. Nada era cierto. Todo era simplemente una ilusión pasajera. El mundo no existía, ni la erección con la que avanzaba por la calle, ni mi pulso alterado. Nada era real. Negación. Negación. Ése sería mi nuevo estado de ánimo. Y todo por culpa de Simon Davis. Con un poco de suerte, iba a aprender pronto a controlar los impulsos que nacían muy dentro de mi cuerpo y que me alteraban la mente y los sentidos. Iba a hacer de mi vida una mentira. Una exitosa mentira. Era cosa de seguir perfeccionando la técnica. Negar la verdad. Qué simple era.

Qué imbécil fui, claro. Y tiempo después, casi un año para ser exactos, mis padres, ambos, iban a dejarme huérfano por culpa de esa noche en Venice.

7
#DECISIÓN

—Eric, no te veía temblar así desde la fiesta de cumpleaños de Simon Davis —dijo Jade y me clavó esa mirada que siempre hablaba mucho más de lo que su boca decía.

Me solté y, en absoluto silencio, me concentré en los números del elevador que se encendían a medida que atravesábamos un nuevo piso. Un luminoso 4 apareció en el tablero electrónico y las puertas se abrieron sin hacer ruido. Nada hacía ruido en ese hospital. Nada. Sólo el tambor insolente de mi corazón que aún no terminaba de procesar la muerte de mi padre y la agonía de mi madre.

¿Acaso no iba a derramar nunca una lágrima por ellos?

Avanzamos por un extenso pasillo. A lo largo de ambos muros se repetía una sucesión de puertas, todas iguales. Todas cerradas. Cada una protegiendo un mundo entero de tragedias, ilusiones o incertidumbres. ¿Qué enfermedad tendría Chava?

435. Habíamos llegado. Apoyé la mano en el picaporte y la dejé unos instantes ahí, dándole una nueva oportunidad a mis ganas de regresar junto a mi madre, a ver si su visión

de moribunda me ponía por fin en contacto con mis propios sentimientos escondidos de tanto negarlos. Jade avanzó hacia mí y me puso una mano en el hombro. Pude sentir la tibieza de su piel a través de mi ropa.

—Todo va a estar bien, Eric —susurró en mi oído—. Sea quien sea la persona que esté aquí adentro, es sólo la posibilidad de una nueva sonrisa. No te preocupes. Esta vez no tienes por qué volver a sufrir.

Y selló sus palabras con un beso en mi mejilla.

Iba a negarlo todo, como siempre, pero me arrepentí en el acto. Quién sabe. A lo mejor ya era tiempo de enfrentar las cosas de una nueva manera.

Y con esa decisión en mente, empujé la puerta para entrar al reino de mi nueva ilusión.

SEGUNDA PARTE
IRA

8
#AMISTAD

Me pasé toda la tarde pensando qué filtro debía elegir para la fotografía que tomé de Chava y Jade. Estaba entre Mayfair y Hudson, ya que ambos oscurecían un poco el exceso de claridad que entraba por la enorme ventana del cuarto 435 y, al mismo tiempo, destacaban las dos figuras que sonreían tomadas de la mano, como si se conocieran de toda una vida. Sin embargo, algo me impedía alterar la imagen. No me atreví a cambiar colores ni a jugar con las sombras. Por primera vez dejé guardada una fotografía al natural en el iPhone y no la subí a Instagram.

No, Eric, sé honesto: no fue la primera vez. No sigas mintiendo. Estás negando aquellas otras fotografías.

—Te voy a hacer tu carta astral —ofreció Jade a los tres minutos de haber entablado plática con Chava y justo después de pedirme que la retratara junto a él—. Necesito tu fecha de nacimiento, el lugar donde naciste y la hora exacta del parto.

—27 de septiembre de… —alcanzó a decir él, antes de ser interrumpido.

—¡Eres Libra! ¡Con razón! —y se volteó hacia mí con los ojos convertidos en dos estrellas luminosas—. Eric, Chava es

Libra. ¡Libra! —y acto seguido miró una vez más a Chava, llena de evidente coquetería—. Siempre me han fascinado los Libra. ¡De toda la vida!

No supe qué responder. La verdad, no tenía idea de qué significaba que Chava fuera Libra, ni qué implicaciones podía traer eso a la vida de mi amiga. O a la mía. Nunca había prestado atención a sus charlas de esoterismo o cómo los planetas interferían de manera directa e insolente en nuestras actividades terrenales. Nada me aburría más, la verdad.

—Eric es Tauro —continuó Jade mientras tomaba asiento en la cama, entre la manguera del suero y el delgado cuerpo del enfermo—. Tauro con la Luna en Escorpio. ¡Imagínate!

—Una cosa terrible —apuntó Chava.

—¡No me digas que también sabes de astrología! —Jade estuvo a punto de caerse de la cama de emoción.

—No, no tengo idea. Pero me bastó ver tu expresión de espanto para adivinar que no eran buenas noticias.

—No, no lo son —afirmó ella—. Los Tauro que tienen la Luna en Escorpio se guardan sus sentimientos. No los expresan. Acumulan energía durante años. Hasta que un día no pueden más y… Bueno, explotan.

Decidí que era hora de suspender esa conversación.

—No tienes idea de lo que estás hablando —intervine—. No puedes haberme hecho la carta astral. No tienes idea de la hora de mi nacimiento.

—Claro que sí —respondió Jade.

—Imposible. Ni yo sé esa información.

—Se la pregunté a tu madre, hace algunos meses —lanzó, y endureció la mirada—. Llegaste a este mundo a las cuatro cuarenta de la madrugada.

No supe qué decir. Me quedé unos instantes confundido, sin poder reaccionar. Lo único que alcancé a pensar fue que mi madre me había traicionado sin piedad. Por alguna razón, escuchar de boca de Jade que yo tenía la Luna en no sé qué signo del zodiaco me resultó un violento atentado a mi privacidad. Un ataque que no estaba dispuesto a compartir con nadie.

Sin embargo, a Chava pareció no importarle en lo más mínimo la dramática revelación de mi amiga. Con esa eterna sonrisa que enmarcaba su rostro de piel color arcilla, me miró desde la cama y preguntó:

—¿Y a ti qué te gusta hacer, Eric?

Y tal como me había sucedido casi un año atrás, cuando también fui abordado de improviso por alguien que me exigía una réplica inmediata, supe que tenía unos cuantos segundos para dar una respuesta inteligente y que me hiciera justicia. "Piensa, Eric. Responde algo sorprendente, que muestre quién eres eres. ¿Pero qué clase de persona soy? Necesitas que Chava crea que eres alguien *cool*, con un temperamento algo enigmático, inteligente, que disfruta de las cosas simples de la vida pero que no teme entrar en honduras. Piensa. ¿Cómo resumes todo eso en una palabra?"

Con horror, no fui capaz de evitar que mi boca se adelantara a mi mente:

—Eh… Nada… Nada en especial.

¿Dónde están los terremotos cuando uno los necesita? Llevábamos años esperando un gran cataclismo en California, y yo hubiera necesitado que la tierra comenzara a moverse en ese preciso instante, que una grieta sin fin se abriera bajo mis pies y que un abismo de fuego y magma me tragara e hiciera desaparecer por el resto de los siglos. Por imbécil.

—¿Cómo que no? —Jade salió en mi rescate—. Eric saca fotos todo el día.

Los ojos de Chava se encendieron de golpe.

—¿Puedo ver algo de tu trabajo?

—No, no... —balbuceé y seguí rogando por un fulminante meteorito que pusiera fin a mi lastimoso sufrimiento.

—¡Claro que sí! —ordenó mi amiga—. Vamos, enséñale tu Instagram.

Chava extendió una de sus manos con dificultad, en espera de que le pasara mi teléfono. Noté que le temblaba el pulso. Apenas podía maniobrar bien con la cánula del suero enterrada en su vena.

No tuve más remedio que sacar el iPhone de mi bolsillo, ingresar los cuatro números para desbloquear la pantalla y dejarlo sobre su palma. Él abrió la aplicación y se quedó en silencio unos instantes, revisando cada una de las fotografías que se fueron sucediendo las unas a las otras. Jade se volvió hacia mí con disimulo y me guiñó un ojo. Estaba jugando a ser la amiga cómplice. Con gran sigilo apuntó hacia Chava, que seguía con la vista fija en mi teléfono, y murmuró un "me encanta" sin emitir sonido, sólo moviendo sus labios pintados de rojo cereza.

—Vaya, te gusta la playa —dijo Chava, de seguro al ver la gran cantidad de fotos del mar que almacenaba mi Instagram.

—Eric vive en Pointe Dume —acotó Jade sin que alcanzara a detenerla.

—Ándale, eres rico —comentó sin el menor atisbo de resentimiento—. En cambio yo, si no fuera porque mi mamá trabaja aquí, no podría ni pisar este hospital.

—¿Qué tienes? —preguntó por fin Jade—. ¿Por qué te hospitalizaron?

—Una fractura de columna.

—¿Un accidente?

Chava abrió la boca para contestar, pero la cerró de inmediato. Por más que intentó disimular el temblor de su mentón, no lo consiguió. Asintió con la cabeza por el simple trámite de no dejar la pregunta sin respuesta.

—Digamos que sí.

Extendió el teléfono y volvió a clavarme su mirada.

—Te felicito, Eric. Eres un gran fotógrafo.

Por segunda vez en menos de cinco minutos, no supe qué responder. Esbocé un gesto que según yo reflejaba un sincero agradecimiento, pero que estoy seguro se debió ver como una mueca imprecisa y algo grosera. Cuando alcé la vista, descubrí que Chava seguía mirándome sin pestañear ni desviar su atención de mí. Estaba seguro de que la intensidad de sus pupilas quería decirme *algo*. Él también quería decirme algo que aún no lograba identificar, pero que me erizó la piel de la nuca y me desordenó la respiración.

Sacudí la cabeza en un desesperado esfuerzo por apartar la imagen de Simon Davis apoyado en el barandal de su escalera, dueño de sí mismo y de todo el espacio colonizado por su formidable presencia.

—¿Y a quién vienes a ver todos los días? —dijo.

—A mi madre. Está en Cuidados Intensivos. Un choque, hace una semana… Mi padre murió.

Se produjo un silencio tan profundo y espeso, que los tres fuimos capaces de escuchar caer una nueva gota del suero dentro de la manguera.

—Bueno, al menos conociste a tu padre —fue su consuelo—. Yo no sé quién es el mío. Mi madre nunca me ha querido hablar de él.

Era hora de ponerle fin a la conversación. En algún momento lo que parecía ser sólo una simple e inocente plática de tres desconocidos torció inesperadamente su rumbo y se fue por derroteros demasiado personales que, al menos yo, no estaba dispuesto a compartir con nadie. Jade, en cambio, se veía fascinada con el arranque de sinceridad de Chava, que no tenía intenciones de callarse.

—Me imagino que nos abandonó cuando supo que ella estaba embarazada —prosiguió—, porque cada vez que lo nombra se le llenan los ojos de lágrimas.

—Pobrecita, de seguro todavía lo extraña. Debe ser un alma sensible —acotó Jade haciéndose la experta en asuntos del corazón—. Te apuesto que tu mamá es Piscis.

—Nació el dos de marzo…

—¡Piscis! —exclamó llena de satisfacción por su acierto—. Son los más melancólicos y enamoradizos de todo el zodiaco. Además, viven en la luna todo el día. Son puro amor… ¡Puro amor! ¿Te calza con su imagen?

Chava se quedó en silencio, calibrando las palabras de mi amiga. Asintió, satisfecho de su explicación, y continuó:

—A veces preferiría que mi padre estuviera muerto, para no seguir esperando que algún día regrese. Por eso cuando me levante de aquí, voy a ir a buscarlo.

—¿Y para qué? —mi amiga estaba tan absorta en la conversación que incluso se había recostado de medio lado en la cama.

—Para mirarlo a los ojos. A ver si sonríe cuando descubra quién soy.

Era el momento de salir de ahí. Debía hacerlo antes de que Jade siguiera profundizando en emociones ajenas que yo no estaba dispuesto a escuchar, y antes de que me arrepintiera el resto de mi vida por haber entrado a ese cuarto. Además, ¿qué tenía que hacer yo en ese lugar? Nada. Mi presencia en el hospital se debía exclusivamente a que mi madre aún no conseguía levantarse de la cama del *Intensive Care Unit*. Con ella debía estar, a su lado, sosteniéndole su mano a través de los vendajes y tubos de drenaje, repitiéndole como un mantra que se iba a recuperar hasta que por fin me lo creyera. Pero Chava no me despegaba la mirada de encima. Ni siquiera cuando, con toda intención de ponerle un punto final a la plática, retrocedí hacia la puerta. Me seguía observando igual que como yo lo observaba a él. ¿Qué nos veíamos? El radar contestó de inmediato: atracción. Una pura y simple atracción.

—Hey, Eric, ya que vives cerca de la playa, hazme un favor —pidió con esa boca de labios suaves y siempre húmedos—… Cuando vayas hoy a tu casa, ¿podrías detenerte un segundo y sacarle una foto al muelle de Santa Mónica?

Debió notar mi expresión de desconcierto, porque de inmediato agregó:

—Sí, al muelle. A la rueda de la fortuna. A la gente riéndose. A los que se toman de la mano y se miran con amor. ¿Puedes? Y me la enseñas mañana.

—Supongo. Sí —contesté, y me arrepentí de inmediato—. ¿Y por qué una foto de ese lugar? ¿Qué tiene de especial…?

Por toda respuesta obtuve una sonrisa que reflejó muchísimo más que una simple alegría pasajera. La sonrisa de Chava me habló de un tesoro. De un objeto precioso. De un pedazo de pasado al que de seguro volvía una y otra vez en momentos de incertidumbre y tristeza. Y ante la contundencia de aquella revelación, no me quedó más remedio que asentir de nuevo y salir de ahí cuanto antes con una delicada misión entre mis manos.

9
#HUELLA

No me tardé más de cinco minutos en cumplir el encargo. Me acerqué a pasos rápidos hasta el borde de la amplia y arbolada acera de Ocean Avenue y, desde ahí, disparé el obturador de mi iPhone para retratar en la distancia el largo muelle que se internaba en el mar, la altísima rueda de la fortuna que hacía equilibrio en uno de sus extremos, la silueta de la montaña rusa que serpenteaba entre los locales comerciales y el gentío que circulaba frenético bajo una desordenada nube de gaviotas. Sin pensarlo mucho, elegí el filtro Valencia porque su principal característica es aumentar la exposición, darle calidez a la atmósfera e intensificar los colores más delicados. Quedé contento con el resultado final: parecía una imagen oficial de la oficina de turismo de la ciudad, destinada a imprimirse en algún folleto de promoción. Chava iba a estar muy satisfecho con mi trabajo.

La almacené junto a la fotografía que les había tomado a él y a Jade en el hospital, y que seguía a la espera de que me decidiera por algún filtro para mejorarla. En ella, los dos se veían muy sonrientes y relajados: uno acostado y la otra de pie a su lado, como si estuvieran compartiendo una divertida tarde de playa y se hubieran detenido sólo un segundo para posar ante un impertinente intruso que vino a interrumpir su privada actividad. Una hermosa y plácida luz entraba por la ventana de cortinas abiertas y los bañaba a ambos de un tono ambarino que suavizaba las sombras de sus rostros. Antes de apagar el teléfono, volví a echarle un vistazo al retrato. Jade miraba al lente con su clásica y coqueta expresión. Pero Chava me estaba mirando a mí a través del tiempo y de la pantalla del iPhone.

Directamente a *mí*.

De regreso a casa, donde pensaba ducharme a toda velocidad, cambiarme de ropa, comer algo, para regresar lo antes posible al Cedars Sinai, decidí detenerme unos momentos en la Pacific Coast Highway a la altura de Cross Creek Rd. Aún se podía apreciar la larguísima huella negra de los neumáticos del Audi sobre el pavimento de la autopista. Cerca del cruce, un enorme y oscuro manchón daba cuenta de la quemazón del coche y de la gasolina que se debió derramar del tanque para luego arder sin control durante horas. El Wells Fargo de enormes ventanales, el Café Habana, incluso el Perenchio Golf Club que se extendía en paralelo a la avenida, seguían como mudos testigos del accidente que cambió la vida de la familia Miller para siempre. Mi vida.

Intenté fijar la vista en la reverberación del sol sobre el mar, a ver si de ese modo conseguía al menos derramar un par de lágrimas. No, no hubo caso. A lo mejor el muerto no era solamente mi padre. Tal vez yo mismo había fallecido en algún momento de la última semana, sólo que aún no me había dado cuenta. Aunque no lo recuerde, a lo mejor también me subí a ese reluciente Audi azul metálico que inmortalicé con mi primera fotografía de Instagram. Quién sabe, pero quizá sí seguí a mi padre luego de nuestra discusión en mi recámara, justo después de sorprenderlo con las manos en la masa frente a mi laptop. Atravesé a su lado el largo pasillo de las habitaciones y juntos nos debimos de encontrar con mi madre, quien, estoy seguro, acababa de entrar a la casa desde su taller de pintura. La puedo ver ahí, aún sin quitarse su delantal manchado de óleo, asustada al sorprender de pronto el rictus desencajado de mi padre.

—Richard, ¿qué pasa? —tiene que haber preguntado.

Mi padre no le dijo nada, pero debe haberle hecho un gesto para que saliera con él de la casa. Y como yo estaba también ahí, aunque no sea capaz de acordarme, con toda certeza tengo que haberlos acompañado hasta el coche. Me subí al asiento trasero del Audi justo antes de que mi padre pisara el acelerador y saliera a toda velocidad por Cliffside Dr rumbo a la Pacific Coast Highway. Él iba llorando. Devastado. Las manos aferradas al volante. Los nudillos blancos de tan tirante que tenía la piel. Mi madre, lo más probable, repetía una y otra vez que debía ser un error, un lamentable error, que yo era un buen hijo, uno que jamás sería capaz de hacer algo tan sucio y repugnante, el hijo perfecto. ¿Acaso no era ése el burdo cliché que siempre repetían? Y mi padre tiene que haber acelerado aún más en esa curva donde mi madre siempre le pedía que bajara la velocidad, justo antes del semáforo. Los tres debemos haber gritado de horror al ver aparecer el camión por Cross Creek Rd. Un camión que surgió de la nada. Un camión que no estaba en los planes de nadie. Y entonces vino el torbellino que dejó el cielo abajo y el pavimento arriba. A través de los cristales que reventaron todos al mismo tiempo se fracturó también el mar, las gaviotas que sobrevolaban nuestras cabezas, la fachada del Café Habana desde donde emergieron varios curiosos que gritaban horrorizados y que tuvieron la mala suerte de presenciar el accidente. Lo siguiente fue el estallido de la gasolina que estremeció la autopista entera y convirtió el interior del coche en un infierno de latas retorcidas. De seguro, mi padre trató de escapar pero sus piernas estaban atrapadas bajo el volante chamuscado. Seguramente lo último que haya escuchado fue abrirse la puerta del copiloto por donde alguien, un alma bendita, consiguió rescatar a mi madre que también ardía. Y así Richard Miller tiene que haber expirado con infinito alivio sin saber que en el asiento trasero yo moría junto a él. Por eso no puedo llorar aunque mire fijamente el sol reflejado en el mar, o piense en la vida de embuste que tenía antes de recibir la llamada que me notificó la desgracia. Porque estoy muerto. Muerto y enterrado.

Avancé por Cliffside Dr rumbo al enorme portón de entrada de nuestra casa. En esa época del año, la calle se veía algo seca y amarilla. Cada tanto, algunos manchones de flores lilas ponían la única nota de color entre los arbustos no muy altos y las palmeras que se alzaban frente a las enormes residencias. Y más atrás, el ruido del mar. Un arrullo eterno. El mismo que me ayudaba a dormir por las noches y me daba la bienvenida por las mañanas.

El eco de la enorme sala, decorada por expertos profesionales que se tardaron meses en conseguir el resultado definitivo, repitió hasta el infinito el sonido de mis pasos sobre el mármol. Las rosas de los jarrones estaban comenzado a marchitarse, pero no me atreví a lanzarlas a la basura. La última persona en tocarlas había sido mi madre. Eran demasiados los cambios en tan poco tiempo. Al menos ver esas rosas ahí, donde siempre habían estado, me hizo sentir en casa.

El timbre de mi celular me sobresaltó cuando avanzaba por el pasillo rumbo a mi cuarto. Era Jeremy Kerbis, el abogado de mi padre. Su voz me llegó a través del teléfono como si estuviera sumergido en lo más hondo de un pozo subterráneo. O como si me hablara desde otra vida, una tan lejana y perdida que ya no significaba nada para mí. Dijo algo de un testamento, del hecho que no debía preocuparme por nada, que él se haría cargo de todo, incluso de seguir pagándole todos los meses a Mabel, la señora de la limpieza, tal como Richard, su querido amigo y cliente, hubiese deseado. Dijo además que yo debía ser fuerte, que dada mi condición de hijo único tenía que estar ahí cuando mi madre recobrara la conciencia, que lo que se avecinaba para ella no era fácil, pero que estaba seguro de que con mi compañía y apoyo todo sería más llevadero. No recuerdo qué le respondí. Alguna mentira, tal vez. Quién sabe.

Al cortar, volví a echarle un vistazo a la foto de Chava y Jade en mi teléfono. Y una vez más pude comprobar que Chava dirigía su mirada directo hacia mí. ¿Intentaba decirme algo? ¿Transmitirme algún mensaje?

Sobre el escritorio aún estaba mi laptop, en la misma posición que mi padre la dejó luego de que lo sorprendiera revisando mis archivos. Al igual que con las rosas de mi madre, tampoco me atreví a tocarla. De seguro se le había acabado la batería, porque el monitor estaba negro y completamente opaco. Mejor. Así me evitaba cualquier posibilidad de encontrarme en un descuido con su contenido. El verdadero culpable de todo: la computadora de Eric Miller, el peor hijo del mundo.

Me senté en la cama y dejé el iPhone a un lado. No sé qué pasó por mi mente, ni qué me llevó a tomar la decisión, pero me sorprendí buscando el número de Simon Davis entre mis contactos. Antes de que pudiera frenar el movimiento de uno de mis dedos, hice la llamada. Y como siempre sucedía desde aquel día en que todo cambió, me llegó hasta los oídos un: *We're sorry, you have reached a number that has been disconnected or is no longer in service.*

Era un hecho: había desaparecido hasta su huella de mis tímpanos.

10
#MARIPOSITA

Una semana después de la fiesta de cumpleaños de Simon Davis, de la cual me escapé sin siquiera despedirme de Jade, me ocurrió algo extraordinario. Bueno, la verdad fueron dos importantes sucesos el mismo día: uno que sí vale la pena ser calificado como extraordinario, y otro nefasto que ni siquiera me gustaría recordar.

El nefasto tuvo lugar primero, y comenzó muy temprano la mañana de un martes justo después de terminar la clase de gimnasia. Acababa de ducharme y empezaba a vestirme. Luego de ahí debía seguir hacia el laboratorio de biología, para continuar más tarde con una insufrible sesión de matemáticas donde pensaba sentarme junto a Jade, para que me ayudara con las ecuaciones en derivadas parciales que aún no conseguía ni remotamente descifrar.

Al tomar mi mochila para sacar una muda de ropa limpia, mi iPhone cayó al suelo. Y fue ahí que tuve la maldita idea que provocó lo que vino a continuación. Abrí Instagram, luego la cámara fotográfica, y enfoqué hacia la larga sucesión de lockers metálicos donde guardábamos nuestras pertenencias. El sonido del obturador resonó en todo el lugar. Supongo que las baldosas de los muros habrán colaborado a que se quedara ahí haciendo más eco de lo necesario. Veloz, le agregué el filtro Kelvin que, aunque no era uno de mis favoritos, llenó de contrastes la imagen y le dio al gimnasio el aspecto de un escenario cinematográfico de una película de bajo presupuesto. #Gymclass #Sudor #Cuerposanomentesana fue lo que escribí antes de subirla a la red.

Me estaba terminando de abrochar la camisa cuando escuché pasos tras de mí. Al girar, me encontré con tres gorilas que me observaban con evidente expresión de amenaza. Aquellos gorilas, como Jade y yo los habíamos bautizado un par de meses antes, se habían dedicado a aterrorizar a gran parte de los alumnos del colegio. ¿Las razones? Eso daba lo mismo. Si te veías distinto al resto, si tenías sobrepeso, si tu piel era demasiado blanca o demasiado oscura, si no sabías hacer deportes o conseguías excelentes calificaciones en tus exámenes, de seguro esas bestias primitivas iban a terminar cruzándose en tu camino. Y lo ibas a lamentar, claro.

En aquella oportunidad algo me advirtió que a mí también iba a llegarme la hora. Mis entrañas me lo aseguraban. O mi voz interna, o lo que fuera. Los vi espiarme sin ningún disimulo a través del patio de la escuela. Era un hecho: me habían descubierto. Fueron capaces, como los hábiles abusadores que eran, de descifrar aquello que con tanta desesperación traté de mantener oculto a lo largo de los años. A partir de ese día, cada vez que pasaba cerca de los gorilas dejaba de respirar. Enderezaba la espalda. Intentaba caminar en línea recta, en total dominio de mi cuerpo. Y nunca, nunca, nunca hice contacto visual con ellos.

Hasta que llegó el día del acontecimiento nefasto, claro.

—¿Ahora te dedicas a sacarnos fotos en las duchas, mariposita? —dijo uno de ellos casi sin mover los labios.

Un terror ciego me congeló la sangre. El tono del *mariposita* me advirtió que la situación era peor de lo que había imaginado. Aún no tenía puestos los zapatos y varios metros me separaban de la puerta de salida. Además, aquellos tres animales salvajes sedientos de sangre fresca me bloqueaban el paso con su desproporcionada humanidad. No tenía salida.

Hubiese querido cerrar los ojos. Refugiarme en la oscuridad más absoluta, ahí donde nadie pudiera encontrarme. Pero no. Era demasiado tarde. No había escapatoria.

#Nofuture.

—Estás perdido —masculló el segundo, adivinando mis pensamientos.

—Dame tu teléfono —ordenó el tercero.

No fui capaz de hacer ni el más mínimo movimiento. Mi cuerpo entero se había convertido en piedra, al igual que el corazón que ya no latía dentro de mi pecho. Iba a morir. Iba a morir en los vestidores de mi escuela. Mi propio secreto se había convertido en el tiro de gracia que estaba a punto de rematarme en el suelo.

—¡Dame tu teléfono, marica! —gritó el más alto de los tres.

De manera instintiva tomé el iPhone y lo eché dentro de la mochila. Error. Un gravísimo error. Si hubiera hecho lo que me pedían, podrían haberse dado cuenta de que la fotografía que acababa de tomar no tenía nada de comprometedora, y que sólo se trataba de una inocente y desabrida imagen de los lockers. Pero no. Hice lo contrario. Una vez más me equivoqué al tomar una decisión. En lugar de agarrarme de una rama para poder salir del pozo de arenas movedizas, elegí hacer el movimiento equivocado que terminó por hundirme aún más.

Lo siguiente que recuerdo es que uno de ellos se me fue encima. Sentí de golpe su respiración caliente contra mi rostro, mientras una de sus manos me agarraba sin contemplaciones por la muñeca para luego retorcerme el brazo contra mi espalda bañada en sudor. Un grito que me salió de lo más hondo de los pulmones tapó por un segundo las carcajadas de los otros dos, que seguían en el mismo lugar viendo cómo el líder del grupo iba a masacrarme sin piedad. Estaba seguro de que algún hueso se me había quebrado en el forcejeo. El dolor casi no me permitía respirar.

—Sabes lo que te espera, ¿verdad? —murmuró en mi oreja, gozando cada una de sus palabras.

Empujó mi brazo hacia arriba un poco más y cerré los ojos para no ser testigo del desenlace de la historia. El interior de la cabeza se me llenó de puntos amarillos que estallaron como dolorosos fuegos artificiales en un cielo oscuro.

—Por favor —supliqué casi sin aliento.

Como tenía los ojos cerrados no vi sus expresiones de burla, pero pude escuchar las risotadas que remedaron mi desesperado ruego. "Por favor, por favor, por favorcito", repitieron imitando una delicada y llorosa voz. "Ahora sí van a matarme. Por cobarde. Por rendirme ante la primera tortura."

Sin previo aviso, la presión que el gorila número uno ejercía contra mi cuerpo cedió por completo. Lo sentí separarse y dar un paso hacia atrás. Los gorilas dos y tres también suspendieron de inmediato sus carcajadas y el gimnasio entero se quedó en un tenso silencio que no supe cómo interpretar. No me atreví a abrir los ojos. Me dio pánico la posibilidad de encontrarme con un enorme charco de mi propia sangre, junto a mis pies desnudos y mi mochila a medio vaciar.

—¿Qué está pasando aquí?

Desde el fondo del horror en el que aún me encontraba, reconocí la voz del profesor de gimnasia. Al instante levanté los párpados pero tardé en poder enfocar bien: el cambio de oscuridad a luz me enceguecíó unos segundos. En medio de una bruma de pupilas dilatadas en exceso, alcancé a divisar su silueta salvadora avanzar por el vestidor rumbo a mí. Los tres gorilas se replegaron contra la puerta del lugar y desde ahí me dieron una última mirada. No necesité que lo confirmaran: supe de inmediato que aquello no había terminado. El suceso nefasto ocurrido a primera hora de una mañana de martes era sólo el preámbulo de una pesadilla que apenas comenzaba.

—Eric, ¿estás bien? —el profesor me ayudó a enderezar el cuerpo.

Todavía no conseguía llenar de aire los pulmones, pero aun así recogí lo más veloz que pude la mochila, los zapatos y avancé a tropezones hacia la salida.

—¡Eric...! —escuché tras de mí.

No, lo siento, pero no iba a detenerme. Le agradecía desde el fondo de mi alma su oportuna intervención, pero no tenía el más mínimo deseo de sentarme a platicar con alguien que iba a hacer más preguntas de las que yo estaba dispuesto a responder. Cualquier explicación que diera iba a dejar a la vista, en algún momento, aquello que tanto esfuerzo me había costado relegar a lo más profundo de mi organismo. Además, la ira que comenzaba a abrirse paso en mi interior ahora que el miedo retrocedía me llenó los ojos de lágrimas y me hizo apretar con fuerza los labios para evitar que un sollozo se me escapara y complicara aún más las cosas. No iba a permitir que nadie me viera en ese estado.

Salí y dejé que el sol matutino me diera de lleno en el rostro, a ver si él conseguía secarme las mejillas húmedas. Apuré el paso rumbo al laboratorio de biología. No me detuve ante nadie. No necesitaba ver sus rostros para saber que muchos me observaban con desconcierto ante mi carrera de pies descalzos y cabeza hundida contra el pecho.

—Hey, tranquilo —dijo de improviso alguien que me cerró el paso.

Al levantar el rostro me encontré con él. Mi estómago se recogió sobre sí mismo y el corazón arrancó de nuevo en un frenético galope que me irrigó de sangre hasta el último rincón de mis extremidades. El cuerpo de Simon Davis ocupaba todo mi campo visual. Tras él, la escuela se había convertido en una mancha imprecisa más parecida a una acuarela demasiado aguada. El pasillo por el cual transitaba ya no existía. Incluso el dolor inclemente de mi brazo ya era cosa del pasado. Ahora sólo tenía sentidos para observar a Simon que, sin saberlo, había venido a mi rescate.

Y fue así como, en ese preciso instante, se dio inicio al segundo suceso de esa lejana mañana de martes. Un suceso que, como ya dije, sólo puede ser calificado de extraordinario.

11
#SIMON

"Hey, tranquilo", había dicho para frenar mi carrera rumbo al laboratorio de biología. Y yo obedecí, claro. Porque algo en el interior de mi cabeza, quizá la última neurona sensata que me iba quedando, decidió que a Simon Davis había que obedecerle. Alguien como él debía tener siempre la razón. No podía ser de otra manera. Era el amo absoluto del espacio que lo rodeaba. Tanta perfección no era gratuita. De seguro era un premio por ser el hombre más insuperable del planeta Tierra.

—¿Todo bien? —dijo.

Supe que disponía sólo de tres segundos para encontrar una respuesta inteligente y que me hiciera justicia. "Piensa, Eric. Contesta algo que lo sorprenda, que le haga ver la clase de persona que eres. Necesitas que Simon crea que eres alguien *cool*, como él, con un temperamento enigmático, inteligente, que disfruta de las cosas simples de la vida pero que no tiene miedo de meterse en honduras. Piensa. ¡Piensa!"

—¿Sabías que se necesitan más de doce músculos para sonreír?

"¿Yo dije eso? ¿De verdad fui yo el que se atrevió a abrir la boca para lanzarle a Simon a la cara el disparate más horrible del que alguien tenga memoria? ¿Acaso todavía no me recupero del acoso de los gorilas y por eso no tengo conciencia de lo que mi boca escupe?"

La escuela entera pareció quedarse en silencio a la espera de su reacción. Intenté congelar mi expresión para disimular al máximo la vergüenza que me trepaba por las mejillas rumbo a las orejas y que se convertía en sudor sobre mi frente. Tal vez no había escuchado. Quizá Simon ni siquiera estaba interesado en mi respuesta, y me había interpelado por simple educación al verme avanzar como un cadáver por el pasillo. Lo más probable era que la imbecilidad que salió de mis labios le haya entrado por un oído para salirle de inmediato por el otro. Esto era culpa de Jade. ¡Fue ella la que me metió esa estupidez de los músculos y las sonrisas en la cabeza un par de semanas atrás, en la cafetería, precisamente el día que vimos juntos por primera vez a Simon Davis!

Trágame tierra. Me quiero morir. #Shame

Simon estalló en una carcajada tan contagiosa, que incluso unas estudiantes que corrían apuradas por el pasillo rumbo a su próxima clase comenzaron a reírse al escucharlo.

"Funcionó. Me mira. Me está mirando. Y acaba de poner una de sus manos sobre mi hombro derecho."

—No, no tenía idea. ¿Y cuáles son esos músculos…? —dijo, aún tratando de controlar sus risotadas.

Decidí que lo mejor que podía hacer era enmudecer el resto del día y evitarme un nuevo bochorno que, a esas alturas, iba a terminar costándome la vida. Me subí de hombros y traté de hacer un gesto casual, relajado, un ademán que pudiera interpretarse de muchísimas maneras pero que no me comprometiera en lo más mínimo a seguir hablando.

—Simon Davis —se presentó, aún con la mano sobre mi hombro.

—Eric —contesté con voz desafinada.

—Sí. Eric Miller. Ya lo averigüé.

Intenté volver a echar mano de mi gesto casual, ese que no dice nada pero que según yo esconde mi verdadero deseo de gritar de emoción hasta quedarme afónico, pero esta vez ni siquiera fui capaz de alzar las cejas o mover un brazo.

—Se lo pregunté a tu amiga, la del pelo verde. Costó, pero terminó por confesármelo.

Jade. ¡Jade! ¡Maldita y bendita Jade! Iba a necesitar interrogarla hasta conseguir toda la información posible. ¿Cómo habrá reaccionado ella cuando Simon la interpeló sin que yo me diera cuenta para preguntarle cosas sobre mí? ¿Tal vez la noche de la fiesta, después de mi abrupta desaparición? ¿En el patio de la escuela, un día cualquiera al terminar las clases?

—Perdona, ¿ella es tu amiga o tu novia? —quiso saber.

—Amiga… ¡Amiga…! —aclaré a toda velocidad.

—¿Entonces no es tu novia?

—No tengo novia. ¡Jade no es mi novia! —respondí un tono más alto y agudo de lo que hubiese querido.

Simon asintió con la cabeza. Hizo una pausa y volvió al ataque:

—¿Tienes clases o puedes acompañarme a buscar un café?

No necesité abrir la boca para que él supiera mi respuesta.

Lo siguiente que recuerdo es a Simon y a mí sentados sobre el cofre de su coche, cada uno con un vaso de Starbucks en la mano. Había manejado en silencio durante varios minutos por Mulholland Drive en busca del mejor lugar para estacionar el vehículo y quedarnos ahí viendo la ciudad desde la altura. Teníamos una magnífica panorámica de los rascacielos de Los Ángeles, parte del Hollywood Bowl y, por supuesto, de la contaminación que convertía al cielo en un plomizo pizarrón mal borrado.

Hice una fotografía. No iba a perder la oportunidad ni la costumbre. Hice un encuadre del grupo de altísimos edificios, parte de una carretera atestada de automóviles y un enorme racimo de nubes. Con la ayuda de Simon elegí el filtro adecuado: Mayfair, que convirtió a la polución en un cálido manchón amarillo y así transformó, de inmediato, el alma de la imagen. A diferencia de la realidad, mi retrato era ahora una vista alegre y gozosa de la ciudad. Un reflejo de mi estado interior, también soleado y optimista. #LA #MulhollandDr #Happy fue lo que escribí. Jade se tardó apenas ocho segundos en otorgarle el primer *like* y comentar:

@Wildhair: Feliz por ti, @ericmiller98 ¡Disfruta! <3

Al poco tiempo de plática, ya sabía que Simon había viajado con su padre desde Florida luego de un complicado divorcio. Su madre decidió quedarse en Miami tras conseguir en tribunales que la enorme casa de Bay Harbor Islands, donde la familia vivía feliz hasta el inicio del pleito, quedara bajo su nombre. A causa de la mudanza, los líos de la separación y el periodo de ajuste necesario en una nueva y desconocida ciudad, Simon había perdido el año escolar, por lo que debió repetir el grado. Por eso era mayor que todos nosotros. Supongo que cuando cumples 18 años, el mundo te pertenece un poquito más. La densidad de tus átomos adquiere un nuevo peso. Eres alguien con voz y voto. Existes.

Siendo honesto, no puedo decir que lo nuestro fue una conversación. Más bien se trató de un largo monólogo de Simon, que yo escuché con mis cinco sentidos en alerta para no dejar escapar ni un detalle. Sin embargo, a pesar de mis intentos, me perdía unos segundos en la curva de su mejilla afeitada que se recortaba contra Los Ángeles. O contemplando cómo el sol incendiaba su cabello a medida que avanzaban las horas. Me hubiese gustado fotografiar cada elemento de su rostro. Habría dedicado el resto de la tarde a inmortalizar sus labios: el de arriba delgado y el de abajo más grueso. No me hubiese cansado de probar todos los filtros de Instagram en sus ojos hasta encontrar el efecto preciso que captara la vivacidad y madurez que transmitían. Podría haberme aprendido de memoria la ubicación de los lunares que poblaban su nariz, para luego hacer un mapa que me recordara por siempre la geografía de su piel.

Antes de meternos al coche para emprender el camino de regreso, me enseñó la pantalla de su celular.

—Tenías razón —dijo—. Son doce los músculos que usamos al sonreír. Y según Google uno de ellos se llama risorio.

—Como risotto —agregué. Ay, Jade. Te debía tanto.

Cuando entré a casa, una cascarrabias Mabel salió a mi encuentro para recordarme que ésas no eran horas de llegar. Pero de inmediato, como siempre sucedía luego de uno de sus clásicos enojos pasajeros, relajó su humor y me advirtió que si tenía hambre ella podía recalentarme la cena en el microondas en un dos por tres. Negué con la cabeza y seguí hacia la terraza donde mis padres estaban compartiendo una copa de vino. Sin entrar en explicaciones sobre qué estuve haciendo hasta ese momento, les lancé a cada uno un beso, les deseé las buenas noches, y por más que hice el intento fui incapaz de entender lo que me respondieron. Yo no estaba ahí: seguía sentado en el cofre del automóvil de Simon. Y no me moví de ahí en toda la noche. No necesité cerrar los ojos para repasar cada palabra de nuestra plática, o para volver a enfrentarme a sus gestos tan precisos y contundentes. No quise responder los desesperados WhatsApps de Jade, que cada cinco minutos invadía mi teléfono con urgentes y mayúsculos "¡QUIERO SABERLO TODO!" No era el momento de ponerle palabras a nada de lo que había ocurrido. Ni siquiera tenía ganas de pensar. Sólo deseaba recostar la cabeza en la almohada para dedicarme a enumerar, una vez más y sin prisa alguna, los lunares de su nariz.

#Happy

La mañana siguiente avancé por el pasillo de la escuela como si mis pies se movieran al compás de una música festiva que sólo yo era capaz de oír. Ni siquiera me importó tener que inventar explicaciones por mi desaparición el día anterior, o estar obligado a presentar un examen semestral de ecuaciones en derivadas parciales que aún no conseguía descifrar. Por alguna razón, el mundo se veía distinto desde mi solitaria orilla del mundo. Por primera vez se veía muy bien, de hecho. Así de potente había sido el suceso extraordinario.

Tal vez por estar en las nubes no alcancé a esquivar el puño del gorila número uno, que me cayó sin aviso en pleno mentón. Un estallido de violentos rojos y anaranjados invadió mi campo visual y me dejó ciego de dolor. Un segundo golpe hizo crujir una de mis costillas y me lanzó de bruces hacia el suelo.

La boca se me llenó de sangre. Ahí estaba otra vez: el agrio sabor de la ira.

Por encima de las burlas que insistían en llamarme *mariposita*, y las carcajadas que celebraban con júbilo cada trompada, seguí escuchando sin interrupción alguna mi propia y alegre banda sonora: esa que me había regalado la presencia de Simon el día anterior. Pero esta vez, pasara lo que pasara, no estaba dispuesto a renunciar a ella.

12
#BOMBA

A primera hora de la mañana regresé al Cedars Sinai con la certeza de que Chava iba a aplaudir lleno de agrado la fotografía del muelle de Santa Mónica que tomé para él el día anterior. Una vez que me vi dentro del enorme acuario del lobby, dudé unos instantes si subir directamente al ICU a ver cómo había amanecido mi madre, o pasar primero por la habitación 435.

El espejo del ascensor reflejó mi rostro ojeroso y lleno de sombras a causa de la poca iluminación. Cuando me volví a descubrir duplicado hasta el infinito, tuve la impresión de estar observando una triste máscara hecha en papel maché, un semblante sin vida ni luz propia incrustado a la fuerza en un cuerpo que parecía a punto de derrumbarse. ¿En qué minuto me había convertido en *eso*? ¿Tan grave era mi incapacidad para llorar y dejar aflorar mis sentimientos? ¿Cuál era el siguiente paso? ¿Desaparecer? ¿Secarme primero por dentro y luego por fuera por culpa de un llanto que nunca llegó?

¿Servirá de algo esto nuevo que siento para darle luz a tanta sombra?

Viéndome cara a cara al espejo, corroboré que algo muy nocivo y perverso debía esconderse en mi alma. ¿Qué clase de ser humano podía mantenerse inconmovible ante una tragedia como la que yo estaba viviendo? El peor de los seres humanos, de seguro. Yo.

Quizá para sentirme menos culpable, o tal vez porque era la decisión correcta, o a lo mejor sólo por costumbre, enfilé mis pasos hacia la unidad de enfermos críticos. Avancé por el blanco corredor, alterando apenas un silencio más parecido a la muerte que a la falta de ruidos. Ahí estaba mi madre. De su siempre sonriente presencia quedaba sólo una forma que ya ni siquiera parecía humana, sepultada bajo metros y metros de vendajes. Me recordó a una escultura de mármol en proceso de ser esculpida. Tal vez si hubiese estado muerta, su nueva condición sería casi hermosa. Lo terrible era que mi madre todavía estaba viva. Debajo de aquello, de esa máscara de gasa, de ese montón de despojos calcinados, estaba su corazón que aún latía.

Le lancé un beso lleno de urgencia y volé de regreso a los elevadores con la sensación que podía vomitar en cualquier momento.

Apenas salí al pasillo del cuarto piso, vi correr un par de alarmadas enfermeras hacia el interior del cuarto de Chava. Alcancé a escuchar un grito de dolor. Una tercera enfermera, que reconocí como su madre, salió con expresión de profunda desesperación acompañada de un médico que se alejó apurado en sentido contrario.

—¿Pasa algo? —pregunté al llegar junto a ella.

Paty me miró con los ojos arrasados de lágrimas. Intentó decir algo, pero renunció al darse cuenta que su voz, así como su aplomo, se habían ido lejos, muy lejos. Un nuevo grito se escapó del interior de la habitación. Al asomarme, pude ver a Chava en la cama, tapado apenas por la sábana, retorciéndose crispado, la expresión perdida y las extremidades en rígida tensión. Tenía el rostro enrojecido y el cabello mojado de sudor. Agarró con fuerza el borde de la camisola que cubría su cuerpo y en un gesto de impotencia la rasgó de arriba abajo al tiempo que un lacerante quejido le estremeció el pecho.

—¡Duele…! —gritó—. ¡Duele mucho…!

Su madre corrió a revisar el goteo del suero en un intento por demostrarle a su hijo que estaban todos preocupados por él, más que para frenar realmente su sufrimiento. A juzgar por los movimientos abatidos de aquella mujer, no había nada más que hacer. Chava estaba condenado a una tortura eterna a causa de la fractura de su columna vertebral.

—¡El doctor trae *La bomba*! —exclamó una enfermera que se asomó veloz por la puerta—. ¡Despeja el área!

Paty empujó con fuerza la mesita de noche hacia la ventana y movió una silla para dejar aún más espacio libre junto a la cama. El médico ingresó al cuarto en compañía de dos asistentes que arrastraban a toda velocidad lo que me pareció era un cajero automático pequeño, uno de esos que algunas gasolineras tienen a un costado de la nevera de las cervezas o de la inmunda puerta del baño. Lo ubicaron pegado al catre clínico y lo enchufaron a la corriente. Una pantalla llena de letras y cifras se encendió en el acto. El médico colgó en el gancho del suero una gran bolsa llena de un líquido viscoso y transparente.

—Es lo que llamamos *La bomba* —me susurró otra de las enfermas que, al igual que yo, presenciaba la situación con evidente angustia y solidaridad por su colega—. Es un coctel de morfina, Valium y Demerol.

91

De *La bomba* colgaba una delgada manguerilla que conectaron con rapidez en una terminal del cajero automático. Y al mismo aparato unieron otras tres mangueras que insertaron en tres diferentes lugares del brazo de Chava, que seguía convulsionándose de dolor sobre el colchón.

—Presta atención —me aconsejó la mujer.

El médico manipuló algunos botones, ingresó un par de números en un teclado y oprimió la tecla *On* directamente en el monitor del artefacto. Al instante, Chava relajó su cuerpo y rodó los ojos hacia el interior de sus órbitas. Su mirada se quedó en blanco hasta que Paty consiguió acomodarlo sobre la almohada. Con delicadeza le bajó los párpados y estiró sus piernas, que yacían inmóviles y torcidas bajo la sábana.

—Gracias, doctor —dijo ella, aliviada—. Muchas gracias.

El médico asintió sin siquiera mirarla y ordenó a las demás enfermeras mantener una constante supervisión de la dosis que *La bomba* estaba ingresando al organismo de Chava. Al parecer, aquella combinación de químicos mitigaba de manera instantánea cualquier dolor pero también podía resultar mortal si no se administraba correctamente.

Paty se inclinó sobre su hijo y lo besó en la frente. Se secó las lágrimas y respiró hondo. Por lo visto, lo peor ya había pasado.

—Daría cualquier cosa por ser yo la que está en esta cama —confesó mientras acariciaba con ternura la frente sudorosa de su hijo—. Daría mi vida entera…

La enfermera estiró la sábana y corrió un poco las cortinas del cuarto para evitar que la luz del sol interrumpiera el aturdimiento de Chava, que seguía inmóvil sobre el colchón. Luego, la mujer avanzó hacia la puerta. Desde ahí me miró y regaló una sonrisa llena de nostalgia.

—Era un muchacho lleno de vida… Y voy a hacer todo lo que esté a mi alcance para que vuelva a serlo.

Terminó la frase con gran dificultad. Tragó saliva y salió apurada hacia el pasillo. Me quedé unos instantes sin saber qué hacer: permanecer ahí acompañando a Chava o retirarme sigilosamente hacia la ICU y regresar más tarde, cuando el enfermo hubiera recobrado la conciencia, para así enseñarle la dichosa foto que me había pedido.

La inmovilidad total de Chava me hizo decidir subir cuanto antes al *Intensive Care Unit*.

Estaba a punto de abandonar el cuarto cuando escuché su voz, algo deforme por el sueño artificial en el que se hallaba sumido.

—Con ella fui por primera vez al muelle de Santa Mónica —balbuceó—. Su nombre es Lisa… ¿Qué será de Lisa?

Me detuve. ¿Me estaba hablando a mí? Chava continuaba con los ojos cerrados. Tras sus párpados se alcanzaba a percibir el frenético movimiento de sus globos oculares.

—Mírala. Es bonita, muy bonita… Su pelo… sus ojos… esa sonrisa —continuó—… Sabes a qué me refiero, ¿verdad? —no esperó mi respuesta para seguir hablando—. Tiene un tatuaje de una libélula en su hombro derecho. ¿Lo ves? Un dibujo precioso. Lisa me pidió que la acompañara al muelle de Santa Mónica, y yo le dije que sí.

Chava hizo una pausa. Chasqueó la lengua dentro de la boca y el intenso ritmo tras los párpados cerrados se intensificó. Su boca se contrajo en una mueca de anticipado dolor.

—Fuimos. Y caminamos… Miramos el mar… Nos subimos a la rueda de la fortuna. Yo sólo quería tocar su tatuaje de libélula. Besarlo —dijo y volvió a hacer un paréntesis—. El primer disparo sonó tan cerca que pensé que ella había apretado el gatillo. Pero no. No. Fue un loco… Uno de esos que siempre salen en las noticias. Y lo vi. Avanzaba por el muelle con una pistola… Todos gritaban… Corrían… Lisa quiso escapar pero el loco la miró… La miró y levantó el arma. Iba a disparar. ¡Iba a matarla! —su voz se alteró a tal punto que pensé que despertaría de su trance—. Salté hacia ella. Para protegerla. Para cuidarla. Para poder besar su tatuaje.

No pude evitar estremecerme al escuchar su relato. A pesar del horror que estaba describiendo, su cuerpo se veía plácido y en calma. Todo el cuerpo, excepto los ojos, que continuaban moviéndose sin descanso al otro lado de sus párpados. Junto a la cama, la máquina que le administraba el medicamento que lo mantenía sin dolor y en un estado de inconsciencia seguía bombeando su pócima gota a gota.

—Lo último que escuché fue el disparo. Desperté dos días después en este hospital, y ya no volví a salir. ¿El diagnóstico? —preguntó al aire, a quien quisiera oírlo—. La bala me fracturó la cuarta y la quinta lumbar. Se supone que de aquí a un año y medio no voy a poder mover las piernas. Estoy frito. No volveré a caminar, Eric. Nunca más.

Cuando escuché mi nombre sentí como si me hubieran disparado una bala de hielo al centro del pecho. Chava me estaba hablando a mí. Siempre me estuvo hablando a mí. Por alguna razón, a pesar de las drogas, el dolor y la tristeza, quería compartir conmigo su pasado y el día trágico en que su propia historia cambió para siempre. La mía se torció luego de un violento choque en una concurrida esquina de Malibú; la suya, a un costado de la rueda de la fortuna en el muelle de Santa Mónica.

Lo escuché soltar un hondo suspiro, a medio camino entre un sollozo y un bostezo. Relajó la mandíbula y su frente se alisó por completo. Una gruesa vena que subía por su garganta aflojó el flujo de sangre y se mimetizó con el resto de la piel, tan blanca como el color de los muros. Estiró los dedos de ambas manos, entregándose por fin a un total desvanecimiento de cuerpo y alma. Pero en su rostro permaneció incombustible su sonrisa. Su clásica sonrisa. Una que no supe cómo interpretar, pero que me persiguió sin tregua hasta que entré al *Intensive Care Unit*. ¿Cómo era posible que un moribundo condenado a una silla de ruedas tuviera la insolencia de seguir sonriendo? ¿A quién pretendía convencer de su falsa felicidad?

Odié con toda el alma a Lisa y su maldita libélula.

13
#FILTROS

—No, no me gusta la foto —fue el veredicto de Chava cuando al día siguiente le mostré la imagen del muelle de Santa Mónica.

Me quedé un instante a la espera de su carcajada delatora, esa que me iba a confirmar que sus palabras eran simple y sencillamente una broma, una de dudosa calidad, pero una broma al fin y al cabo. No era posible que una fotografía tan bien encuadrada, y con un efectivo filtro como el Valencia, no fuera de su agrado. Sin embargo, la risa no llegó nunca y la arruga en su ceño me demostró que estaba hablando con honestidad.

—¿Puedo verla? —pidió Jade, que había decidido entrar conmigo al cuarto 435.

Chava le pasó mi iPhone. Ella entrecerró los ojos y frunció los labios, en un burdo intento por parecerse a lo que imaginaba debía ser la imagen de un crítico de arte a punto de dar su dictamen.

—A mí tampoco me gusta —sentenció, y se sopló el flequillo rosa que le caía sobre la frente.

—¡Por favor! —exclamé molesto—. La foto es estupenda.

—Tiene demasiado filtro —dijo Chava.

—¡Exacto! Ése es tu problema, Eric —continuó Jade mirándome fijo—. Le pones filtro a todo.

No, eso no era cierto. Hubo un puñado de fotografías que permanecieron intactas en la memoria de mi iPhone, y que luego traspasé a mi laptop, a las que nunca quise alterar. Al revés: las defendí siempre de cualquier arranque pasajero de creatividad. Deseaba conservarlas así, lo más parecidas a la realidad en la cual fueron tomadas. Quería mantener íntegra la huella del sudor en las pieles compartidas, la clara marca de los poros húmedos de saliva ajena, la excitación de los ojos siempre fresca en cada una de las imágenes. No, Jade, no le pongo filtro a todo. Sólo a lo que no me importa. Sólo a lo que no se parece a Simon Davis.

—Eso no es cierto —dije.

—Sabes que no estoy mintiendo. Soy la primera en darle *like* a tus fotos. ¡A todas! Desde la primera hasta la última. Muéstrame una que no hayas alterado.

Tendrías que encender la computadora que descansa sin batería sobre mi escritorio. El que aún tiene las huellas de los diez dedos de mi padre en su caparazón de aluminio.

—Mira quién lo dice —le espeté con rabia—. La que se cambia el color del pelo cada semana.

—Lo hago porque quiero ser única —contestó sin pestañear.

—Lo haces porque eres rara.

Chava iba a intervenir, pero decidió presenciar en silencio nuestra inesperada discusión. Jade se acercó a mí y me apuntó con su dedo índice que terminaba en una uña estridente y amarilla.

—Ser único no es ser raro —explicó con seriedad—. Lo raro es no querer ser único. La diversidad es la única certeza que tenemos, Eric.

—Voy a subir a ver a mi madre —corté, para poner fin a la conversación.

—Sabes que tengo razón —prosiguió Jade sin hacerme caso—. No hay dos nubes iguales, no hay dos piedras iguales, no hay dos sonrisas iguales.

—¿Cuál es tu punto, ah? —la encaré, harto de su actitud—. ¿Que tú eres genial porque llevas el pelo color chicle, y que yo no valgo nada porque me gusta usar los filtros de Instagram?

—No. Ése no es su punto —oí desde la cama.

Al girar, descubrí que Chava me estaba mirando con la misma seriedad y agudeza que en la foto que le tomé, y que aún conservaba en mi teléfono. Sus ojos eran tan negros como su cabello hirsuto: una noche sin estrellas convertida en dos pupilas.

—El punto de tu amiga es que ella se pinta el pelo para celebrar el hecho de ser diferente al resto —dijo Chava con infinita calma, quizá producto de los medicamentos—. Sin embargo, tú usas los filtros de tu cámara para esconderte y no mostrarle a nadie cómo es realmente tu mirada.

Quise responder algo que estuviera a la altura de sus palabras, pero no fui capaz de articular una sola sílaba. Sentí la ira subir por mi espalda: una araña hecha de fuego y lava que iba quemando todo a su paso. ¿Cómo era posible que ese tipo que casi no me conocía, y con el que apenas había cruzado un par de palabras, se atreviera a analizarme y dejarme expuesto de una manera tan frontal?

Pero Chava tenía toda la razón. Y precisamente la certeza con la cual se refería a mí me dejaba al borde de una cornisa, entre el filo mismo del vértigo y el abismo, incapaz del menor movimiento.

—Por eso me cagan los hipsters, porque con sus fotos de comida, de gatos gordos y bicicletas anticuadas convirtieron las emociones en hashtags —prosiguió Jade en un arrebato de furia—. Pero el amor, los sentimientos, la identidad, no son hashtags. No son palabras vacías. ¡Claro que no! Son estados del alma, Eric. ¡Y esos estados no necesitan filtros de tonos pastel!

—Pero no importa —retomó Chava, sin despegar sus oscuros ojos de los míos—, porque ésa era simplemente la primera foto de muchas otras que te voy a pedir. ¿Has estado alguna vez en Boyle Highs?

No alcancé a responder antes de que Jade lo hiciera por mí:

—No, claro que no —dijo con una mueca de burla—. A Eric no le gusta salir de su barrio de gente elegante y millonaria.

Quise contradecirla, pero una vez más mi amiga tenía razón.

—Me lo imaginé —comentó Chava sin el menor asomo de resquemor. Chasqueó una vez la lengua dentro de su boca reseca, inhaló con cierta dificultad una fresca bocanada de aire, y se giró hacia mí—. Boyle Highs es un barrio que queda en el este de Los Ángeles. Me imagino que sí ubicas este sector, ¿verdad? Aunque sea por las películas…

—Yo he estado ahí —exclamó Jade sin poder contener su emoción.

—¿Tú? ¿Cuándo? —la enfrenté con desconfianza.

—Fui hace un par de semanas. Me dijeron que allá hay un local de tatuajes muy bueno.

—¡Te gustan los tatuajes! —celebró Chava con entusiasmo.

—Me encantan —le contestó Jade con un evidente pestañeo de coquetería—. ¿A ti también?

—Sí, mucho. Desde pequeño.

—¡Qué coincidencia! Siempre he querido hacerme uno aquí, cerca de la muñeca…

—¿Y qué te gustaría tatuarte?

—Un símbolo de infinito. ¿Te parece una buena idea…?

—Sí —afirmó Chava—. Me parece una gran idea… Te felicito, Jade.

Qué poco conocía a mi mejor amiga. Como su confidente más cercano, yo tendría que haber estado al tanto de toda esa información. Y con lujo de detalles, claro. ¿Cuántas cosas más me ocultaría? Por supuesto cabía la posibilidad de que Jade estuviera inventando todo el cuento del tatuaje y del símbolo del infinito sólo para seguirle la corriente a Chava y quedar bien ante él. Sin embargo, la emoción de su voz y el brillo de su mirada no dejaban lugar a dudas: estaba diciendo la verdad.

—Entonces debes ir a ver a Beto. Es un buen amigo mío —dijo Chava con orgullo—. Tiene el mejor taller de tatuajes de todo Los Ángeles.

—¿Por qué me preguntaste si conocía ese barrio? ¿También me vas a presentar a alguien que vive ahí…? —lo encaré alzando una de mis cejas.

—No. Te voy a pedir una nueva fotografía. Pero esta vez va a ser una imagen muy especial. Vas a retratar Boyle Highs.

—Pero yo no sé dónde queda… —balbuceé y de inmediato me arrepentí por lo débil de mi argumento.

—¡Yo sí! —saltó Jade sin que nadie la incorporara a la conversación—. No te preocupes. Le pido el coche a mi abuela y te acompaño.

—El sector al que vas a tener que ir queda exactamente a una hora y treinta y tres minutos de aquí en transporte público —especificó Chava—. En auto son cincuenta y dos minutos, siempre y cuando el tránsito esté fluido.

—¿Y cómo sabes tanto de ese barrio?

—Porque ahí he vivido toda mi vida —dijo con gran dignidad.

Comprendí mi nueva misión sin que nadie me la anunciara: iba a fotografiar el pasado de Chava para traerle al hospital todo lo que perdió luego de su accidente. Y la intimidad de aquel encargo me enorgulleció de tal manera que supe, en ese mismo instante, que las cosas sí iban a funcionar entre nosotros. Era un hecho: mi corazón esta vez iba a triunfar.

Qué ganas tenía de ser el tipo más feliz del mundo. Y la piel de Chava iba a ser mi premio mayor.

14
#BARRIO

Camino a Boyle Highs, Jade subió al máximo el volumen de la ruinosa radio del coche de su abuela. A través de las bocinas retumbaron las primeras estrofas de la canción, reproducida directamente de un casete que aún no me explico cómo seguía funcionando:

> *When the night has come*
> *And the land is dark*
> *And the moon is the only light we'll see.*
> *No, I won't be afraid, no I won't be afraid*
> *Just as long as you stand, stand by me.*

Jade cantaba a voz en cuello junto a Ben E. King, mientras conducía a toda la velocidad que el viejísimo motor le permitía, por una autopista que hervía de vehículos por culpa de un calor de infierno y cientos de conductores malhumorados. Preferí hundir la mirada en mi iPhone y ponerme a contar los últimos *likes* de mis fotografías en Instagram. Cualquier cosa era mejor que estar pendiente de los gorjeos de Jade y de sus dedos que golpeteaban sin ritmo el manubrio descascarado.

—Oye —soltó ella de improviso—, ¿nunca te ha contado Chava qué fue realmente lo que le provocó la fractura de su espalda?

—Lo dijo frente a ti —respondí sin despegar la vista de mi teléfono.

—Sólo nos comentó que fue un accidente. ¿Pero qué clase de accidente, Eric? —insistió—. ¿Chocó? ¿Se cayó? ¿Qué fue lo que le pasó?

Estuve a punto de comentarle lo del tiroteo en el muelle de Santa Mónica, y de Lisa y su tatuaje de libélula, pero preferí callar. Por alguna razón, sentía que aquella confesión de Chava era un secreto que debía proteger de los demás. Después de todo, lo había compartido sólo conmigo, como consecuencia de aquella bomba de medicamentos que le corría por las venas. Ni siquiera estaba seguro de cómo asumir su relato: ¿acaso eran sólo incoherencias balbuceadas por culpa de la morfina o, por el contrario, la droga lo había hecho decir una verdad tan dolorosa que no se atrevía a revelarle a nadie?

Quizá su madre podía aclararme la duda. Pero, por el momento, no estaba dispuesto a soltarle nada a nadie.

—No sé, Jade. No tengo idea —mentí.

Para distraer su atención y tratar de cambiar de tema, me moví con energía de un lado a otro en un intento por despegarme del abrasador asiento de plástico. El aire acondicionado no funcionaba del todo, y lo que salía por los conductos era un chorro de vapor caliente que olía a motor y gasolina y que convertía el interior del coche en un sauna del que no se podía escapar.

—Bueno, no me va a quedar más remedio que preguntarle directamente a él —insistió y le dio un par de golpecitos a la casetera de la radio, para evitar que la cinta se volviera a enrollar.

If the sky that we look upon
Should tumble and fall
And the mountains should crumble to the sea
I won't cry, I won't cry, no I won't shed a tear
Just as long as you stand, stand by me.

El silencio duró poco en el interior del vehículo. No pasaron ni treinta segundos antes de que ella volviera a abrir la boca:

—¿A Chava también le gustarán los hombres?

Sentí que el "también" me daba un feroz puñetazo en el estómago. No me atreví a respirar. No fui capaz siquiera de alzar los ojos y mirar el rostro de mi amiga, que continuó guiando como si nada por la US-101. Jade nunca había hecho un comentario así. Por primera vez se atrevía a acercarse a tientas a un tema que jamás habíamos discutido. Un tema del que, por lo visto, yo no era capaz de conversar aunque aún no se hubiese dicho ni una sola palabra comprometedora.

—No creo —continuó reflexionando, las manos aferradas al volante—. No me da esa impresión. Pero quién sabe. Ojos vemos, corazones no sabemos —suspiró—… Tengo que hacerle su carta astral lo antes posible. Sí. ¿Ya te dije que la combinación de Libra con Acuario es una de las mejores? Chava y yo haríamos una pareja imbatible.

Seguí aferrado a mi teléfono, al igual que un náufrago se agarra para sobrevivir a un pedazo de madera en mitad del mar. ¿Qué estaba ocurriendo? ¿En qué minuto Jade había decidido bombardearme con confesiones indirectas que cambiaban por completo nuestra relación? Por un lado, dejó entrever que sabía con toda certeza que a mí me gustaban los hombres. Además, declaró que le gustaría que entre ella y Chava hubiera algo más que una simple... ¿Qué? ¿Acaso existía algo entre Chava y Jade? ¿Tal vez no había prestado demasiada atención a sus conversaciones? ¿Acaso habían compartido impresiones sobre mí cuando yo no estaba presente?

Lo siento, Jade: Chava me recuerda a Simon Davis. Esa historia que me contó de Lisa y sus ganas de besarle el tatuaje de libélula debían ser sólo desvaríos de exceso de morfina en sus venas. Fantasías de droga. Por algo desde el primer instante me pareció una narración demasiado articulada, como quien recita un texto aprendido de memoria. Lisa no existe. Tampoco su tatuaje. Chava me mintió, quién sabe por qué. Cada vez que lo veo evoco de inmediato a Simon, y vuelvo a sentir lo mismo que sentía cuando estaba frente a él. El radar no me falla, Jade. Mis entrañas me lo aseguraban. O mi voz interna, o lo que fuera.

Cuando me atreví a moverme en mi asiento de copiloto y recuperé el ritmo de mi propia respiración, descubrí que ya estábamos en el cruce de Soto Street y Whittier Blvd. Nuestro destino. Conseguimos estacionamiento en un local de carnitas michoacanas que estaba abierto las 24 horas del día, según se podía leer en un enorme y algo grasiento cartel luminoso que coronaba la puerta de acceso.

Me bajé del coche y abrí la aplicación de la cámara fotográfica en mi celular.

—Bueno, Eric, te presento a Boyle Highs —dijo Jade con una sonrisa—. Boyle Highs, él es mi amigo Eric, traído directamente desde el exclusivo y pomposo sector de Pointe Dume.

Un aire cargado a gasolina quemada, a humareda no ventilada, a exceso de tráfico y falta de viento me provocó escozor al final de la garganta y dentro de la nariz. En un rápido vistazo concluí que no había nada interesante que fotografiar: la zona no tenía el más mínimo atractivo visual. Sólo pude ver una infinidad de locales comerciales sin personalidad alguna, de fachadas descoloridas y llenas de grafiti, muchos cables eléctricos colgando de poste en poste, carteles de tipografías anticuadas y sin gracia invitando a comprar donas, uñas acrílicas, comida china y vietnamita, pollo frito de dudosa calidad o teléfonos de segunda mano.

Una vez más Jade debió haber adivinado mi desilusión. Se acercó a mí y me susurró al oído:

—Un buen fotógrafo no sólo retrata lo que le gusta, Eric. También tienen que aprender a mirar lo que le desagrada.

Enfrenté la esquina norte y, para no responderle una pesadez a mi amiga, disparé sobre una parada de autobuses donde, más atrás, podía apreciarse un pequeño centro comercial. Cuando revisé la imagen, y para mi sorpresa, quedé satisfecho con el resultado: el primer plano de un difuso autobus en movimiento junto a un grupo de personas que se apretaban las unas contra las otras para cruzar la calle, más los opacos brochazos de colores esfumados a causa del exceso de esmog, contaban sin duda una historia. Una historia que era interesante de ver. Una historia que se podía apreciar completa en un simple vistazo. Detuve en seco mis ganas de agregarle algún filtro. Estaba seguro de que el Valencia que seleccioné para mi foto del muelle de Santa Mónica fue la principal razón por la cual Chava rechazó la fotografía.

En mi mente anoté: #urbancity #EastLA #Movimiento

—¿No le vas a poner filtro? —preguntó Jade con toda intención.

Negué con la cabeza. Comprendí de inmediato adónde quería llegar mi amiga.

—¿Y tomaste la decisión porque a Chava no le gustó tu foto, o porque de verdad te diste cuenta de que le pones filtro a todo?

El atronador sonido de un avión de pasajeros me hizo levantar la vista y evitó que tuviera que responderle algo que ni siquiera sabía cómo contestar. Apunté hacia lo alto y apreté el obturador sin siquiera pensar en lo que hacía. De inmediato en la pantalla de mi celular apareció parte del fuselaje de una de las alas de un American Airlines recortado contra un cielo plomizo y opaco, y dividido por una infinidad de cables eléctricos que se apreciaban nítidos en primer plano. La potencia de la imagen me llenó de entusiasmo y ganas de bautizar la fotografía, así como hacen los verdaderos artistas con cada una de sus obras.

Avancé hacia un local de Western Union porque desde la distancia me llamó la atención un bulto acomodado junto a la puerta. Por el rabillo del ojo alcancé a ver a Jade que, muy sonriente, había decidido dejarme en paz y se apoyaba contra su coche. Desde ahí me hizo una seña para que fuera solo y me olvidara de ella.

Crucé Whittier Blvd. en dirección al sur. El bulto frente al acceso del Wester Union resultó ser un mendigo que reposaba de medio lado en el suelo. Tenía los ojos cerrados y abrazaba con todas sus fuerzas una roñosa bolsa plástica repleta de algo que parecía ser ropa, o trozos de tela, o quién sabe qué. No pude identificar si estaba dormido o había quedado noqueado por exceso de alcohol de una botella que yacía junto a él. Un cartel escrito con pésimo trazo y ortografía nos dejaba saber a todos los que circulábamos por el lugar que el hombre había perdido su casa, no tenía un solo centavo y tampoco familia a la cual recurrir.

Apareció en mi mente el recuerdo de la calle de mi casa, tan diferente a Whittier Blvd. Aquí no había manchones de flores que cambiaban de color según la estación del año. Tampoco se podía adivinar la ruta del viento en la despeinada cima de las palmeras. El ruido del mar debía ser para los locales una leyenda pocas veces comprobada, ya que el único ruido presente era el frenazo de los coches y los gritos de los vendedores que voceaban sus mercaderías. Me sentí tan lejos de mi hogar. Tan lejos de mi zona de seguridad. Tan lejos de mi propia historia. Supuse que ésa debía ser la misma sensación que se apoderaba de Chava, recostado en una cama de hospital, al evocar su Boyle Highs.

¿Cómo fotografiar un sentimiento? ¿Cómo atraparlo y reducirlo a un simple hashtag?

#Soul #Heart #Nofilter

Las siguientes instantáneas registraron el primer plano de los pies descalzos del mendigo sobre el pavimento inmundo del suelo; la mano de uñas largas aferrada al plástico oscuro de la bolsa; el cartel de letras temblorosas que pedía urgente ayuda, y que contrastaba con el póster de una playa de arenas blancas y un paradisiaco mar azul pegado sobre la vidriera de una tienda.

Con cada nueva fotografía que se fue acumulando en la memoria de mi iPhone aumentó mi deseo de romper en llanto. Pero esta vez tampoco conseguí derramar una sola lágrima.

Sin embargo, estaba seguro de que esa sensación de tristeza y soledad que ya se había hecho habitual en el interior de mi pecho estaba quedando grabada en todas las imágenes. A pesar de los cientos de peatones retratados, del gentío que subía y bajaba de los autobuses, y a pesar de todos los clientes que atravesaban las puertas de restaurantes y negocios, la ciudad que vivía en mis ojos estaba desolada. No podía ser de otra manera. Era un extraño fotografiando un mundo ajeno. Era un forastero incapaz de descifrar los códigos de un barrio que nunca había pisado. Era un tipo sin alma ni lágrimas cumpliendo con un encargo que desde su inicio sabía que no iba a ser capaz de consumar. Aunque nada de eso me detuvo: continué disparando una y otra vez el obturador de la cámara como si la vida entera se me fuera en ello, como si supiera lo que estaba haciendo, como si de verdad la única manera de sobrevivir en un mundo tan inhóspito para mí fuera observarlo a través del monitor de un celular y no con mis propios ojos.

Al día siguiente, Chava revisó en silencio las cincuenta y ocho fotos que finalmente conseguí en Boyle Highs. Junto a la cama del hospital esperé en silencio su veredicto. Con evidente dolor se llevó la mano a una mejilla en un inútil intento de secar un par de lágrimas. Cuando por fin levantó la vista y me clavó sus pupilas de carbón, un estremecimiento de triunfo me recorrió la espalda. Su sonrisa, esa sonrisa que iluminaba más que cualquier relámpago o flash fotográfico, fue mi mejor recompensa.

Más que nunca, y con toda la certeza de mi ilusión perdida, creí ver el rostro de Simon Davis pidiéndome perdón desde el semblante emocionado de Chava.

Lo siento, Jade. Esta vez gané yo: Chava es mío.

15
#TRAICIÓN

Una vez más me equivoqué. Mis entrañas fallaron. Y también mi voz interna, o lo que fuera. Como siempre, no gané. Muy por el contrario: esta vez lo perdí todo.

Un par de horas antes de enfrentarme al descalabro en el que se convirtió mi vida, estuve llamando toda la mañana a Jade. Pero, por primera vez, mi amiga no me contestó. Tampoco respondió a mis mensajes de texto ni a los varios WhatsApps que le envié cada diez minutos. Luego de despedirme de Mabel, dejé mi casa rumbo al hospital con la sensación de que algo había ocurrido y que por alguna razón yo no estaba enterado.

Claro, ésa tendría que haber sido mi primera pista.

Durante el trayecto al Cedars Sinai continué marcando el número de Jade. Al inicio sonaba y sonaba hasta que, luego de un rato, se activaba su buzón de voz: *Hola, ya sabes quién soy. Habla ahora o calla para siempre. No estoy disponible. Tengo una vida que vivir. Biiiiip.* Pero al cabo de un par de llamadas, su buzón comenzó a entrar de inmediato apenas terminaba de seleccionar su contacto en mi iPhone. La explicación era muy simple: aburrida de mi persecución, había apagado el teléfono.

Ésa debería haber sido mi segunda pista.

Atravesé el lobby del hospital y me metí al ascensor de espejos que, como todos los días, duplicó hasta el infinito mi rostro cargado de preocupación. Decidí que lo primero que podía hacer era dar mi ronda habitual en el *Intensive Care Unit*, y ver si mi madre había pasado buena noche, o si su respirador artificial continuaba insuflándole un oxígeno ajeno en sus pulmones enfermos, o si había algo que yo pudiera hacer para ayudar en su recuperación. Pero me sorprendí avanzando por el largo pasillo del cuarto piso rumbo a una habitación señalada con un 435. Como en una película donde yo no tenía ningún personaje o participación, vi mi mano adelantarse y empujar la puerta de un empellón. Al abrirse, pude apreciar el final de una cama, la tirantez de una sábana bajo la cual se adivinaban dos pies inmóviles, una chamarra estilo militar colgando casual del respaldo metálico. Apenas entré, mis ojos se enfrentaron de golpe al resplandor de una ventana de cortinas abiertas y la luz del sol rebotando sin piedad en las paredes blancas. Pude sentir mis pupilas dilatarse como un *big bang* en una fracción de segundo. Y ahí, en medio de aquel estallido de claridad, distinguí la imprecisa silueta de dos cuerpos besándose. Uno de ellos se echó hacia atrás tan rápido al verme, que su pelo rosa se sacudió y terminó por cubrirle parte de la cara. El otro permaneció recostado en la cama, los ojos hundidos en sus cuencas, mirándome con esa expresión que pensé haber logrado descifrar pero que, por lo visto, malinterpreté de comienzo a fin.

Y, por supuesto, ésa fue mi tercera y última pista para darme cuenta de que, una vez más, había perdido la jugada.

La traición. La vergüenza. Ahí estaban de nuevo. Intactas. Letales. Como si nunca se hubieran ido de mi organismo.

Quise hablar pero no supe qué decir. Mis pupilas volvieron poco a poco a su estado normal y la luminosidad del cuarto se apagó lo justo para identificar claramente los rostros de Jade y Chava. Entendí sus coqueteos. La complicidad de ambos desde el preciso instante en que se conocieron. "Las parejas Libra y Acuario son imbatibles, Eric." "Me encantan las mujeres con tatuajes." "Qué lindo el color de tu pelo." "Tu amiga es una mujer tan valiosa." ¿Cómo fui capaz de equivocarme de esa manera? Yo podía ver los ojos de Simon Davis en los ojos de Chava. Podía reconocer su manera de mirarme la boca cada vez que le hablaba. Podía percibir la electricidad de su piel al acercarse a la mía. ¡No eran ideas mías! ¿Entonces la historia del tiroteo en el muelle sí era cierta? ¿Lisa, la de la libélula en el hombro, no era un simple cuento producto de las drogas y su mente perturbada? ¿Había existido?

¿A Chava le atraían las mujeres?

¿Tanto se había equivocado mi radar?

—Eric… —escuché decir a la silueta del cabello rosa que aún percibía a contraluz frente a la ventana reventada de sol.

Retrocedí hacia el pasillo. Debía huir, tal como había hecho un año antes, también con el corazón a punto de estallar de dolor en mitad de mi pecho. Pero en esta ocasión mi cuerpo chocó contra alguien que estaba a mis espaldas. Al girar, me encontré con un rostro que me resultó vagamente familiar. Vestía de blanco. Una enfermera. La vi abrir la boca, comenzar a hablar. Sus labios se movían con urgencia. Sus ojos húmedos no se despegaban de los míos. Pero no, yo no estaba escuchando. Mis cinco sentidos se encontraban dentro del cuarto 435, enfrentados a Chava y Jade, que seguían atrapados en un beso que no pensaron nunca sería interrumpido por mí. Y aún más: descubrí con horror que aquellos cinco sentidos todavía no se iban del todo de la casa de Venice y de aquella desordenada cocina donde yo nunca debí haber entrado sin aviso.

—Tu madre… —llegó de pronto hasta mis oídos.

Recién entonces descubrí la angustia con la cual la enfermera me tenía tomado por las manos. Me di cuenta que más atrás, por el fondo del pasillo, venía hacia mí el médico lleno de prisa y con una sombra de evidente fatalidad en el rostro. El hospital entero enmudeció. La temperatura descendió bajo cero y congeló la sangre en mis venas. Y sentí ese vértigo que siempre se siente un par de segundos antes de la peor noticia, esa que cambia la vida para siempre. El mismo vértigo que me sacudió de pies a cabeza cuando sonó el teléfono y el abogado de mi padre me informó del accidente que redujo el Audi a un montón de latas calcinadas. Pero esta vez la certeza fue peor. Mucho peor. Porque estaba seguro que cuando me anunciaran que mi madre había muerto apenas unos segundos antes, sepultada bajo esa tonelada de sondas, vendajes y cánulas que no consiguieron salvarle la vida, mi soledad iba a ser absoluta.

Había perdido a mis dos padres.

Había perdido la única posibilidad de volver a sonreír que me regaló el destino luego de la brutal traición de Simon Davis.

Estaba solo. Para siempre.

Y además, había descubierto que mi mejor amiga me ocultaba información.

Todo el mismo día.

Todo al mismo tiempo.

TERCERA PARTE
NEGOCIACIÓN

16
#ALCOHOL

No, no me miren así. No estoy borracho. ¿O sí? ¿Estoy borracho? Qué importa. El hecho es que no tuve la culpa. No tuve la culpa. Sí, escucharon bien, no tuve la culpa. No quiero sentir, cada vez que vea alguna foto donde ustedes aparezcan, que me están reprochando algo con ese clásico tonito que esconde un "mira cómo terminamos por darte gusto". Ustedes siempre dijeron que yo era el hijo perfecto. Y se equivocaron tanto. ¡Tanto! Los dos. El error fue suyo, que no supieron darse cuenta a tiempo del ser humano que yo era. No, no tuve la culpa. No elegí nacer así. ¡Yo no pedí esto! Sí, voy a gritar. ¡Por primera vez en mi vida voy a gritarles! No tuve nada que ver con el hecho de que a papá le diera por revisar las fotografías que tenía escondidas en mi laptop. Estoy seguro que podría haber solucionado todo con alguna mentira que tapara la otra mentira. Habría dicho algo que los dejara felices. Algo, qué sé yo, no me hagan pensar ahora. Algo que les regresara la fe perdida en su único hijo, en la luz de sus ojos. Ese único hijo que ustedes creían perfecto pero que, en el fondo, era el peor hijo del mundo. Un hijo lleno de mentiras y engaños. Un hijo que hoy en día, después de todo lo que sucedió, no dejará de repetirse a sí mismo que no tuvo la culpa, que no tuvo la culpa de nada. A ver si así termina por creerse esta nueva mentira. ¡No, no fue mi culpa que ustedes terminaran así! Miren, vamos a negociar. ¿No es eso lo que siempre me enseñaron a hacer? ¿Discutir hasta el cansancio los pros y los contras de un conflicto para poder tomar una decisión sensata? Muy bien. Vamos a negociar, sí, los tres. ¿Que cuál es el motivo de la negociación? El futuro. Mi felicidad. Mi petición es simple: ustedes no me dicen más que soy perfecto, y yo volveré a sonreír. ¿Les gusta lo que les ofrezco? Sí, mi sonrisa. La posibilidad de una sonrisa. ¿No se quejaban de que yo era siempre demasiado serio? Bueno, aquí está la solución. Negociemos, por favor. Se los suplico. Lo único que necesito es que me respondan. No se queden ahí, mirándome en silencio. Necesito escucharlos decir que están de acuerdo, que aprueban nuestro trato. Por favor. Digan algo. No permitan todavía que la luz que los rodea termine por hacer desaparecer sus cuerpos. No me dejen solo, se los ruego. ¿No se dan cuenta de que no puedo hacer nada por evitar que los rayos del sol que entran por la ventana golpeen con tanta fuerza sus cuerpos que ahora empiezan a pulverizarse, como si estuvieran hechos de arena? No, no se vayan. ¡Mamá! ¡Tú no, no me dejes aquí! ¿Quién va a seguir pintando en tu taller? ¿Quién se va a encargar de cambiar las flores de los jarrones? ¿Quién va a abrir las cortinas de mi cuarto por las mañanas, para que el azul del mar termine por despertarme? Intento impedir su partida, pero no lo consigo. La luz que se los lleva es más fuerte que yo. Grito. Manoteo. Trato de retenerlos con mis propias manos, pero sólo consigo quedarme con puñados de arena tibia que se escurren entre mis dedos. Arena que alguien recoge del suelo, la separa en dos montoncitos sucios y la mete en un par de ánforas a las que les han grabado sus nombres. Richard. Anne. ¿Eso es todo? ¿Esto es lo único que me quedó de ustedes? ¿Dos urnas metálicas llenas de cenizas? Por más que hago el esfuerzo no consigo descubrir quién es el hombre que ahora está frente a mí y que me hace entrega de las dos vasijas. "Lo siento, muchacho. Lo siento mucho." ¿Lo conozco? ¿Por qué me está hablando? Tampoco sé cómo llegué hasta aquí, hasta este enorme edificio lleno de féretros y nichos, donde el sonido de mis pasos rebota contra los muros grises y todo el mundo me mira con fingido dolor. ¿Quién me trajo? ¿Y Jade? ¿Por qué Jade no está aquí tomándome la mano? Manos ajenas, manos que no son las de Jade ni las de Simon, mucho menos las de Chava, me palmotean la espalda. "Tienes que ser fuerte, Eric. Cuenta conmigo. Mis más sentidas condolencias." ¿Kerbis? ¿Por qué el abogado de mi papá no me suelta el brazo y no para de darme consejos y recomendaciones de cómo seguir adelante con mi vida? Y las palabras me persiguen, no me dejan en paz. Buscan mis oídos para meterse y quedarse ahí repitiendo una y otra vez todos esos deseos ajenos que ya no sé quién me dedicó. ¿Dónde están mis amigos? ¿Por qué todo el mundo me dejó solo? Quiero irme, salir del cementerio. Tengo hambre. ¿Mabel? ¿Puedes prepararme el almuerzo? ¿O la cena? ¿Qué hora es, Mabel? Y cuando abro los ojos me descubro dentro del taller de pintura de mi madre. Es de noche al otro lado de la ventana. Veo la luna en mitad del cielo negro. Y sus pinceles. Los óleos. El cuadro inconcluso sobre el atril. Su delantal doblado con delicadeza que reposa encima del taburete. El silencio duele, es un clavo que se mete sin piedad en mis oídos. ¿Qué hora es? ¿Cuánto tiempo ha pasado? Mamá. ¿Mamá? Háblame, por favor. ¡Dime algo! ¡Mamá! Y no puedo evitar que mis manos golpeen todo a su paso. Soy incapaz de detener mis puños rabiosos que rompen, rasgan, destrozan. La luna se esconde al ver el caos que he provocado. ¿Qué importa? Ya nadie va a usar este taller. Ya nadie entrará aquí oliendo a ese perfume de flores que yo podía reconocer desde el otro lado de la casa, para sentarse a soñar paisajes de óleo. Mamá, no quiero quedarme con la imagen de tu agonía, envuelta en gasas y con un tubo plástico asomado por tu boca. Necesito recordarte con tu sonrisa dulce. Con tus ojos siempre a punto de estallar en carcajadas. Pero no, por más que lo intento sólo consigo volver a verte rota entera sobre una camilla. ¿Dónde quedó tu risa? ¿Desapareció para siempre? ¿Se convirtió también en arena? ¿La incineraron junto a tu cuerpo y la metieron a la fuerza en la urna que sigo sosteniendo en mis manos? El pasillo hacia mi habitación se hace más largo que nunca. No termino de recorrerlo. La puerta de mi cuarto retrocede cada vez que estoy a punto de abrirla. No me deja entrar. Me huye, así como todos huyeron de mi lado. ¿Quién querría quererme? Nadie. Soy feo. Imperfecto. Mentiroso. Nadie me va a querer. Por eso Chava prefirió a Jade. Por eso Simon hizo lo que hizo. Por mi culpa. Por eso mis padres murieron. Por eso nunca he sido feliz. No, no. Estoy mintiendo otra vez: yo sí fui feliz. Muy feliz. Pensé que el corazón me iba a reventar de alegría. Pensé que por fin las cosas iban a cambiar. La felicidad tenía nombre y apellido. Y yo le creí. Creí en todas las mentiras que me dijo. Porque soy tonto, porque no supe protegerme. Y por fin consigo entrar a mi cuarto. Tropiezo con las botellas vacías que hay en el suelo, junto a mi cama. Una de tequila. Otra de vodka. ¿Qué hacen ahí? ¿Yo me las bebí? Y ahí está otra vez el recuerdo del tipo del tatuaje y el piercing en la ceja pasándome la botella en casa de Simon. Vuelvo a sentir el rastro del alcohol caliente al bajar por mi garganta. ¿Cuánto tiempo ha pasado desde esa fiesta? ¿Un año? ¿Poco más de un año? Y sobre el cobertor vibra y vibra mi celular. Se enciende. Se apaga. Se vuelve a encender. El buzón de voz está repleto de mensajes de Jade. Mi instinto me dice que lo mejor que puedo hacer es borrarlos sin siquiera escucharlos. Pero yo quiero a Jade, aquí, a mi lado. No, ella no va a venir. Nunca más. Me traicionó y no se merece mi perdón. Tiene que pagar su deslealtad. Por eso los mensajes van desapareciendo uno a uno del teléfono. A toda prisa. Y no hay ni una sola llamada de Simon. Mucho menos de Chava. Pero es cosa de seguir esperando. Si la vida me quiere, si de verdad la vida tiene compasión por mí, en algún momento llegará hasta mi teléfono un nuevo mensaje de Simon. O de Chava. Un mensaje que me hará sonreír. Como aquel mensaje, el que me llegó hace un año. El que me hizo creer que por fin yo iba a ser feliz. Antes de caer desplomado al suelo, entre las botellas vacías que ahora sé que le arrebaté a Mabel de las manos, le ruego a quien quiera escucharme que la vida me haga el milagro y me cumpla el deseo. Por favor. Por favorcito… Y entonces cierro los ojos, para así dejarme arrullar por el recuerdo del mensaje de texto de Simon Davis que me cambió la vida para siempre.

17
#CINE

El mensaje de texto decía:

7:15 pm Cine Cross Creek Mall? The Theory of Everything?

Sólo habían transcurrido dos días desde nuestro paseo en coche a Mulholland Drive y yo no había vuelto a tener noticias de Simon. Me tuve que conformar con cerrar los ojos cada vez que quería invocar su recuerdo recortado contra la silueta de la ciudad, para así volver a escuchar su voz llena de entusiasmo al contarme su vida. Hubiese querido llamarlo por teléfono, gritarle lleno de entusiasmo que sí, que por supuesto quería ir al cine con él, que nada me iba a hacer más feliz, pero me limité a textearle de regreso un simple "*Cool*, ahí nos vemos".

Antes de meterme a la ducha revisé en internet de qué se trataba *The Theory of Everything* y qué había sentenciado la crítica sobre ella, para poder robar algo inteligente que decir en caso de que me quedara paralizado sin saber qué opinar cuando se encendieran las luces. Descubrí que era la biografía de Stephen Hawking. Me llamó la atención que Simon quisiera ver una película sobre un brillante astrofísico que padece una enfermedad que lo va dejando poco a poco paralizado en su silla de ruedas. Nunca me hubiera imaginado que un drama de ese tipo llamara su atención. Yo ni siquiera sabía bien a qué se dedicaba un astrofísico, mucho menos qué eran los agujeros negros. Me imaginaba que Simon era más del tipo de espectador de *The Hunger Games* o *Guardians of the Galaxy*, que eran las películas de moda y de las que todos hablaban en la escuela. No me había equivocado al juzgarlo: Simon era distinto al resto. Único. Y él, precisamente él, el ser más especial de todos los que me rodeaban, me había invitado al cine.

Me metí debajo del chorro de la regadera repitiendo como un mantra lo que leí en Wikipedia: trastorno motoneuronal relacionado con esclerosis lateral amiotrófica. Ésa era la enfermedad que sufría Hawking, y estaba dispuesto a usar esa información en el momento preciso a ver si así conseguía por fin hacerle creer a Simon que yo era un tipo interesante y culto. Sólo era cosa de recordar esas siete palabras más parecidas a un trabalenguas y que nunca antes había pronunciado, y dejarlas caer en medio de una conversación casual para conseguir el impacto deseado. Tal vez cuando estuviéramos cada uno con un helado en la mano, luego de la función. O caminando hombro con hombro por el Cross Creek Mall, comentando muy animados la película que acabábamos de ver. El hecho es que estaba seguro de que si yo decía "trastorno motoneuronal relacionado con esclerosis lateral amiotrófica" en el instante adecuado, con el tono de voz preciso y con la actitud correcta, Simon Davis iba a descubrir que yo era la persona que siempre había estado buscando. Su alma gemela.

#Soulmates

Sí, esta vez gané yo: Simon iba a ser mío.

Mis entrañas me lo aseguraban. O mi voz interna, o lo que fuera.

Cuando me enfrenté al espejo, para darme el último vistazo antes de salir de casa, descubrí que todavía se veían con toda claridad los golpes que gorila número uno me había dado en pleno rostro. Traté de ocultarlos con algunos mechones de cabello, o levantando el cuello de mi chamarra. Pero no hubo caso: ahí estaban, evidentes y humillantes, las huellas del puño de ese infeliz. Aun así no iba a permitir que nada me echara a perder mi primera cita oficial con Simon. Porque eso es lo que era: una cita. Aunque ninguno de los dos jamás utilizó esa palabra en el breve cruce de mensajes de textos, esa noche descubrí que hay cosas que no es necesario decir para darlas por evidentes.

El celular vibró en el interior del bolsillo de mi pantalón. Era Jade. No, amiga, lo siento. Esta vez no iba a atender tu llamada. Si llego a decirte cuáles eran mis planes no vas a dejarme en paz. Eres incluso capaz de llegar hasta el Cross Creek Mall y hacerte la sorprendida al vernos a Simon y a mí juntos. "¡Qué casualidad, iba justo pasando por aquí!", exclamarías con tu mejor cara de falsa inocencia y tu cabello verde limón cubriéndote apenas los dos ojos llenos de curiosidad.

La marquesina anunciaba en grandes letras negras y luminosas: *Big Hero 6, Gone Girl, Birdman, Interstellar, The theory of everything*. Y, bajo ella, una masa de humanos se apretujaba eufórica para entrar rápido y conseguir los mejores asientos. Un intenso olor a palomitas y mantequilla derretida se escapó hacia fuera a través de las puertas abiertas, y me recordó por qué no me gustaba ir al cine. Pero por Simon estaba dispuesto a hacer cualquier sacrificio, incluso sumergirme en una sala llena de basura de la función anterior y salir de ahí oliendo a grasa recalentada.

Miré la hora en el celular. La película estaba a punto de comenzar y yo era el único que quedaba afuera del cine, todos los demás habían entrado. ¿Y Simon? Volví a revisar el mensaje para corroborar que no me hubiera equivocado. No, 7:15 pm. Yo estaba en lo correcto. El atrasado era él.

Desde el lugar donde me encontraba esperándolo, podía ver con toda claridad parte del océano que empezaba a oscurecerse para poco a poco confundirse con el cielo. "Trastorno motoneuronal relacionado con esclerosis lateral amiotrófica", volví a repetir un par de veces y sentí alivio al darme cuenta de que aún recordaba sin esfuerzo alguno aquellas palabras que me asegurarían un lugar en el corazón de Simon.

De pronto, una risotada me hizo girar la cabeza hacia el área de estacionamientos. La puerta de un recién encerado coche negro que aún no terminaba de frenar se abrió y alguien saltó apurado hacia el exterior. El sol había desaparecido y todavía no se encendían las farolas de la acera, por lo que tardé en reconocerlo. Pero desde el preciso instante en que pude apreciar el ancho de su espalda y la seguridad con la cual plantó ambas piernas contra el asfalto, todas las dudas se esfumaron. Trastorno… lateral… amiotrófica… Escle… ¿Escle-cómo? Un nudo de angustia me cerró la garganta al comprobar que bastaron apenas cinco segundos para borrar de un zarpazo todo el guion que tenía preparado. La crítica dijo que… Hawking… su enfermedad… agujeros negros… Por más que intenté rescatar trozos sueltos de la conversación que venía ideando desde que salí de mi casa, fui incapaz de volver a unirlos en una oración que tuviera sentido y que le permitiera a Simon Davis darse cuenta de que yo valía la pena.

Hubiese querido poder cerrar los ojos para escapar del desastre que se avecinaba. Refugiarme en la oscuridad más absoluta, ahí donde nadie podía encontrarme.

—¡Eric!

Era él, acercándose a mí con una enorme sonrisa en el rostro. Abrí la boca para responder al saludo, pero no conseguí que mis pulmones soplaran el oxígeno necesario para que mi voz lograra atravesar el amplio espacio que nos separaba. Me limité a sacudir con torpeza una mano. El coche negro aceleró a fondo e hizo sonar el claxon justo antes de salir del área de estacionamientos hacia la calle. En el brevísimo instante que cruzó frente a nosotros, alcancé a ver el contorno de un brazo tatuado que sostenía con cierta displicencia el volante.

—¡Perdón! —exclamó Simon—. El tráfico estaba cargadísimo.

—No sé si todavía queden boletos —musité, sin poderme sacar de la mente el dibujo del tatuaje, el mismo que había visto en la fiesta la semana anterior.

Simon se metió la mano al bolsillo y sacó un papel que desdobló frente a mis ojos.

—Compré los boletos *online* antes de salir —sonrió, triunfal—. ¿Entramos?

La sala resultó no estar tan llena. Por lo visto, todos los que entraron en tropel antes que nosotros se habían decidido por *Gone Girl* e *Interstellar*. Conseguimos dos buenos asientos, justo al medio de la fila y al centro de la pantalla. Escuché a Simon acomodarse, cruzar una y otra vez las piernas hasta conseguir la posición más cómoda, y reclinarse con total dominio de su cuerpo. Frente a nosotros apareció un anuncio que nos invitaba a apagar los celulares. Silencié el mío. Cuando Simon iba a hacer lo mismo, lo vi echarle un vistazo al buzón de su WhatsApp. Apurado, respondió un mensaje y se quedó unos instantes mirando la pantalla, sin poder ocultar una sonrisa de satisfacción. O triunfo. O las dos cosas. Volví a sentir el nudo de angustia bloquearme el aire garganta adentro.

—¿Todo bien? —pregunté, agónico.

Él asintió y me guiñó un ojo. Con un veloz movimiento de su mano echó el teléfono al bolsillo del pantalón, y luego la dejó sobre uno de sus muslos, muy cerca del mío.

Fui incapaz de concentrarme en la película. La presencia de esos cinco dedos, tan próximos a mi pierna, secuestró toda mi atención. No pude quitarles los ojos de encima. Los vi moverse con suavidad sobre la tela del jeans. Los vi crisparse en algún momento álgido de la historia. Los vi tamborilear despacio siguiendo el compás de la música de alguna escena. Y de pronto, para mi sorpresa, los vi avanzar directo hacia mi propia mano, que yacía sobre el cojín de la butaca. Pude percibir la tibieza de aquella piel que comenzó a rozar la mía. ¿Habría hecho lo mismo con el tipo del tatuaje, allá dentro del coche negro? Uno de los dedos de Simon pasó por encima de mi pulgar y se enrolló en torno a él. De inmediato dejé de respirar. Clavé la vista en la pantalla, justo en el momento en que un atribulado médico le anunciaba a Hawking que tenía una enfermedad degenerativa y que, según su diagnóstico, le quedaban sólo dos años de vida. Amiotrófica… lateral… trastorno… Me fue imposible recordar las palabras o el orden correcto en el que se suponía que debían decirse. Sólo tenía sentidos para calibrar el peso del dedo de Simon sobre mi pulgar y tratar de anticiparme a su siguiente movimiento.

Los personajes, allá en el mundo del falso Stephen Hawking, discutían sobre la teoría del todo, sobre las batallas que había que dar y sobre las derrotas que era imposible esquivar. Para mí, la teoría del todo se reducía a un dedo índice que rodeaba a un pulgar, y en ese simple roce se escondían los secretos del universo. De mi universo, al menos. Y la única batalla que intentaba librar con éxito era contra la insolencia de mis pulmones, que aún no se reponían de la descarga causada por Simon al sorprender a mi mano con su inesperada cercanía.

Un segundo dedo se aventura ahora y se cuela hacia mi palma, provocando una descarga de cosquillas que ya no consigo dominar. Me ahogo en luz, en puntos de colores que explotan frente a mis ojos, que ya se han olvidado de la película, del cine, de las personas que nos rodean. Floto en un espacio lleno de luminosidad, donde los planetas chocan entre ellos y provocan más chispas, las cuales a su vez generan nuevas explosiones.

Y de pronto, porque sí, sin aviso ni razón aparente, la mano de Simon me toma por la chamarra y me obliga a dar la media vuelta hacia él. Quedamos tan cerca que siento su aliento contra mi rostro desprevenido. "Trastorno motoneuronal relacionado con esclerosis lateral amiotrófica" alcanzo a recordar con éxito justo antes de que se me venga encima y me bese con tanta fuerza e ímpetu que mi propio universo, ese que me arropaba de luz hasta apenas unos instantes, estalle y me deje al fondo de un abismo del que ya no hay marcha atrás. Me detengo sólo unos segundos para tomar aliento. Entonces empujo mi cuerpo hacia delante para pegarme a Simon, hasta hacer chocar mi frente contra la suya. Él no opone resistencia. Me permite seguir avanzando. Esto no puede estar pasando. No puede ser verdad. Pero sí, ocurre, y su lengua hurga en la mía mientras sus dos manos se meten bajo mi camisa y su tacto urgente me convierte en una ola de luz amarilla que revienta con fuerza contra una roca marina. Me duele el pecho como si una ballena se hubiese echado a dormir sobre mí. Podría gritar de dolor. De un dolor que nunca antes había sentido. Un dolor que es tan agudo y feroz que se parece demasiado al placer. Qué dirían mis padres si me vieran en ese momento. El hijo perfecto, el hijo que los hacía sentir orgullosos. Y mientras sigo besándolo, y le muerdo el labio y lo tomo por las orejas para impedir que se aleje de mí, el rostro de mis padres me acecha y persigue. Voy a morir. No puede haber otra explicación. Y no me importa, porque voy a morir con una sonrisa en los labios. Por eso debo seguir besándolo, porque cada beso es un posible último beso. Otro. Otro más, por favor. Y dentro de mi mente, mis padres huyen despavoridos ante la imagen de su único hijo convertido en un delincuente que besa a otros hombres.

Se me ocurren mil cosas para enfrentar a Simon: hacerlo confesar cuál es su relación con el tipo del tatuaje en el brazo y el piercing en la ceja; averiguar si ha tenido otros amores con compañeros de escuela; investigar si dejó algún romance inconcluso allá en Miami. Pero no, no me permito decir nada. No es el momento de hablar. Mi mente se ha quedado en silencio, ya no me hace más preguntas ni me exige respuestas. Mis cinco sentidos están trabajando al unísono para frenar el paso del tiempo y hacer durar lo más posible esta colisión de dos mundos en donde no existe nada salvo la boca de Simon Davis, las manos de Simon Davis, el cuerpo de Simon Davis?

—No se lo puedes decir a nadie —lo oigo susurrar de pronto dentro de mi oreja—. ¡A nadie!

Ni a mi propia sombra, alcanzo a pensar justo antes de permitir que mi cerebro se derrita en un charco multicolor y se convierta en un monumental agujero negro que se traga el cine, la carretera, California, el océano, a Jade, los tres gorilas, el universo entero.

Lo que tú digas, Simon. Lo que tú digas. Tienes suerte: sé mentir muy bien.

18
#RECONCILIACIÓN

—¿Tienes alguna duda sobre lo que te acabo de explicar? —preguntó Kerbis y me clavó su mirada de profesional siempre con prisa y con poco tiempo para relacionarse con el resto de la humanidad.

Negué con la cabeza. La verdad, pocas cosas en el mundo podían importarme menos que el discurso monótono y sin gracia del abogado de mi padre. ¿Tendría que llamarlo a partir de ahora el "exabogado" de mi padre, o su título persistiría más allá de la vida y de la muerte?

—Te repito que a partir de ahora todo está en nuestras manos. El bufete se hará cargo de seguir pagando tu educación hasta que te gradúes de *college*, tal como lo indicó Richard. Cuando cumplas 18 años, recién podrás...

—No falta mucho para mi cumpleaños —lo interrumpí.

—Lo sé, claro que lo sé —puntualizó con expresión de "a mí no se me escapa nada, muchachito insolente"—. Muy bien, Eric, entonces en poco tiempo más vas a poder disponer de una parte de tu herencia. El resto vendrá luego de tu graduación universitaria, siguiendo la última voluntad de tu padre.

Bajé la vista hacia el celular que sostenía entre mis manos. Descubrí que había abierto Instagram sin darme cuenta, probablemente queriendo escapar de algún soporífero momento durante la charla del abogado. En la pantalla del teléfono pude apreciar mi más reciente foto, publicada la noche anterior: en ella lucían las dos ánforas con las cenizas de mis padres. Antes de subirlas a la red, seleccioné el filtro en blanco y negro Willow, que le dio un tono reposado y casi elegante a las dos vasijas pretenciosas que eligió Kerbis, y que convirtió a la imagen en algo más parecido a la escena de una triste y melancólica película antigua. #RichardMiller #AnneMiller #RIP fueron los hashtags que escribí. No derramé ni una sola lágrima mientras fotografiaba las urnas, ni tampoco ahora que las miraba con total detención. ¿Adónde se había ido el llanto? ¿Iría a regresar alguna vez? Qué daño tan grande en mí había provocado Simon Davis.

—Es importante que sepas —continuó el abogado— que el seguro de desgravamen dejó completamente saldadas esta propiedad y el departamento de Nueva York, por lo que ese tema es una preocupación menos en tu vida. Además, Mabel seguirá trabajando aquí, pues su sueldo está contemplado dentro de los gastos que quedaron bajo nuestra tutela.

Asentí, aunque mi mente estaba más preocupada en asimilar que gracias a la fotografía de las dos ánforas había conseguido 728 *likes* y 103 nuevos seguidores.

—¿Tienes alguna duda sobre lo que te acabo de explicar? —repitió, y esta vez su tono de voz me hizo saber que estaba a punto de perder la paciencia.

Negué. Kerbis soltó un fuerte suspiro y abrió su portafolios.

—Muy bien, Eric. Entonces necesito que firmes aquí.

Dejó sobre la mesa un alto de papeles que ni siquiera me di el trabajo de revisar. Me quedé mirando la pluma que extendió hacia mí. Era una Mont Blanc con detalles en oro de 18 quilates. Estaba seguro de que fue un regalo de mi padre la Navidad anterior: tenía la obsesión de regalarle estilográficas carísimas a su gente de confianza, cosa que siempre le provocaba una discusión con mi madre. Supongo que Kerbis interpretó mi silencio y mi falta de movimiento como un gesto de desconfianza, por lo que se apuró en precisar:

—Esto es sólo rutina —dijo—. Es para que conste en los archivos que fuiste informado detalladamente de tu nueva situación financiera.

Su dedo señaló varios renglones donde estampé mi nombre completo. La tinta negra de la Mont Blanc se adhirió con total perfección al elegante papel que ostentaba un pomposo membrete en letras góticas donde se leía *Law Office of Jeremy Kerbis*. Tanto esfuerzo en demostrar dominio y poder, pensé. Tanta energía consumida en impresionar a los demás, para terminar convertido en un puñado de cenizas en el interior de una urna que va a oxidarse con el paso del tiempo. ¿Para qué?

El abogado cerró su maletín y se puso de pie. Me extendió la mano, que yo estreché sin el más mínimo entusiasmo.

—Hasta luego, Eric —y agregó con solemne voz—: Una vez más, lamento mucho tu pérdida.

Regresé a Instagram mientras terminaba de escuchar sus pasos alejarse por el corredor, rumbo a la salida. Veintidós nuevos *likes* se habían sumado a la fotografía de las urnas. El último era de *@Wildhair*, apenas tres minutos atrás. Y al pie de la imagen escribió:

@Wildhair: Necesito hablar contigo @ericmiller98 Please.

Jade debía estar desesperada. Durante los últimos dos días no le contesté ninguno de sus mensajes ni tomé las insistentes llamadas a mi celular. Nunca habíamos pasado tanto tiempo sin estar comunicados. Pero nunca antes mi mejor amiga había traicionado mi confianza de la manera en que ella lo hizo, ocultándome su relación con Chava. Lo mejor que podía hacer era olvidarse de mí.

Ante mi sorpresa, escuché los pasos de regreso hacia la sala. ¿Qué quería ahora Kerbis? ¿Acaso no había terminado ya con su letanía de papeles, recomendaciones y consejos?

—Eric —oí.

Pero no, ésa no era la voz de Kerbis. Era, por el contrario, una voz cargada de culpa. Una voz delgada, casi a punto de esfumarse de tan despacio que había sido pronunciada. Una voz mil veces antes escuchada pero que ahora sonaba nueva y algo desafinada por el dolor que transmitía.

Al girar la cabeza, me encontré con el rostro de Jade enmarcado por un vibrante cabello azul. Tan azul como un cielo de verano a mediodía.

—Sí —asintió desde lo más profundo de su tristeza al darse cuenta de mi sorpresa—. *I'm blue.*

Me levanté de la silla e hice el intento de salir hacia mi cuarto, pero Jade me cerró el paso con determinación.

—¡No! Tú y yo tenemos que hablar —me lanzó a la cara.

—No veo de qué —respondí.

—Eric, yo no tengo la culpa de que a Chava le gusten las mujeres.

No, ella no tenía la culpa. Eso era cierto. Pero entonces si Jade era inocente de esa tragedia, ¿por qué dentro de mi corazón se sentía tan absolutamente responsable? ¿Era yo el que se esforzaba en responsabilizar a otros por los acontecimientos de las últimas semanas?

Mi amiga (¿o "examiga"? Por lo visto, a partir de ahora iba a rodearme sólo de "exes") estiró una mano para alcanzar la mía. Sentí sus cinco dedos congelados que, al contacto con los míos, enfriaron de golpe también mi piel.

—Lo siento, Eric, pero no te voy a dejar solo —balbuceó—. Aunque no lo quieras, voy a acompañarte durante este tiempo. *When the world gets cold I'll be your cover. Let's just hold onto each other.* ¿Ya te olvidaste de eso?

Una vez más bajé la vista, esta vez hacia la punta de mis zapatos. Hice un esfuerzo por dominar mi impulso de abrazar a Jade y dejar que el azul de su cabello me cubriera el rostro como una bandera de tregua. A juzgar por el intenso aroma que me tomó por asalto cuando ella se acercó a mí, se había vaciado encima medio frasco de perfume de patchulí, probablemente en un intento por cubrir el penetrante olor a amoniaco de su tintura para pelo.

—Sé que no lo estás pasando bien —dijo—. Y si necesitas un hombro dónde llorar, yo…

—Ya lloré lo que tenía que llorar —mentí.

—Eso no es cierto.

—¡Qué sabes tú, Jade! En el funeral, y después en el crematorio. Tú no estabas ahí.

—¿Quién te dijo eso? Claro que fui, Eric —afirmó, muy seria—. Tú no me viste, pero ahí estaba. ¿Acaso no me crees cuando te digo que los verdaderos amigos se acompañan en las buenas y en las malas?

Y antes de que consiguiera recuperarme de la sorpresa de saber que Jade había estado todo este tiempo más cerca de lo que yo imaginaba, sacó de la mochila un pequeño y delgado libro. Me lo extendió con una sonrisa radiante.

—Me llegó hoy por correo. Lo mandé a hacer especialmente para ti, con todo mi amor.

Depositó en mis manos lo que resultó ser un álbum con fotos impresas de mi vida. La primera era del día de la boda de mis padres.

—Llevo mucho tiempo trabajando en él —confesó—. Desde antes de que… Tú sabes. La foto de la boda me la dio tu madre, de hecho.

Seguí pasando las páginas: apareció el retrato que me tomaron el primer día de clases, con un cuaderno en la mano, una mochila más grande que yo, y una expresión de entusiasmo ante el misterio al que me enfrentaba. Mi bicicleta roja y yo en la playa. La noche que dormí en un *sleeping bag* frente al árbol de Navidad, para no perderme la llegada de Santa Claus. El viaje con mis abuelos a los Universal Studios en Orlando, cuando me gradué de *middle school*, y me subí por primera vez a una montaña rusa. Mi rostro de impacto el día de mi cumpleaños número 15, en el preciso momento en que mi padre hizo entrar al salón un pastel con la forma del Empire State, y más alto que yo.

Entre mis manos estaba mi vida entera, año tras año. Una vida que ya no recordaba. Una vida con la que había sido profundamente injusto.

—¿Ya viste lo hermosa que era tu sonrisa? —preguntó Jade.

No fui capaz de mirarla a los ojos. Cerré apurado el álbum, antes de que una lágrima cayera sobre el papel.

—¿Te gustó el regalo? Feliz cumpleaños adelantado.

Y sin decir una sola palabra, me abalancé sobre ella, apretándome con fuerza contra su cuerpo. El olor a patchulí se mezcló con el sabor salado de mi llanto y el tufo a amoniaco de su pelo azul, y todos los olores juntos buscaron la manera de meterse por mi nariz hasta alcanzar mi garganta. Jade se aferró aún más a mí. Sentí su boca buscar el caracol de mi oreja. Y una vez que lo encontró, dejó caer dentro la noticia:

—Mañana operan a Chava —susurró—. Hay una esperanza de que vuelva a caminar.

Levanté la vista y busqué sus ojos. La noticia merecía al menos un contacto visual entre los dos. Mal que mal, estábamos hablando de su novio (porque ya eran novios, ¿verdad?) que yo había visto retorcerse de dolor sobre una cama de hospital. Jade también estaba llorando, no supe si de emoción por la noticia de Chava o por el efecto que su libro había provocado en mí.

—Me alegro mucho —afirmé.

—Eric, mañana te necesito a mi lado. En el hospital —rogó.

No me dio tiempo a responder, porque tragó aire con fuerza y prosiguió:

—¡Chava es tu amigo! ¡Y yo soy tu alma gemela, Eric! —exclamó con vehemencia—. Conozco tu vida y tus secretos, he estado a tu lado cada vez que has tenido un problema… ¡Por favor no me hagas responsable de lo que te pasó con Simon Davis!

Golpe bajo. Directo a la boca de mi estómago. Durante una fracción de segundo el inmenso espacio de la sala de mi casa desapareció y me vi de nuevo avanzando hacia la cocina de Simon, allá en su hogar de Venice. Volví a sentir el calor de ese verano de infierno que nos había tomado por sorpresa a todos. El sudor que adhería mi camiseta a mi espalda mojada. Mis manos palpando la textura del papel mural a lo largo del corredor. Mi ansiedad por sorprenderlo y demostrarle que lo elegía a él para acompañarme por el resto de mi vida. El sonido de los goznes de la puerta al abrirse para permitirme ver hacia el interior. La traición. La vergüenza. Ahí estaban de nuevo. Intactas. Letales. Como si nunca se hubieran ido de mi organismo.

Me apreté al álbum fotográfico para evitar salir catapultado hacia el pasado.

—Simon fue un hijo de puta. Lo sé. Pero por tu bien, ya es hora de que empieces a superarlo.

Quise decirle que era incapaz, que Simon Davis me robó la risa, el llanto, la confianza en mí y las ganas de vivir. Todo el mismo día. Que por su culpa mi padre había estrellado su coche contra un camión. Que por su culpa jamás conseguí confesarles mi secreto más profundo, ese que me llenaba de culpa por las noches pero que me regaló los mejores días de placer.

—Tus padres ya no están aquí —dijo Jade—, pero yo no te voy a permitir que te quedes solo en el mundo. Por eso vine a decirte que no voy a alejarme nunca de tu lado.

—Tranquila —escuché decir a mi boca—. Mañana voy a estar ahí contigo.

La sonrisa de Jade me obligó a cerrar los ojos para poder asimilar mejor el regalo de su cariño incondicional. Algo me dijo que lo mejor era no insistir en nuevas disculpas ni recriminaciones que sólo complicarían aún más las cosas entre nosotros. La realidad era ineludible: ella y Chava eran novios y yo no tenía nada que hacer en esa ecuación.

Esa noche, antes de dormirme, dejé junto a mi cama el álbum de fotos. Tal vez si cada mañana al despertar me sentaba unos minutos a hojearlo, al cabo de un tiempo sería capaz de recordar cómo activar los doce músculos de mi cara para recuperar la sonrisa. Quizá lo único que me hacía falta era el estímulo correcto. Revisé por última vez mi teléfono. Descubrí que Jade había subido a Facebook una selfie que debió sacarnos sin que yo me diera cuenta mientras estuvimos juntos esa tarde. En la foto yo tenía los párpados abajo y ella colgaba de mi cuello como un perturbador koala de pelaje azul. En sus ojos oscuros, que miraban directamente a cámara, pude ver con toda claridad una expresión de profunda alegría y alivio, que ella confirmó al seleccionar sus hashtags: #Agradecida #Bestfriends #Forever.

Antes de apagar la luz volví a considerar qué hacer con la laptop que aún descansaba sobre el escritorio. Por más que siguiera evitándolo, en algún momento iba a tener que conectarla de nuevo para cargar la batería, despertarla de su prolongado sueño y enfrentar por fin aquellas fotos que estaba seguro iban a terminar por matarme una vez que volviera a verlas. Frené mi propio impulso de salirme de entre las sábanas a buscar el cable y enchufarlo a la pared. No era tiempo aún. Lo mejor que podía hacer era acompañar a Jade hasta que Chava consiguiera levantarse de su cama y salir caminando por sus propios medios del hospital. Recién entonces podría llevar a cabo mi suicidio, cuando ya nadie necesitara de mi apoyo y cercanía. Bastaría con abrir la carpeta llamada "Simon", ubicada en una esquina del desktop de la computadora, para que de inmediato mi corazón estallara fulminado en mil pedazos. Yo caería hacia delante sin hacer el menor ruido y ahí mismo, en esa idéntica posición, me encontraría una afligida Mabel al día siguiente. Tal vez algunos iban a llorar mi ausencia durante un tiempo y alguien, quién sabe quién, recibiría en sus manos la urna con mis cenizas. De ese modo, la maldición de Simon Davis se cumpliría a cabalidad. Era cosa de conseguir el valor para enfrentar la computadora, y ya.

Lo que nunca cruzó por mi mente es que la búsqueda de ese suicidio, al otro lado de la frontera, no me provocaría la muerte sino exactamente todo lo contrario.

19
#ESPERANZA

Al día siguiente desperté al alba, mucho antes de que sonara la alarma, con una violenta sensación de congoja aprisionada entre el pecho y la espalda. Tardé un poco en identificar cuál podía ser la razón de mi angustia. ¿La muerte de mis padres? No. El dolor de su partida ya se había convertido en un estado de permanente culpa y tristeza con el que estaba seguro iba a tener que vivir el resto de mis días. Éste era un sentimiento nuevo, recién adquirido, y que por esa misma razón aún no terminaba de reconocer.

Chava.

¡La operación de Chava!

Me levanté de un salto y me di un rápido duchazo. Mientras avanzaba a grandes zancadas por el pasillo rumbo a la salida, hice todo lo posible por esquivar con gracia pero determinación a Mabel, que insistía en ofrecerme "un desayuno de campeones" para poner fin a mis grandes ojeras y el color blancuzco de mi piel. Según ella, hacía días que no comía nada sano ni contundente, y era muy probable que tuviera razón.

Sin embargo, no tenía tiempo para discutir. Para tranquilizarla le juré solemnemente que iba a regresar a almorzar, sabiendo de antemano que era imposible que cumpliera esa promesa. Según Jade, la madre de Chava le confió que la intervención iba a durar al menos siete horas, siempre y cuando no se presentara ninguna dificultad en el quirófano.

Apenas entré al Cedars Sinai, corrí sin detenerme hasta que estuve frente a la habitación 435. Ahí encontré a Jade que conversaba con Paty, las dos con el rostro compungido. Al verme, mi amiga avanzó a mi encuentro.

—Llegaste justo a tiempo para despedirte de él antes de que se lo lleven al pabellón —me dijo con más dramatismo del necesario—. Todo va a salir bien, Eric. Susan Ryder dice que hoy es un gran día para los Libra.

Fruncí el ceño, sin terminar de entender el comentario.

—Susan Ryder, la astróloga. ¡Eric, tú nunca escuchas! —se quejó—. Te he hablado mil veces de ella.

Y antes de que pudiera detenerla, se lanzó en una desbocada y urgente explicación sobre la Luna Nueva en Leo, y algo de la fuerza magnética del planeta Urano y su influencia directa sobre las manos del doctor que estaba a punto de operar a Chava. Además recalcó, alzando la voz más de lo conveniente, que Susan Ryder aseguró en su website astrológico que el Sol iba a estar en perfecta alineación con Saturno, y que eso sólo podía traer consecuencias positivas y buenas noticias tanto en el ámbito familiar de los Libra, como en sus necesidades médicas. La vi tan convencida de lo que estaba hablando, tan apasionada de sus argumentos pseudocientíficos y *new age*, tan entregada a su propio deseo de que las estrellas hicieran el milagro de levantar a Chava de esa cama en la que llevaba más tiempo del necesario, que asentí ante cada palabra que me dijo aunque en la práctica no había sido capaz de comprender ni una sola.

—Está todo escrito allá arriba —concluyó con total convicción—. Chava va a volver a caminar.

—Estoy seguro de que así va a ser —la apoyé.

—Gracias por haber venido —dijo con una sonrisa—. Te quiero, Eric.

De pronto, la puerta del cuarto 435 se abrió de un empellón y un par de enfermeros sacaron hacia el pasillo la cama donde venía recostado Chava. Se veía aún más delgado y pálido que la última vez que lo vi, con las huellas de un lacerante dolor claramente dibujadas en sus ojos y mandíbula. Paty se aproximó veloz a su hijo y le tomó la mano. Incapaz de articular algo coherente, a causa de los nervios y la ansiedad, se limitó a hacerle con profunda devoción la señal de la cruz en medio de la frente. Jade avanzó hacia el otro lado del lecho y se inclinó sobre él para darle un beso en los labios. Yo permanecí algunos metros más atrás. Supuse que la partida rumbo a un quirófano era lo más parecido a una desoladora despedida en una estación de trenes, por lo que quise darle privacidad a las dos mujeres de Chava para que pudieran decirle lo que quisieran en total intimidad. Sin embargo, su huesudo brazo se levantó con cierta dificultad por encima de las sábanas y me hizo un gesto para que me acercara.

—Me alegra… verte… aquí —dijo alargando las pausas de silencio entre las palabras.

—Acaban de darle un sedante —se apuró a explicar Paty ante la dificultad de su hijo por poder hablar—. Así entra más tranquilo y relajado a pabellón.

—Una foto… —pidió Chava.

—¿Quieres que te tome una foto…? —pregunté sorprendido—. ¿Ahora?

Asintió apenas con la cabeza y esbozó lo que en su mente debía parecerle una amplia sonrisa, pero que en la realidad lució como la grotesca mueca de un hombre a punto de sucumbir ante el garrotazo de las drogas. Saqué el iPhone de mi bolsillo y busqué el mejor ángulo para encuadrar la imagen. Jade se acomodó junto a Chava, se quitó un mechón de cabello del rostro, y esperó paciente a que yo disparara el obturador. El resultado fue una estampa llena de sombras duras y filosas a causa de la cruda luz de los tubos de neón del techo, donde el miedo no confesado de los dos personajes era el principal protagonista. Sus cuerpos se recortaban nítidos contra el blanco de los muros y las sábanas y, tras ellos, se alcanzaba a divisar un extintor de incendios empotrado en la pared, lo que le daba un aire de emergencia a la instantánea. Uno de los enfermeros a cargo de empujar la cama se echó a andar en el momento exacto del disparo, por lo que su presencia en segundo plano lucía borrosa y algo fantasmagórica. Nada en esa fotografía presagiaba un final feliz. Muy por el contrario: cualquier espectador desprevenido que se enfrentara a ella concluiría, sin temor a equivocarse, que estaba viendo la despedida final de una pareja que no tuvo otra alternativa más que decirse adiós para siempre en mitad de un desolado pasillo de hospital lleno de sombras.

#Malasnoticias

Apagué veloz el teléfono.

—¿Cómo quedó? —inquirió Jade, llena de curiosidad.

—Bien —mentí mientras regresaba apurado el celular al fondo de mi bolsillo.

—Más tarde me la enseñas, para ver si te autorizo a que la subas a Instagram —dijo ella y esbozó una sonrisa que no consiguió esconder el miedo que se asomaba por sus pupilas.

Los enfermeros empujaron la cama de Chava rumbo a los elevadores del final del pasillo. Paty intentó frenar un sollozo que fue más rápido que ella, y se quedó haciendo eco durante varios segundos entre nosotros. Luego, se secó algunas lágrimas con el dorso de su mano y se volvió hacia Jade.

—Bueno —balbuceó—. Creo que no nos queda más que esperar. ¿Vienen conmigo?

El área de pabellones del Cedars Sinai resultó ser idéntica al resto del hospital: de un blanco tan intenso y fragante olor a cloro que me fue imposible saber si ya había estado antes ahí o era la primera vez que pisaba ese sector. Nos sentamos en un par de sillones que se miraban frente a frente, separados por una mesita de vidrio repleta de revistas viejas y poco interesantes, que al cabo de una hora ya había hojeado de punta a cabo.

Paty insistía en mirar de manera casi obsesiva su reloj, pendiente del avance de las horas y de cualquier movimiento al otro lado de la puerta donde se leía "Prohibido el paso", y que nos separaba de los quirófanos. Cada vez que se abría, ella se ponía de pie de un salto y se llevaba las manos al pecho, como si necesitara evitar que el corazón se le saliera de su sitio.

—¿Quiere que le traiga un café? —ofreció Jade al verla tan alterada.

La mujer hizo un gesto impreciso que fue imposible de definir. Tal vez sólo estaba pidiendo que la dejaran sola con su angustia, o tal vez sí necesitaba beber algo que la ayudara a tranquilizarse. El hecho es que Jade se puso de pie y me miró con ojos de súplica.

—¿Me acompañas?

Al advertir su mirada penetrante, medio escondida bajo un mechón azul que le caía sobre parte de la frente y una ceja, supe que no tenía la posibilidad de negarme. Salimos hacia el lobby central del enorme edificio, en busca de alguna cafetería o una máquina expendedora de refrescos y café, esas que siempre se esconden cuando uno las necesita con urgencia.

—¿Te imaginas la cantidad de almas que deben circular por aquí, en este preciso momento, junto a nosotros…? —reflexionó Jade en voz alta mientras echaba un vistazo en todas las direcciones—. Es un hecho que al morir nuestro espíritu abandona el cuerpo y sale en busca de la luz. Aunque muchas veces…

—No sé si quiero seguir escuchando… —la interrumpí.

Pero mi amiga hizo caso omiso a mi súplica y continuó:

—Pero en muchos casos, sobre todo después de una muerte traumática, el alma se queda aquí… ¡Aquí, en esta dimensión! ¿Te imaginas? No sólo perdemos la vida, sino que además somos incapaces de irnos al más allá… —dijo con un tono que me erizó los cabellos de la nuca—. ¿No las sientes…? Yo sí… Mira… ¡Mira cómo se me pone chinita la piel…! ¡Te lo aseguro, Eric, ahorita mismo estamos rodeados de almas errantes!

No pude evitar girar la cabeza para enfrentarme a la enorme estancia de doble altura, paredes de un inmaculado blanco mate y suelo de mármol tan limpio y reluciente que duplicaba a la inversa la superficie del techo. Pero los únicos presentes éramos Jade y yo. Los únicos visibles, claro. Si mi amiga tenía razón, un sinfín de cuerpos transparentes circulaban en torno nuestro, buscando desesperados el final de sus propios túneles. ¿Mi madre estaría entre esas almas? Había muerto entre esos muros, y su despedida de esta tierra no había sido la más pacífica. El médico alcanzó a informarme que su corazón se detuvo de golpe, cuando ya no le fue posible seguir respirando por sus propios pulmones quemados por el incendio del coche. El resto de los detalles no fui capaz de oírlos, porque dicen que la piel se me puso del color de las paredes, me bajó la presión y me desplomé sin que pudieran evitarlo.

¿Mi madre estaría aún aquí?

Jade pareció adivinar mis pensamientos. Ay, Jade. A veces pienso que de verdad entiendes mucho más de lo que realmente confiesas.

—Habla con ella, Eric —murmuró con dulzura—. Cuéntale todo lo que no alcanzaste a decirle…

¿Contarle qué? ¿Que un compañero de la escuela me traicionó de la peor manera posible hacía ya un año, y que había confundido como un imbécil mis sentimientos hacia Chava? ¿Que estaba tan lleno de secretos que la culpa no me permitía ni respirar tranquilo? ¿Que jamás me iba a perdonar por no haberles podido confesar, cara a cara, el real origen de mis deseos…?

—Te dejo solo unos momentos —dijo Jade—. Habla con tu madre, en lo que voy a buscarle el café a Paty.

Y sin esperar respuesta, se alejó a grandes zancadas.

El enorme lobby del hospital me devolvió la frialdad de su arquitectura y el insufrible aroma a desinfectante. Y nada más. Ni rastros de mi madre, de su perfume fragante a flores ni del sonido tan característico de sus pasos que estaba seguro que nunca iba a olvidar. ¿Cómo se busca a un alma perdida? ¿Qué se hace para invocarla?

Mamá. Mamita. Necesito tanto poder decirte la verdad.

¿Estás aquí?

¿Me oyes?

Y por toda respuesta escuché el roce de un par de zapatos al avanzar sobre el mármol del suelo. Giré, apurado, y alcancé a percibir un rastro amarillo que se quedó flotando unos instantes en el aire, justo en el inicio de un largo corredor, como si alguien hubiera dado un manotazo de pintura color sol. Recordé con sorpresa que el día del accidente, justo antes de subirse al Audi con mi padre, mi madre llevaba un vestido amarillo.

#Miedo #Sobrenatural

Me eché a correr hacia el pasillo. Estaba tan desierto como el resto de ese maldito hospital que parecía haber sido construido sólo para mí.

¿Mamá?

Si Jade tenía razón, probablemente frente a mí avanzaba el cuerpo transparente de Anne Miller, dando tumbos contra los muros, incapaz de encontrar la salida al callejón oscuro que debía ser ese espacio entre la vida y la muerte. Quizá mi madre no era capaz de irse todavía porque sabía que yo le escondía un gran secreto. No iba a descansar en paz hasta que me escuchara confesarle todo, palabra a palabra. Las madres son así, ¿no? No se quedan tranquilas hasta conseguir salirse con la suya. ¿Es eso, mamá? ¿Estoy en lo cierto?

Seguí avanzando durante varios minutos y de pronto me descubrí en el *Intensive Care Unit*, el mismo lugar donde ella agonizó durante varios días. Ahí estaba la enfermera tras el escritorio de recepción, pendiente del teléfono y de revisar el monitor de su computadora. Avancé sin ser visto hacia la puerta que, para mi sorpresa, se abrió sola con un chasquido metálico.

¿Tú hiciste eso, mamá? ¿Eres tú la que está detrás de todo esto?

Apenas ingresé al nuevo corredor, el mismo por el que circulé tantas veces, a tantas horas distintas del día y de la noche, me asaltó una intensa bocanada a flores frescas y recién cortadas. Ya no tenía dudas. Sí, estás aquí, a mi lado, aunque no pueda verte. Jade tenía razón. Una vez más, mi amiga tenía razón. No sé cómo, pero fui capaz de seguir tu rastro. Tal vez fuiste tú quien me tomó de la mano para traerme de regreso al lugar exacto donde dejaste de respirar por culpa de tus pulmones calcinados. ¿Qué quieres, mamá…? ¿Que entre a la sala donde tu cuerpo estuvo conectado a todas esas máquinas? ¿Estás ahí, esperándome…? Bueno, si de verdad puedes observarme, entonces mírame. Voy avanzando paso a paso a tu encuentro. Ahora entiendo por qué el hospital entero se vació de personas y ruidos: para darnos la tranquilidad necesaria para que podamos conversar de eso tan importante que tengo que decirte. *Eso*. Precisamente *eso*. Y ya estoy casi frente a la puerta cerrada del cuarto donde te visité tantas veces. ¿Me ves? ¿Me oyes? Voy a abrir, mamá. Y estoy seguro de que apenas entre voy a descubrir que estás ahí, con tu vestido amarillo y un puñado de lavandas recién cortadas en una de tus manos, las mismas que después vas a poner a secar en el *laundry room*, para así perfumar la casa. Estoy en lo cierto, ¿verdad? Y empujo la puerta y el paso de luz a la oscuridad me ciega por unos instantes. Y cuando podría jurar que estoy empezando a identificar tu cuerpo frente a mí, una mano se clava en mi hombro y me obliga a girar. Una enfermera me grita que no estoy autorizado a estar ahí, que salga inmediatamente de la habitación. Y cuando le voy a explicar que tú estás esperando por mí, regresan de golpe los sonidos, los pasos incesantes por los corredores, el sonido de las sirenas en la calle, el respirador artificial que sopla su aire falso a una anciana acostada en una cama, el aroma a desinfectante que se lleva lejos el aroma de las lavandas que nunca existieron. Desapareces. Vuelves a dejarme solo.

Me metí aturdido al elevador. Los espejos de las paredes multiplicaron hacia la derecha y la izquierda mi rostro, más parecido a un fantasma que al hijo que alguna vez fui. Mabel tenía razón: aquellas ojeras y palidez no debían ser un buen síntoma.

Nunca voy a poder ser honesto con ustedes, papás. Perdí mi oportunidad. La perdí para siempre.

Cuando regresé al área de espera, Jade se levantó como un resorte. Alcancé a ver que abría la boca para lanzarme una retahíla de preguntas, pero tuvo que suspenderlas todas al ver que una arsenalera apareció sorpresivamente en la puerta de los quirófanos.

—Paty —le dijo a la madre de Chava—, acabamos de terminar. Pero el médico necesita hablar contigo. Ahora.

#Malasnoticias

Recordé la fotografía que yacía en alguna carpeta de mi iPhone y que luego de tomarla había interpretado como un presagio de mala suerte. ¿Por qué no podía ser como Jade? ¿Por qué no podía tener la esperanza de que la operación había sido un éxito?

—Espérenme aquí —ordenó Paty sin poder esconder el temblor de sus manos y su voz.

Y sin decir una palabra más, desapareció al otro lado del cartel de "Prohibido el paso".

20
#SINFILTRO

Si por alguna razón estuviera obligado a contarle a alguien lo que pasó hace más o menos un año, intentaría ser lo más fiel posible a los hechos. Y, para eso, tendría que comenzar diciendo algo así: durante la función de las 7:15 pm de *The Theory of Everything*, dos hombres jóvenes se besaron apasionadamente en una oscura sala de cine del Cross Creek Mall. Uno de ellos —el más joven y tímido— sintió de pronto que lo tomaban por la ropa y lo arrastraban con urgencia hacia la butaca de al lado. Al caer sobre el otro cuerpo, lo recibió una boca que llevaba días mirando con disimulo y que por fin se decidió a llevar las cosas al siguiente nivel. El otro muchacho —el más grande y experimentado— le metió las manos por debajo de la camisa con toda la intención de provocar un cataclismo en sus hormonas. En la pantalla quedó inconclusa la historia de Stephen Hawking, ya que ninguno de los dos volvió a prestar atención a la película. Cuando escucharon un par de solapados reclamos de algunos espectadores, molestos por el arrebato de pasión, decidieron que lo mejor que podían hacer era salir de ahí.

Y eso fue lo que hicieron.

Al salir, el menor quiso improvisar una conversación. No tiene muy claro por qué lo hizo. Quizá fueron los nervios, o su poca experiencia en estas materias, o la urgencia por hacer pasar rápido el tiempo. Le dijo al otro, que atravesaba el área de estacionamientos casi corriendo: "¿Sabías que la enfermedad que le diagnosticaron a Hawking se llama "trastorno motoneuronal relacionado con esclerosis lateral amiotrófica?" "No hables, cierra la boca", le contestó el otro sin siquiera mirarlo, y lo agarró por un brazo para obligarlo a caminar más rápido.

Los dos muchachos llegaron hasta la residencia de uno de ellos, ubicada en Westminster Ave, a pocos metros de Abbot Kinney, en pleno corazón de Venice. El joven tímido e inexperto había estado ahí un par de semanas antes, cuando asistió sin ser invitado a una fiesta organizada por el otro muchacho, el mismo que ahora no le soltó la mano en todo el camino. A esa fiesta, que hoy parecía tan lejana, lo acompañó su amiga Jade, quien gritó de emoción al ver la hermosa construcción de madera, de tres pisos, de muros azul petróleo y puertas y ventanas blancas, todo coronado por un puntiagudo techo de diferentes alturas. Pero en esta ocasión, el muchacho no tuvo tiempo de darle un segundo vistazo a los detalles arquitectónicos ni mucho menos la capacidad de apreciar el diseño del jardín y lo bien cuidadas que estaban las plantas. Sólo tuvo sentidos para saberse arrastrado hacia la escalera que lo llevaría al segundo nivel al tiempo que escuchaba que le decían que no tenía de qué preocuparse, que el padre del dueño de la casa iba a estar fuera de Los Ángeles el fin de semana, así es que tenían la propiedad toda para ellos.

Cayeron juntos sobre una cama que se quejó bajo el inesperado peso de los dos cuerpos. Los veinte dedos se apuraron en empezar a desabotonar camisas, en quitar cinturones, en lanzar lejos zapatos y calcetines, en despojar a las piernas de sus pantalones. A tientas, una de las manos buscó el control remoto de un equipo de sonido de última generación. Al oprimir *play*, las bocinas se hicieron cargo de reproducir *Can't get engouh of your love, baby*. Mientras el muchacho de más edad terminaba de desnudar al otro joven, que hacía esfuerzos por mostrarse experto y en dominio de sus propios temores, Barry White les susurraba al oído:

I've heard people say that
Too much of anything is not good for you, baby
Oh no
But I don't know about that
There's many times that we've loved
We've shared love and made love
It doesn't seem to me like it's enough
There's just not enough of it
There's just not enough
Oh oh, babe…

Con toda certeza, el dueño de la casa sabía lo que hacía: la música en el momento adecuado, la selección de la canción precisa para poner en alerta la piel propia y ajena, la luz exacta para ver el camino hacia el otro cuerpo pero, al mismo tiempo, la oscuridad necesaria para tener que acercarse un poco más de lo necesario y así descubrir el tesoro que ambos deseaban. Las lenguas se pasean imperiosas en busca de más poros que erizar y, una vez satisfechas de su trabajo, se concentran en devorarse las bocas hasta rescatar la última gota de saliva. Entonces uno de ellos se trepa encima del otro. Con toda la intención del mundo se acomoda ahí, a horcajadas, y comienza a moverse despacio, con estudiada suavidad, para volver loco al que quedó debajo, aplastado contra el colchón.

Y sí: ese que quedó aplastado contra el colchón soy yo. Eric Miller.

Tengo a Simon Davis desnudo sobre mí, mirándome con una expresión que me corta el aliento y que me podría llevar a cometer la locura más grande de mi existencia. ¿Qué quiere que haga? Que lo diga, lo que sea. ¿Que robe un banco? Hecho. ¿Que salte desde la cima de una montaña? Pan comido. ¿Que asesine a alguien en su nombre? Que sólo me diga a quién y me encargo de todo. Pero a pesar de mi arrebato de valentía, tengo que disimular que estoy temblando por dentro y por fuera, que no sé qué hacer a continuación, que soy tan aburrido que estoy seguro de que en cualquier momento Simon se va a bajar de un salto de su cama y me va a pedir que me vaya, frustrado por mi incapacidad de poder seguirle el paso. Pero no. Nada de eso ocurre. Simon acomoda algunos cojines bajo mi espalda, me acaricia el vientre sudado, mete la mano debajo de su almohada y saca un preservativo. Mientras rompe el envoltorio con los dientes, yo estiro el brazo en busca de mi pantalón, que quedó arrugado sobre el cobertor. Necesito fotografiar este momento. Necesito poder detener el tiempo para así quedarme a vivir para siempre en este preciso instante que no quiero que se acabe. Apenas enciendo mi iPhone, Simon parece adivinar lo que pienso hacer. Y, por lo visto, la idea lo excita aún más. Levanta mis piernas y las apoya contra sus hombros. Obediente, yo me dejo guiar. Disparo una y otra vez sin prestar mucha atención a qué estoy fotografiando. Y ahí van quedando inmortalizadas las huellas del sudor en las pieles compartidas, la marca de los poros húmedos de saliva ajena, la excitación de los ojos en nuestros rostros encendidos. Simon parece posar para cada instantánea, orgulloso de tenerme ahí, sometido. Y yo empiezo a volar. Por primera vez en mi vida estoy suspendido en el aire. Mi espalda se despega del cobertor, se eleva al ritmo de los movimientos de Simon, cada vez más fuertes, cada vez más intensos, más precisos, más definitivos. Y voy a gritar. Voy a gritar tan fuerte que todo Venice se va a enterar de lo que está sucediendo en el interior de esa casa en Westminster Ave. Pero en lugar de abrir la boca, lo que hago es sacar otra foto más, y otra, primeros planos borrosos que sugieren el arrebato del momento. Primeros planos más gráficos y explícitos. Primeros planos de su rostro, sus ojos, su boca, su lengua asomada entre los labios, la vena que como un cordón azul le brotó en la frente en el momento preciso que todo su cuerpo se estremeció como alcanzado por un rayo.

Y entonces se desplomó rendido sobre mí.

> *I get the same old feelin' every time you're here*
> *I feel the change*
> *Somethin' moves*
> *I scream your name*
> *Do whatcha got to do…*

Barry White seguía cantando en un eterno *loop* que nadie se encargó de interrumpir.

Acaricié sus cabellos mojados pero Simon echó la cabeza hacia un costado, evitando el contacto.

—Nadie puede saberlo —advirtió con la voz aún algo disonante luego del esfuerzo.

—Nadie lo va a saber —lo tranquilicé.

—Vamos a negociar. ¿Qué propones? ¿Hasta dónde quieres llegar con esto?

Iba a decirle que mis intenciones eran hacerme viejo a su lado. No soltarle la mano lo que me quedara de vida. Que no existía otra alternativa más que convertirme en su sombra. Pero algo me dijo que lo mejor que podía hacer era dejar que él estableciera las reglas del juego. Era más adulto, más experimentado y más sabio que yo. Además, estaba seguro de que Simon Davis sólo se sentía tranquilo cuando tenía el control absoluto de la situación y del cuerpo que yacía bajo el suyo. En este caso, el mío.

—Éste será nuestro secreto, Eric —asintió satisfecho—. ¿Estás contento?

Asentí. Simon se giró sobre el cobertor y apoyó la cabeza en la almohada. Lo escuché dar un hondo y definitivo suspiro de relajo.

Somos almas gemelas, pensé. Jade diría que estamos destinados el uno para el otro. Pero tampoco llegué a decírselo. Me bastó con saberlo y compartir con él un secreto. Un enorme secreto. Uno tan grande que les costaría la vida a mis padres.

Pero ése es otro tema. No te distraigas, Eric.

Cuando regresé a mi casa, muchas horas después, y con el olor de Simon todavía impregnándome el cuerpo por dentro y por fuera, cerré la puerta de mi cuarto con llave y me senté frente a mi escritorio. Encendí la computadora. Conecté el iPhone a uno de los puertos USB y traspasé todas las fotografías que había tomado. Creé una carpeta que bauticé "Simon", y ahí las archivé. Las revisé una por una. Mis pupilas se achicaron ante el espectáculo descarnado de esos dos cuerpos. Pensé en alterar algunas, jugar con algunos filtros y esfumados. Pero entonces decidí que no iba a modificar lo que había ocurrido sobre la cama de Simon. Por primera vez iba a dejar una foto en su estado natural, con sus aciertos e imperfecciones a la vista. Lo iba a hacer en honor de mi primera vez.

#Sinfiltro #Love #Sex

Seleccioné esos tres hashtags al interior de mi cabeza, como una manera de organizar y clasificar la avalancha de pensamientos que alborotaban mi mente al mismo tiempo. Era la mejor manera que tenía de estructurar mis ideas desordenadas: reducirlas a un hashtag. Y ya.

Apagué la laptop y me recosté a mirar el techo. En mi celular se reproducía sin descanso *Can't get engouh of your love, baby*, mi nueva canción favorita.

Cerré los ojos, con algo parecido a la felicidad haciéndome cosquillas en el pecho. Después de lo que había ocurrido entre Simon y yo, nada malo podía suceder. Nada. Estaba seguro de eso.

Con la certeza de un triunfo indiscutible, me preparé para volver a soñar con él.

Qué manera de engañarme.

Qué equivocado estaba.

Y qué terrible todo lo que vendría tan poco tiempo después, también en el interior de esa maldita casa en Westminster Ave.

21
#LISA

Jade llegó temprano a mi casa, sin previo aviso ni invitación. Mabel, quien siempre tuvo una indisimulada simpatía por ella, la dejó entrar hasta mi cuarto cuando yo aún estaba dormido. Por eso, cuando abrí los ojos con la intuición que alguien estaba junto a mí velándome el sueño, lo primero que vi fueron sus greñas azules y brillantes a causa de una botella de aceite de Marruecos que se vació encima esa mañana, tal como me explicó sin que se lo hubiera preguntado.

—Ayuda a contrarrestar la sequedad que provocan los tintes, y así no se me parten las puntas —dijo, y se acomodó a mi lado, robándose parte de mis almohadas y cojines—. ¿No me veo como un personaje de Los Pitufos con este color, verdad...? Todavía no estoy totalmente convencida.

Ay, Jade. Jade...

Ante mi silencio, se arrellanó aún más entre las sábanas, tomó su celular y abrió la aplicación de Susan Ryder para consultar el horóscopo que yo mismo la había ayudado a bajar un par de meses atrás.

—¿Quieres que te lea qué le depara a Tauro el día de hoy? —y como negué con la cabeza, frunció el ceño y alzó los hombros—. Bueno, veamos entonces cómo les va a ir a los Acuario.

Acuario (del 21 de enero al 18 de febrero): No juzgues las actitudes ajenas. Vive y deja vivir. Los amigos pueden ayudarte mucho cuando más lo necesitas, pero también pueden llevarte a dudar sobre determinadas cuestiones y elementos de tu pareja. Abre bien los ojos. A veces las malas noticias vienen en forma de llamada, de mensaje, de carta, de fotografía. Es posible que hoy recibas una desilusión por parte de una persona que quieres mucho.

Jade apartó el teléfono y me dedicó una mirada asesina.

—¡Pobre de ti si me provocas una desilusión, Eric! —amenazó—. No podría soportarlo.

—¿Yo? ¿Y por qué yo?

—Porque eres una persona a la que quiero mucho —explicó—. Y eres el único con el que pretendo pasar el día de hoy.

La miré con sorpresa. La verdad, no tenía ningún plan en particular para ese sábado. Pensaba en algún momento ir a darme una vuelta por el Cedars Sinai y buscar a Paty, para que me contara las últimas novedades de Chava. ¿Seguiría en Cuidados Intensivos o ya lo habrían enviado a Terapia Intermedia? Quizá ya era posible saber si la operación había sido un éxito.

Jade, una vez más, pareció leerme la mente:

—Sí, vamos a ir al hospital a ver si podemos colarnos para estar con Chava un ratito —dijo—. Tú no te preocupes de nada. Si no nos dejan entrar al *Intensive Care Unit*, puedo robarle la tarjeta magnética a Paty sin que se dé cuenta —asintió—. Pero antes, tú y yo vamos a hacer algo juntos.

—Lo único que quiero hacer ahora es darme una ducha. Si nos van a arrestar por tu culpa, al menos quiero estar limpio —le respondí e hice el intento de salirme de la cama.

—Todavía no —me detuvo—. Mabel nos está preparando el desayuno y nos lo va a traer aquí. Le pedí pan tostado, huevos revueltos, hotcakes con fruta y una malteada de fresa. ¡Y me dijo que incluso le iba a poner un poquito de *whipped cream* a la fruta! —aplaudió triunfal—. Como si estuviéramos en un hotel de lujo.

En efecto, a los pocos minutos Mabel entró cargando una bandeja tan grande y tan repleta de comida, vasos, servilletas, platos y diferentes tipos de panes, que debió quedarse unos instantes junto a la cama, respirando hondo para recuperar las fuerzas. Por lo visto estaba contenta: sus ojos no habían vuelto a brillar desde la noticia del accidente de mi padre. Aprovechó la pausa para darme una mirada llena de complicidad por el evidente hecho de que había una mujer en mi cama junto a mí. "¡Bien hecho, Eric! ¡Al fin!", leí en sus pupilas.

El que pensara que me gustaban las mujeres me quitó las ganas de comer.

—Gracias, Mabel —dije—. Yo llevo después la bandeja a la cocina.

Antes de salir, la mujer le hizo un guiño a Jade. Mi amiga asintió despacio con la cabeza y le sonrió.

—¿Qué se traen ustedes dos? —la interrogué apenas nos quedamos solos.

—Nada. ¡Nada! —mintió con ambos ojos clavados en la torre de humeantes hotcakes que hacía equilibrio sobre un plato—. ¡Mira, a esto llamo yo un banquete de reyes!

Decidí que tal vez podía bajar la guardia un par de horas. Mal no me podía hacer sentarme a comer en calma con mi única amiga, y mucho menos ese festín que Mabel había preparado especialmente para nosotros. Tenía la impresión que no había ingerido alimento alguno en muchos días, y ya era hora de cargar energías.

Y, una vez más, Jade pareció continuar la línea de mi propio raciocinio.

—Y cuando hayamos cargado energías, vas a venir conmigo a Boyle Highs. Le pedí el coche a mi abuela, y tengo un casete que grabé especialmente anoche para irnos escuchando música y cantando a voz en cuello —dijo de corrido y sin respirar.

—¿Y qué tenemos que ir a hacer allá?

—Buscar a Beto. ¿Te acuerdas? El amigo de Chava que trabaja en un local de tatuajes.

—¡Jade, no! —exclamé.

—¡Sí, sí y sí! Ya lo decidí, Eric. Me voy a tatuar el símbolo del infinito —sentenció—. A Chava le gusta la idea. Y cada vez que lo vea aquí, en mi muñeca, me voy a acordar de que estuve ahí, a su lado, el día que él volvió a caminar.

—Todavía no sabemos si Chava… —alcancé a decir.

—¡No, no te atrevas! ¿Ves que Susan Ryder siempre tiene razón? ¡La persona que más quiero estuvo a punto de desilusionarme! ¡Qué mal día para ser Acuario!

Tragó saliva y dejó a un lado el tenedor con el que estaba atacando el plato de fruta coronado en crema chantillí. Hasta su voz pareció cobrar de súbito un matiz azul:

—Chava se va a levantar de esa cama —decretó—. ¿Me oyes? ¡No lo vuelvas a poner en duda!

Una hora después, ya estábamos a bordo del coche de su abuela. Para mi sorpresa, la carcacha vibró como si fuera a desintegrarse pero encendió a la primera y se precipitó hacia la US-101 en un tremblequeo de latas y carrocería. Jade encendió el radiocasete y la inconfundible voz de Freddie Mercury salió con gran esfuerzo por los viejos y roídos altavoces del vehículo:

This thing called love, I just can't handle it
This thing called love, I must get round to it
I ain't ready
Crazy little thing called love…

Era un hecho: Jade estaba enamorada. Y me lo confirmaba el hecho que ella sólo escuchaba Queen cuando tenía el corazón arrebatado de amor por algún hombre que, estaba segura, iba a convertirse en el abnegado padre de sus hijos. Hasta ese día le conocía dieciséis posibles padres para sus posibles futuros hijos, entre los que se encontraban Johnny Deep, Clark Gable y Yuri Gagarin. La verdad, no me había dado cuenta de lo serio que eran sus sentimientos hacia Chava. Iba a tener que cuidar mucho mis palabras, entonces. Cualquier comentario desafortunado podía provocar una guerra atómica entre mi amiga y yo.

Crazy little thing called love volvió a cantar a todo volumen, imponiéndose a Freddie Mercury con su aplastante vozarrón. La miré de reojo y pude comprobar que sonreía de oreja a oreja mientras tamborileaba con sus dedos sobre el resquebrajado manubrio del coche.

Sí, estaba enamorada. Y sin vuelta atrás.

Nos estacionamos sobre la avenida César Chávez. La calle, casi desprovista de árboles, era una larga sucesión de negocios tan variados como poco atractivos. En la misma cuadra se apretaban las deslucidas fachadas de una casa de cambio, un cibercafé, una barbería, un dentista al que no entraría jamás, una oficina de venta de seguros médicos, una cantina mexicana y una farmacia que parecía vender cualquier cosa menos medicinas.

—¡Allá!

Jade señaló una puerta negra que casi no se distinguía entre carteles que anunciaban reparaciones de smartphones, tarjetas de prepago y el número ganador de la lotería. "Dragon Tattoo Studio" alcancé a leer en letras doradas. Me metí a Yelp y busqué algún tipo de referencia que me diera argumentos para obligar a Jade a permanecer en la calle y no exponernos a un asesinato. Pero sorprendentemente, el negocio tenía más de 500 *reviews* y un impecable promedio de 5 estrellas de satisfacción.

> *Beto é realmente talentoso. Estou muito, muito feliz com um tatuagem muito pessoal e significativo.*

> *Beto est un rock star! Il a été très utile, et a répondit à toutes mes questions.*

> *I Absolutely Love This Place! Needed a piercer, and found the best one: Beto!!*

Por lo visto, yo había vuelto a juzgar el libro por la portada. El tal Beto resultó ser un artista aclamado por sus clientes y el dueño de un local visitado por personas de todo el mundo.

Lo primero que nos recibió cuando atravesamos la puerta fue un penetrante olor a tinta mezclado con incienso.

—¡Nag Champa! —exclamó Jade—. Mi favorito. ¿Ves? Yo sabía que todo iba a salir bien.

A causa de la poca luz —no sé si la falta de lámparas era intencional o simplemente nadie se había acordado de cambiar los focos fundidos— tardé unos segundos en darme cuenta de que los muros estaban cubiertos por una infinidad de afiches que promocionaban los dibujos más solicitados para tatuajes: dragones, espadas piratas, amenazantes calaveras, rosas rojas llenas de espinas sangrantes, y una gran variedad de seres mitológicos. Qué dolor, pensé. Qué absurdo permitir que te claven una aguja en la piel, una y otra vez, para inmortalizar un dibujo tan desangelado como esos que colgaban en las paredes. Las fotografías de Instagram no duelen, y también perpetúan una imagen.

—*Hello?*

Una muchacha nos miró desde el otro lado de un mostrador.

—¿Puedo ayudarlos…? —dijo.

—Busco a Beto —se adelantó Jade.

La dependienta se acercó un poco más y quedó justo bajo una de las pocas luces del local. Fue en ese momento que pude darme cuenta de que tenía el pelo separado en dos aguas desde el centro de la cabeza, un largo cuello, una hermosa sonrisa y un tatuaje en el hombro derecho: una delicada libélula de tinta algo verdosa, que parecía haberse posado recién sobre el final de su clavícula.

Era ella.

—¿Lisa? —la llamé.

Tanto Jade como la muchacha se volvieron hacia mí, y me miraron con una mezcla de sorpresa y desconcierto.

—¿La conoces? —la curiosidad de mi amiga le hizo subir el tono de su voz.

—Tenemos un amigo en común —dije.

Lisa alzó una de las cejas, intrigada. Hasta la libélula pareció quedarse en suspenso a la espera de mi respuesta.

—Chava —contesté.

—¿Cómo? ¿Tú también conoces a Chava? —exclamó Jade, sin saber si preocuparse o considerarla una rival en potencia.

Yo aproveché el momento y me acerqué a ella, para que pudiera ver mi expresión de complicidad. De alguna manera tenía que decirle que sabía lo del disparo, pero sin inquietar ni despertar los celos de Jade, para no romper así la burbuja de su romance con Chava.

Lisa frunció el ceño.

—Chava me contó lo del muelle de Santa Mónica —dije—. Lo del loco con la pistola…

—¡¿De qué estás hablando, Eric?! —gritó mi amiga—. ¿Qué loco? ¿Qué pistola? ¿Por qué yo no sé esa historia?

—Chava me la contó en una ocasión que nos quedamos solos —expliqué. Y aproveché el impulso para seguir con Lisa—. Sé que te salvó la vida…

—¿Chava? ¿A mí…? —balbuceó ella.

—¡¿Chava le salvó la vida?! —repitió Jade, ya definitivamente celosa.

—No sé quién es Chava —dijo.

Me quedé unos instantes en silencio, sin saber cómo proseguir.

—¡Claro que sabes quién es, no te hagas! —rugió Jade, cada vez más molesta—. Y es mi novio, para que lo sepas. ¡Mi novio!

De un zarpazo, Jade me arrebató el celular que yo tenía en las manos y que aún permanecía abierto en la página de Yelp. Con gran habilidad, seleccionó la carpeta indicada y encontró la foto que le tomé junto a Chava el día que se conocieron. Sostuvo la pantalla del teléfono frente a los ojos de Lisa, que volvió a fruncir el ceño.

—¡Él! —exclamó—. Chava. ¡Mi Chava!

—¡Ah, sí, ya sé quién es! Lo vi aquí un par de veces, el año pasado —confirmó Lisa—. Es amigo de Beto, creo. No sabía que se llamaba Chava. Y no, nunca he ido con él al muelle de Santa Mónica —puntualizó, mirándome—. Si te dijo eso, te engañó.

Jade se mantuvo en silencio, controlando con toda intención sus emociones. La conozco bien. Sé que hacía un enorme esfuerzo por no revelar sus sentimientos. Si era verdad que Lisa no conocía a Chava, no iba a demostrar que acababa de meter las patas hasta el fondo. Y, por el contrario, si la dependienta nos estaba mintiendo en la cara, Jade tampoco iba a dejarle saber que estaba celosa. Asintió, dándole las gracias por la información, e hizo el amago de ir hacia la puerta. Pero de pronto, a último momento, se giró hacia Lisa y le tomó una fotografía con mi teléfono.

—¡Oye, ¿qué haces?! —se molestó la joven.

Jade salió veloz del local, imagino que de regreso a su coche. Y mientras yo corría tras ella, alcancé a pensar que si tal vez Chava mintió sobre el accidente que le provocó la fractura en su espalda, también podía haber mentido en relación a su gusto por las mujeres. Tal vez no era cierto que le atrajera Jade, tal como no era cierto que él y Lisa hubiesen tenido una relación. ¡Tal vez yo había acertado al creer desde un comienzo que toda esa historia de pistoleros y sacrificios románticos no era otra cosa que un arrebato de la morfina! Tal vez Susan Ryder tenía razón después de todo... Tal vez Jade iba a sufrir una terrible desilusión. ¡Tal vez yo aún tenía una oportunidad! ¡Tal vez...!

Y, como siempre me sucedía en momentos de caos, me acordé de Simon Davis. Lo maldije, le pedí perdón por haberlo hecho y le eché la culpa de todo.

Y le agradecí a la vida haberme regresado la esperanza de Chava en un sucio y mal iluminado local de tatuajes de Boyle Highs.

CUARTA PARTE
DOLOR

22
#TEMPESTAD

—¡Es ahora o nunca, Eric! ¡Corre! —gritó Jade, vestida con su impecable delantal de enfermera, desde el otro lado del corredor trasero del Cedars Sinai.

Respiré hondo, en un inútil intento por armarme de valor. Bajé la vista hacia el delgado cuerpo de Chava, depositado sobre la silla de ruedas como un inútil trozo de tela que no se ha planchado en años. Desde el fondo de su dolor me suplicó con la mirada que cumpliera las órdenes de Jade, que seguía dando saltitos de angustia junto a las enormes puertas que se abrían hacia el área de estacionamientos.

—Por favor… —musitó Chava.

Entonces supe que tenía que hacerlo. No iba a defraudarlos. Apreté con todas mis fuerzas los dedos en torno a los mangos de goma de la silla, y tensé los músculos de mis piernas. Fijé la mirada en el otro extremo del enorme pasillo, que me pareció un desolador y tétrico túnel.

Se escuchó un nuevo y estridente grito a mis espaldas: alguna enfermera que, de seguro, ya había descubierto nuestro plan y se lo estaba informando al resto del personal.

Ahora, Eric. ¡Más vale que cumplas lo que prometiste!

Justo antes de echarme a correr, mi mente retrocedió en el tiempo. Un par de horas solamente. Lo justo para volver a recordar qué decisiones y acontecimientos me habían llevado hasta ese instante, el momento exacto en el cual tenía que atravesar un pasillo de servicio de un hospital en apenas tres segundos mientras empujaba una silla de ruedas con un paciente recién operado en ella, y con una enfermera persiguiendo mis pasos dispuesta a hacer su mejor esfuerzo por impedir que nos saliéramos con la nuestra.

Digamos que la culpa de todo la tuvo Lisa, porque nadie contó con su aparición: ni yo, que siempre tuve dudas sobre la veracidad del supuesto tiroteo en el muelle de Santa Mónica; ni Jade, que con horror descubrió que su novio no era tan honesto como ella pensaba y que andaba inventando historias de amor con la dependienta de un local de tatuajes; ni mucho menos Chava, que jamás se imaginó que su mentira quedaría a la vista por una simple casualidad del destino.

Luego del encuentro con Lisa, Jade manejó a toda velocidad rumbo al hospital. Yo alcancé a subirme al coche de último momento, justo cuando ella pisaba el pedal del acelerador con una rabia que nunca le había visto aflorar. Sí, era cierto: estaba enamorada de Chava. Y el hecho de que una desconocida más alta que ella, de largas piernas y brazos, y con un hermoso tatuaje de libélula en el hombro, le hubiera sembrado la cabeza de dudas y preguntas sobre su novio era más de lo que podía soportar.

El destartalado coche hizo un peligroso giro en la esquina de César Chávez y la Soto Street. A último segundo, mi amiga alcanzó a esquivar la parte trasera de un autobús que se estaba estacionando para subir pasajeros. Me mordí los labios para no gritar pero, por un par de segundos, pensé que íbamos a morir estampados contra la carrocería del enorme vehículo. Me abroché como pude el cinturón de seguridad.

—¡No puedo creer que no me hubieras hablado de esa mujer! —bufó, las manos rojas de tensión aferradas al volante—. ¿Chava te dijo que le salvó la vida? ¿Estaba enamorado de ella? ¡¿Por qué mintió?! ¡¿O es ella la que está mintiendo?!

—No lo sé… ¡Estoy tan confundido como tú! —confesé, la vista fija en la calle frente a nosotros.

En los viejos altavoces del coche, la inconfundible voz de Nina Simone hacía esfuerzos por imponerse al rugido asmático del motor y a los gritos de rabia que cada tanto Jade dejaba escapar.

I put a spell on you
Because you're mine
You'd better stop the things you do
I tell you, I ain't lyin'
I ain't lyin'…

—¡Tú sabes que odio las mentiras! —se lamentó—. Ahora siento que no puedo confiar en Chava…

—¿Adónde vamos? —me atreví a preguntar.

—¡Al hospital, a hablar con él! —exclamó.

—Ni siquiera sabemos si Chava puede recibir visitas…

—¡Oh, sí, Eric…! ¡A mí sí me va a recibir, te lo puedo jurar! —sentenció y aceleró aún más.

No me atreví a contradecirla ni a pedirle que me regresara el celular, que se había echado en un bolsillo luego de sacarle una inesperada foto a Lisa.

Nina Simone seguía lamentándose desde la radiocasete:

You know I love you
I love you
I love you
I love you anyhow
and I don't care if you don't want me
I'm yours right now...

Cuando Jade dobló en Beverly Blvd haciendo chirrear los neumáticos como un bólido de carreras, y sobrepasó a toda una larguísima fila de coches para poder meterse la primera y a la fuerza al área de estacionamientos del hospital, supe que las cosas se iban a poner muy complicadas para Chava. No sólo iba a tener que lidiar con el diagnóstico final de su operación, que aún no sabíamos si era exitosa o no, sino que además iba a enfrentarse a una peligrosa mujer de cabello azul que parecía haber perdido el juicio.

—Jade, creo que lo mejor que podemos hacer es... —alcancé a decir antes de que mi amiga metiera el coche de su abuela en el primer espacio libre que encontró y se bajara de un salto.

La seguí a lo largo del extenso corredor de entrada, rumbo a los elevadores. Desde la distancia la vi apretar una y otra vez el botón para abrir la puerta. Pero como no consiguió subirse de inmediato, ya que el ascensor parecía atorado en el piso 4, se lanzó impaciente escaleras arribas.

—¡Jade, basta! —grité, ya casi sin respiración.

Pero ella no se detuvo. Por el contrario, siguió saltando de dos en dos los peldaños hasta que llegó al piso de Terapia

Intensiva, donde una enfermera detuvo lo que estaba haciendo y la fulminó con la mirada al verla entrar como un huracán descontrolado.

—Señorita, éste no es el lugar para… —fue todo lo que pudo decir antes de que Jade se le fuera encima.

—¡Tengo que ver a Chava, ahora! —gritó.

Yo permanecí más atrás, con una mezcla de vergüenza ajena y cautela en el rostro.

—¿Chava, el hijo de Paty? Ya lo bajaron a un cuarto —contestó la mujer.

Pude ver cómo durante un segundo toda la cólera de Jade desapareció bajo una capa de profunda alegría que se adueñó de sus facciones: relajó el ceño y el rojo de sus mejillas se apagó el breve tiempo que duró su sonrisa. Si Chava había sido trasladado a un cuarto, eso quería decir que su recuperación era inminente. Por lo visto, ya no era necesario que lo monitorearan día y noche, o que tuvieran su cuerpo conectado a máquinas y drenajes.

La enfermera consultó algo en el monitor de su computadora.

—Está en el 218 —dijo.

El coraje nubló una vez más el rostro de mi amiga al recordar la verdadera razón de su visita al hospital. Se dio la media vuelta y se echó a correr rumbo a las escaleras. Miré a la desconcertada enfermera, que se quedó sin entender nada; le agradecí con un educado movimiento de cabeza y salí tras Jade.

No pude evitar que entrara al cuarto 218 empujando la puerta con todo el peso de su cuerpo. Encontramos a Chava medio adormilado en la cama, conectado al suero que goteaba probablemente algún analgésico para contrarrestar los dolores de la recuperación. Jade avanzó hacia él, con el ímpetu de un tren descarrilado. Cuando pensé que iba a levantar la mano para abofetearlo, desplegó la fotografía de Lisa en mi celular y se la puso frente a los ojos.

—¿La conoces? —la pregunta sonó como el disparo de un pelotón de fusilamiento.

Chava abrió y cerró los ojos durante unos instantes, intentando hacer foco. De pronto, sus pupilas se paralizaron. Despacio, se giró hacia mí con una expresión llena de preguntas y temor.

—¿La conoces o no? —repitió Jade, mordiendo las palabras—. ¿Es tu novia? ¿Por culpa de ella te fracturaste la espalda?

—Éste no es el momento. ¡Mira cómo lo tienen lleno de medicamentos, no te va a contestar! Dejémoslo tranquilo —supliqué.

—¡Contéstame, Chava! ¿Es cierto que entre esta mujer y tú hay algo y que por dártelas de héroe con ella terminaste en un hospital?

Chava volvió a mirarme. No supe si quería que saliera en su rescate o que, por el contrario, mantuviera la boca cerrada para no complicar más las cosas.

—¡Me mentiste! —Jade se mordió el labio inferior y se secó las lágrimas de un manotazo—. Y ahora ya no sé a quién creerle… ¡Si a ti o a la del tatuaje!

—Ella no es mi novia.

Chava hizo el intento de acomodarse en la cama, pero su rostro se crispó de dolor ante el primer movimiento. Entonces supe que era el momento de demostrarle a Jade que no iba a dejarla sola y que, tal como Susan Ryder había anunciado en su horóscopo, los amigos pueden ser una gran ayuda cuando más se les necesita.

—Pero tú me contaste la historia del muelle de Santa Mónica —intervine—. ¿No lo recuerdas? Cuando fuiste con ella a pasear… y apareció el tipo con una pistola.

—Mentí.

Su rostro volvió a contraerse en una mueca de calvario, aunque ahora no supe si era por los puntos de su espalda o por la estocada que Jade acababa de darle. Aun así, hizo su mejor esfuerzo para despegar la cabeza de la almohada y tratar de quedar a nuestra altura.

—No, Lisa no es mi novia —dijo—. Y sí, tienes razón, Eric, lo del pistolero nunca existió…

—¿Entonces por qué mentiste? ¡¿Por qué haces que desconfíe de ti?! —Jade bajó la guardia pero no el tono severo de su voz.

—Les digo la verdad si me sacan de aquí —pidió—. Esta misma noche.

—Pero, Chava, tú no puedes…

—¡Sáquenme de aquí! —suplicó y su cuerpo se tensó bajo las sábanas—. Y les cuento todo lo que quieren oír.

Jade y yo nos miramos muy desconcertados, sin saber si hablaba en serio o aún estaba bajo los efectos de las medicinas. Pero por un segundo, un brevísimo segundo, Jade y yo fantaseamos con la idea de cumplirle el deseo: ella, porque quería saber la verdadera historia detrás de Lisa; yo, porque aún no perdía las esperanzas de descubrir que la confesión de Chava pavimentaba mi camino hacia su corazón.

En ese momento la puerta se abrió y un médico irrumpió en el cuarto. Tras él venía Paty, los ojos anegados de lágrimas y los labios apretados para no dejar escapar un sollozo. La tempestad. Todo en ellos anunciaba una cruel e inminente tempestad.

Y de pronto todos estamos en un precario bote, remando en medio de la marea que comienza a agitarse. Chava, Jade, Paty, el médico y yo. Y cuando escuchamos el diagnóstico, advertimos cómo se forma una enorme ola en el horizonte. Y mientras el doctor sigue explicando que se hizo todo lo posible pero que la médula espinal no reaccionó como se esperaba, la vemos acercarse a nosotros, monstruosa, fatal, conscientes de que en cosa de segundos nos va a caer encima con la fuerza de un garrote de plomo.

Y claro, la ola revienta sobre nuestras cabezas. Y todos morimos un poco por culpa de la mala noticia.

23
#FUGA

Chava no derramó ni una sola lágrima.

Paty y Jade, por el contrario, se precipitaron fuera de la habitación 218 como si una descarga eléctrica las hubiera golpeado sin clemencia: una corrió a tropezones hacia el final del corredor para liberar su tristeza y frustración ante el diagnóstico médico, mientras que la otra salió temblando hacia el área de las escaleras.

Yo, como siempre, me quedé a mitad de camino entre la huida y la compañía solidaria, sin saber qué hacer.

No, tampoco lloré. Me limité a bajar la vista hacia la punta de mis zapatos y dejar de respirar, a ver si así Chava se olvidaba de mi inútil presencia. No me atreví a mirarlo a la cara. Sin embargo, fui capaz de percibir cómo cambió la temperatura en el cuarto. Fue en ese momento que comprendí que el dolor, el verdadero dolor, ese que no tiene remedio y que sabemos que nunca va a ceder, que va a permanecer ahí para siempre, convertido en una mala noticia crónica, no tiene nada de explosivo ni de apasionado. No hay gritos ni exabruptos. Muy por el contrario, frente a esa clase de dolor el mundo entero se queda mudo, como si hasta el último y miserable insecto muriera junto con la esperanza de una pronta mejoría. Cuando el verdadero dolor bombardea la vida de alguien, el estallido lo congela todo en una onda expansiva y convierte cualquier situación en un profundo pozo de hielo del que ya no se puede volver a escapar. Y ahí quedamos Chava y yo, abandonados en mitad de lo que antes había sido la habitación de un hospital y que ahora se había tornado en un desierto de nieve y silencio.

—Eric —lo oí decir despacio, igual como se susurra una plegaria que deseamos que llegue a su destino.

No, por favor no me hables. No me obligues a levantar la cabeza para descubrirte paralizado de por vida en esa cama. Soy demasiado cobarde para servir de apoyo en un momento como éste. Estoy muerto por dentro, Chava, ¿no te das cuenta? Ni siquiera tuve la valentía para llorar la muerte de mis padres. No me hagas esto.

—Eric...

Y entonces sucedió lo que no quería: al enderezar el cuello lo vi aún más delgado de lo que recordaba, convertido en la sombra de un ser humano. Me hubiese bastado con soplar fuerte para deshacerme de él, sin que quedara rastro alguno de su cuerpo entre esas sábanas mil veces blanqueadas.

—Sáquenme de aquí. Por favor —suplicó.

—No sabes lo que estás diciendo.

—Créeme que lo sé mejor que nadie —replicó—. Tú eres mi amigo. Tienes que ayudarme.

—Pídeme cualquier otra cosa, Chava. ¿Quieres más fotos? Puedo ir a fotografiar lo que desees...

—¡Necesito salir de aquí, sobre todo después de la noticia que acaban de darme! —exclamó—. Van a tener que conseguir una silla de ruedas para sacarme por la puerta trasera del hospital. Jade puede estacionar su coche ahí, para que el trayecto sea más corto. En promedio, no les va a tomar más de siete minutos.

Lo tenía todo pensado. Quién sabe cuántos días llevaba ideando en secreto el plan para escapar del Cedars Sinai. ¿Habrá sabido siempre cuál iba a ser el resultado de la operación? ¿Por eso todos parecíamos más afectados que él ante el diagnóstico final?

—El último problema —prosiguió— es que la puerta trasera se abre sólo con una tarjeta magnética. Pero no importa, también lo tengo resuelto. Van a robarle la suya a mamá. No les va a quedar de otra.

—Chava… —traté de intervenir.

—No. Está decidido, Eric. Esta noche me van a ayudar a salir de aquí.

Chava utilizó el último aliento de energía que le quedaba a su cuerpo para darme una mirada cargada de determinación. Luego, recostó la cabeza en la almohada y cerró los ojos. Vi su pecho subir y bajar bajo la sábana.

—Déjame solo —pidió en un hilo de voz—. Y vuelvan cuando se haya hecho de noche.

Salí al pasillo. Al final del corredor estaba Paty, hecha un mar de lágrimas, hablando muy exaltada por celular. En el extremo opuesto alcancé a ver a Jade sentada en los peldaños de la escalera, el rostro cubierto por ambas manos.

Si de verdad esa noche iba a tener que secuestrar a un paciente del Cedars Sinai, y disponía de apenas siete minutos para hacerlo, lo mejor era que me pusiera manos a la obra de inmediato. Avancé decidido hacia Paty, que seguía al celular. Al verme acércame, musitó un "espérame tantito" y alejó el teléfono de su rostro. Se dejó abrazar por mí y, sin decir una sola palabra, me hizo saber que agradecía mi presencia y apoyo en un momento como ése.

—Todo va a estar bien, ya verá —le aseguré, y de inmediato me sentí estúpido por haber dicho esa mentira.

#Vergüenzaajena #Pudor #Enbocacerradanoentranmoscas

Pero no tenía tiempo para recriminarme ni mucho menos para perderlo en explicaciones sobre lo que verdaderamente quise decir pero no dije. Me alejé de la enfermera a pasos rápidos. Sólo cuando estaba llegando junto a Jade me atreví a abrir la mano: sobre la palma descansaba la tarjeta magnética de Paty, que por lo visto nunca se dio cuenta del pequeño tirón con el cual se la arrebaté del uniforme.

—Levántate, tenemos mucho que hacer —le ordené a mi amiga.

Jade me miró con los ojos rojos de llanto acumulado y una expresión de total desconcierto.

—Las llaves de tu coche —pedí.

—Eric, ¿qué pasa? —preguntó y se puso de pie.

—Pasa que vamos a sacar a Chava de aquí —dije, y de inmediato sentí como si una araña me caminara por la espalda—. ¡Muévete!

Lo primero que hicimos fue trasladar el auto desde el estacionamiento general de pacientes a uno mucho más reducido y solitario, en la parte trasera del edificio central. Lo dejamos lo más cerca que pudimos de la puerta que supusimos era la que Chava me había mencionado. A un costado del picaporte vi un lector de tarjetas magnéticas. Acerqué la identificación de Paty y, de inmediato, se encendió una luz verde en el sensor y se oyó el chasquido metálico de la cerradura al abrirse.

—Perfecto —suspiró Jade con alivio—. Hasta ahora vamos bien.

Decidimos entrar para recorrer en sentido inverso el camino que en apenas un par de horas estaríamos haciendo con Chava, de regreso al coche. Nos enfrentamos a un larguísimo y oscuro pasillo, que por lo visto utilizaban como una bodega improvisada o un área a la que nunca nadie consiguió definir. Sorteamos desde camillas estropeadas y cajas con artículos de aseo, hasta bolsas cerradas con sábanas, toallas y delantales recién lavados y planchados. Mi amiga abrió uno de los envoltorios.

—Si vamos a hacer esto, lo vamos a hacer en grande —sentenció—. Elige el tuyo.

Yo tomé un conjunto azul celeste, que en mi mente decidí pertenecía a los asistentes de los cirujanos. Tenía la impresión de haber visto en alguna película que los anestesistas (¿o los arsenaleros?) se vestían así. Quién sabe. No era ni el lugar ni el momento para ponerme a divagar. El hecho es que lo más inteligente que podía hacer era camuflarme al máximo y pasar totalmente inadvertido.

Las luces exteriores se encendieron y, junto con ellas, apareció el personal de nutrición que pasó repartiendo la cena cuarto por cuarto. Unos instantes después, tocó el cambio de turno. Vimos llegar a un grupo de enfermeras que tomó posesión del segundo piso, y despidieron con abrazos y entusiasmo a las que ya llevaban más de ocho horas de trabajo.

Entonces supimos que era hora de actuar.

#Manosalaobra #Fuga #Miedo

Por suerte, a pesar de todo, aún podía pensar en hashtags. Con la excitación del momento, las ideas y pensamientos saltaban como palomitas recién hechas dentro de mi cabeza, y era incapaz de seguirles el ritmo.

Con Jade nos encerramos en un baño para cambiarnos de ropa. Cuando regresamos al pasillo, los dos temblábamos debajo de nuestros disfraces hospitalarios. Al pasar junto a un área habilitada para que familiares de pacientes pudieran descansar o sentarse a conversar, encontramos una silla de ruedas que nadie parecía estar utilizando.

—Gracias, mamá de Eric —dijo Jade al verla.

¿De qué hablaba mi amiga? ¿Que mi madre la había puesto en nuestro camino, para hacernos más fácil la estupidez que estábamos a punto de cometer? Veloz, me aferré a los mangos de la silla y seguí empujándola rumbo al cuarto 218.

Gracias, mamá. Quizá…

Cuando entramos, Chava tenía los ojos abiertos y, con gran dificultad, se estaba quitando la aguja del suero del brazo.

—¡¿Qué haces?! —lo regañó Jade.

Él ni siquiera la miró. De un certero tirón retiró la aguja de su piel y dobló el codo para evitar que la herida sangrara.

—Ayúdenme a bajarme de aquí —ordenó.

Acerqué la silla a la cama y eché hacia atrás las sábanas. La imagen de aquel cuerpo recostado sobre el colchón me provocó un impacto que me obligó a detenerme un instante para recuperar el aliento. El Chava de las semanas anteriores, el de las sonrisas burlonas y las miradas intensas, había desaparecido y en su lugar se encontraba una criatura atormentada y humillada. Sus piernas eran dos cordeles delgados, sin voluntad propia, asomados por debajo de una batola de tela tan blanca y aséptica como el resto del hospital. Los huesos de sus caderas sobresalían nítidos, al igual que sus codos, rodillas y el trapecio de sus clavículas. Daba la impresión de que la piel se le hubiera encogido, y que no fuera suficiente para cubrir con holgura el resto de su esqueleto. Sin embargo, a pesar del estropicio, sus labios conservaban intactos su suavidad y frescura. Su boca era la única sobreviviente de la tragedia. Una boca mullida, carnosa, que volvió a atrapar mi atención igual que el primer día que la descubrí. Una boca hecha para ser devorada a besos durante el día entero. Y la noche, claro.

Ay, Simon. Me recuerda tanto a ti.

Hubiese querido abrazarlo, jurarle que todo iba a estar bien, que nunca me iba a mover de su lado, aunque en el fondo ambos supiéramos que estaba mintiendo. Pero no dije nada. Sólo permanecí en silencio, de pie junto a la cama, hasta que Chava volvió a darme una de esas expresiones indescifrables con las que cada tanto se quedaba observándome y me hizo reaccionar.

—Apúrate.

Sus ojos, al igual que el cuarto donde estábamos, eran dos bloques de hielo oscuro navegando en un universo de sombras. ¿Qué quieres, Chava? ¿Qué quieres de mí?

Lo levanté con la misma ligereza que se toma una almohada y se deposita despacio a un costado. Lo acomodé en la silla de ruedas y lo cubrí con una manta que Jade tomó del clóset de la habitación. Su rostro pálido y ojeroso tenía la misma textura de la tela, algo opaca y llena de arrugas.

Jade sacó la tarjeta magnética de Paty del bolsillo de su delantal de enfermera y nos la enseñó.

—Bueno, estamos listos —sentenció nerviosa—. Y que pase lo que tenga que pasar.

Dejamos atrás la 218 con paso firme pero sin prisa, ya que no deseábamos llamar la atención, por culpa de nuestra urgencia, de las pocas personas que circulaban por el piso. Yo encabezaba la marcha, haciendo girar las ruedas de la silla que provocaban un irritante sonido al entrar en contacto con el suelo mil veces pulido. Más atrás iba Jade, en total posesión de su papel, caminando con ese paso de seguridad y aplomo que adquieren las enfermeras después de muchos años de profesión.

Salimos del sector de hospitalización y cruzamos hacia el área más privada donde se reunía el personal del Cedars Sinai. Por suerte el camino estaba despejado. Al parecer, todas las enfermeras estaban ocupadas visitando pacientes o realizando procedimientos. Pude volver a respirar con calma, tranquilo de ver que hasta ese instante las cosas iban bien y que por lo visto nadie iba a darse cuenta de nuestra fuga. Busqué cámaras ocultas que estuvieran registrando nuestros pasos pero, al menos en apariencia, no vi ninguna. El corazón me latía con fuerza, y se multiplicaba en mis sienes al bombear la sangre con más energía de la necesaria.

Nos enfrentamos a una puerta que requería de la tarjeta magnética para abrirse. Jade se me adelantó.

—Ábrete sésamo —dijo llena de triunfo.

Oímos el sonido del cerrojo al replegarse. Al cruzarla, caímos dentro de un largo corredor, el mismo que unas horas antes habíamos atravesado en sentido inverso desde el estacionamiento. Era un hecho: el vehículo estaba a sólo unos metros de distancia.

—Quédate aquí —pidió Jade—. Yo voy primero para asegurarme de que no haya nadie allá afuera.

Asentí. Mi amiga se echó a correr entre las camillas, las bolsas repletas de uniformes y sábanas recién lavadas, y las cajas con artículos de limpieza. En pleno recorrido la vi tomar su celular y mandar un mensaje de texto, o un WhatsApp. ¿A quién estaría escribiendo en ese preciso momento? Escuché a Chava quejarse muy despacio junto a mí. "Tranquilo. Ya queda poco. Confía en nosotros que sabemos lo que estamos haciendo."

¿Sí? ¿Realmente lo sabemos?

Jade llegó al final del pasillo, guardó su teléfono y abrió, gracias a la bendita tarjeta de Paty, la puerta del fondo. Desde mi lugar pude ver parte del estacionamiento y algunos de los coches.

—¡Todo libre! ¡Apúrate, ven! —me ordenó.

Iba a lanzarme hacia ella pero una fuerte exclamación, que escuché a lo lejos y a mis espaldas, me detuvo:

—¡No, no está! ¡El paciente de la 218 no está!

Jade leyó el terror en mis ojos.

—¡Es ahora o nunca, Eric! ¡Corre! —gritó, vestida con su impecable delantal de enfermera, desde el otro lado del corredor trasero del Cedars Sinai.

Respiré hondo, en un desesperado intento por armarme de valor. Bajé la vista hacia el delgado cuerpo de Chava, colocado sobre la silla de ruedas como un inútil pedazo de tela que no se ha planchado en años. Desde el fondo de su dolor me imploró con la mirada que cumpliera las órdenes de Jade, brincaba de angustia junto a la enorme puerta que se abría hacia el área de estacionamientos.

—Por favor… —pidió Chava.

Entonces supe que tenía que hacerlo. No iba a defraudarlos. Apreté con todas mis fuerzas los dedos al rededor de los mangos de goma de la silla, y corrí. Fijé la mirada en el otro extremo del enorme pasillo que me pareció un desolador y tétrico túnel.

Se escuchó un nuevo y estridente grito a mis espaldas: alguna enfermera que, sin duda, ya había descubierto nuestro plan y se lo estaba informando al resto del personal.

Ahora, Eric. ¡Más vale que cumplas lo que prometiste!

Contuve la respiración y me eché a correr, apoyándome en la silla para avanzar más rápido. Esquivé a toda velocidad las cajas, una de las camillas oxidadas, y a la misma Jade que se hizo a un lado en el momento preciso para dejarme salir. Cerró tras de mí y avanzó rápida hacia su coche para abrir la puerta trasera. Acomodamos a Chava a lo largo del asiento, para que se mantuviera lo más recostado posible. Ella y yo nos subimos al vehículo de un salto. Encendió el motor, que por suerte esta vez también arrancó a la primera. Pisó a fondo el acelerador y enfiló rumbo a la salida en el preciso momento en que un par de enfermeras irrumpieron en el estacionamiento, mirando para un lado y para el otro.

—Lo hicimos —exclamó Jade con orgullo—. ¡Lo hicimos!

Y a través de las bocinas del coche se escuchó la lejana voz de Elvis Presley que, como un premio, nos cantó sólo a nosotros desde algún viejo casete de Jade, grabado mil veces sobre la misma cinta:

It's now or never
come hold me tight

kiss me my darling
be mine tonight...

Fueron sólo siete minutos de valentía pero a mí me parecieron una eternidad. Supongo que el infinito entero puede caber dentro de cuatrocientos veinte segundos. Así como dentro de mí conviven todo el amor y todo el odio, al mismo tiempo y en el mismo espacio. Tal cual.

24
#REVELACIÓN

Después de pasar la primera noche con Simon Davis, comprendí varias cosas. La primera, que a diferencia de lo que siempre había pensado, el paraíso sí existía. Claro, no resultó ser como trataron de enseñármelo con absurdas fantasías infantiles: un lugar lleno de esponjosas nubes donde angelitos gordos y de alas doradas circulaban tocando la lira. Por el contrario, descubrí que tenía mucho más que ver con la tierra que con el cielo, que además olía a la piel desnuda de Simon y que en lugar de nubes yo flotaba sobre sábanas sudadas por nuestros propios cuerpos.

Lo segundo que comprendí es que yo también tenía derecho a ser feliz, aunque esa felicidad significara mentirle a todo el mundo, en especial a mis padres. Cada vez que alguno de ellos entraba a mi cuarto a recordarme que yo era el mejor hijo del mundo, yo cerraba los ojos durante un segundo y volvía a ver mis piernas trenzadas a las piernas de Simon Davis, o su espalda tan amplia como una cordillera aplastando mi propia visión. No, no era el mejor hijo del mundo. No podía serlo si por las noches me escapaba sin hacer el menor ruido para llegar convertido en una sombra anónima hasta aquella casa en Westminster Ave, donde el dueño del paraíso me recibía con la sonrisa más luminosa que alguien ha tenido la delicadeza de ofrecerme. Antes de cerrar la puerta, él echaba un vistazo hacia la calle para corroborar que nadie me hubiera visto entrar. Pero apenas ponía el cerrojo, nuestras bocas se abalanzaban la una sobre la otra y ya no había poder humano que consiguiera separarnos.

Lo tercero que comprendí es que era cosa de tiempo para que me otorgaran el premio Nobel del Engaño: mentir se me daba de una manera tan natural y sin problema alguno. Les mentía a mis maestros en la escuela, cuando les aseguraba que debido a un grave problema familiar no había podido hacer mis tareas el día anterior. Les mentía a mis padres sin que se me alterara el pulso al darles las buenas noches, para luego escaparme a través de la ventana de mi cuarto. Le mentía a Jade, que desde el primer instante sospechó algo pero yo me encargué de negarle o desbaratarle cualquier teoría al respecto. No podía compartir con ella, ni nadie, lo que estaba viviendo. Además, se lo había prometido a Simon cada vez que terminábamos jadeantes sobre su colchón y me hacía jurar por lo más solemne que no iba a abrir la boca. Que ése era nuestro secreto. *Nuestro* secreto.

Reconozco que se me hizo muy difícil dejar a Jade al margen de algo tan importante. Yo estaba al tanto de cada uno de sus romances, de las canciones que sonaban en *loop* en su iTunes, del color que pensaba pintarse el cabello o de sus dudas sobre el futuro. Eran tantas las andanzas que habíamos compartido hasta ese momento, que me hubiese encantado escuchar sus consejos y comentarios, por más absurdos que fueran. Podía imaginarme su acoso permanente a través de Instagram o WhatsApp, día y noche ("¡Si no me dices ahora mismo en qué estás metido, te juro que me voy a encadenar a la palmera de tu casa!", amenazaría con toda seguridad), para que le contara hasta el último detalle de esta nueva relación que no sabía cómo definir, ni qué nombre ponerle, pero que me revolvió por completo la existencia. Necesitaba compartir con ella la felicidad de saber que un tipo como Simon, que podría haber sido presidente vitalicio de un club de chicos cool junto a James Dean, Jim Morrison y Kurt Cobain, hubiese puesto sus ojos en mí. "¡Entrégate, Eric, no pienses…! ¡Sólo siente!", estaba seguro de que diría mi amiga si supiera la verdad. Pero como me había transformado en el rey de la mentira, no tuve más alternativa que evadir sus preguntas que, para mi desgracia, con el paso del tiempo no sólo no disminuyeron sino que aumentaron considerablemente.

Sin embargo, lo más complicado resultó tener que disimular frente a Simon en el colegio. Yo podía adivinar su presencia cerca de mí incluso aunque no estuviera viéndolo: sentía como si un enorme imán comenzara a alterar las células de mi cuerpo, obligándome a girar hacia él del mismo modo que la aguja de un compás se orienta hacia el norte. Estaba seguro de que nuestra atracción se podía explicar de manera científica, al igual que los campos magnéticos de los polos o el desplazamiento de la energía eléctrica. Y me bastaba sentirlo cerca para que no pudiera seguir hablando, para que mi mente dejara de funcionar correctamente, y para que toda mi atención se fuera lejos, lejísimos, persiguiendo su remoto rastro por algún pasillo.

#SoulMate #Tuyyo #Forever

Si tengo que ser honesto, debo decir que me sorprendió la habilidad de Simon para esquivar mi mirada cuando nos cruzábamos en la cafetería o en el patio a la hora del recreo. Sus ojos pasaban por encima de mi cuerpo. Yo era un ser humano transparente frente a él. No existía. Por lo visto, hablaba en serio cuando me aseguró que no iba a permitir que nadie se enterara de lo nuestro. Reconozco que al comienzo tuve que hacer un esfuerzo por evitar sentirme traicionado por su indiferencia absoluta, o por el hecho de que se pasara el día entero en compañía de un grupo de amigos mucho mayores que yo, con los que se reía a carcajadas ajeno por completo a mis disimuladas persecuciones. Nunca más volvimos a intercambiar una palabra en presencia de otras personas.

—¿Te peleaste con Simon? —preguntó un día Jade en la cafetería, incapaz de contener la avalancha de dudas que revoloteaban dentro de ella.

—No —dije y fingí total desinterés.

—Ay, Eric, no te hagas. Primero te vas con él a pasear en su coche, luego te invita al cine, y después nunca más se miran. ¡Es obvio que algo pasó entre ustedes!

—Ideas tuyas —comenté.

—Bueno, voy a preguntarle a Simon. Te apuesto que él sí me responde —amenazó.

—Haz lo que quieras.

Esa misma noche le advertí a Simon que no conseguí evitar que mi mejor amiga se diera cuenta del repentino hielo que los dos habíamos puesto a nuestra relación en la escuela. Pero Simon no estaba muy preocupado por escucharme. Apenas crucé la puerta de su casa, se abalanzó sobre mí y comenzó a besarme lleno de urgencia. A mí se me olvidaron Jade, el tiempo, mi propia preocupación de que alguien nos descubriera, y no fui capaz de prestarle atención a nada más que no fuera su boca.

La colección de fotografías que mantenía ocultas en la carpeta llamada "Simon", en una esquina del *desktop* de mi computadora, empezó a aumentar vertiginosamente con cada uno de nuestros encuentros. Gracias a mi teléfono, que siempre aparecía en el momento preciso, los retratos de nuestras pieles expuestas, de su lengua en primer plano, de los vellos de su pecho húmedos por mi saliva, de nuestros rostros ahogados a causa del intenso ejercicio, de sus labios abiertos y dispuestos, fueron subiendo la temperatura del disco duro cada vez que agregaba una nueva foto al repertorio. Luego de darle clic a la opción de *Save*, me repetía como un mantra: "Es real. Está pasando. Simon Davis me eligió a mí".

Tal vez por eso me empezó a doler tanto no poder gritarle al mundo lo que estaba sintiendo. Porque llegó un momento en el cual los circuitos de mi computadora y de mi iPhone sabían más de mí que mis propios padres. O que Jade. Y eso no podía estar bien. Pero así fue la negociación con Simon y ya no había marcha atrás. Poco a poco, sobre todo en las noches justo antes de dormirme, fue creciendo dentro de mí una idea terrible, una de esas ideas de las que ya no puedes desprenderte nunca. Me pareció que aquella situación con Simon no era una circunstancia que augurara un final feliz. Muy por el contrario, nada bueno se presentía de esa relación en donde todo estaba permitido una vez que la puerta de su casa de Westminster Ave se cerraba, pero que cuando volvíamos a cruzar el umbral para salir al mundo real nos convertíamos en dos completos desconocidos que ni siquiera fingían saludarse con una leve inclinación de cabeza.

Y mi intuición no estaba tan equivocada: una tarde, luego de la última clase, sucedió por fin el hecho que me dio la primera clave. En ese momento yo no sabía que aquel acontecimiento iba a terminar convirtiéndose en el principio del fin. Eso lo comprendí después, a la luz de lo que sucedió en su cocina. Pero el día que todo comenzó a cambiar, luego de que sonara el timbre que marcó el fin de la jornada escolar, yo me quedé unos minutos más en el salón, ordenando mi mochila, lo que era normal, así es que Jade decidió hacerme compañía y esperar a que yo acabara con mis cosas, lo que también era normal. Más tarde, salimos los dos hacia la calle y nos quedamos afuera hablando un rato en el área de estacionamientos, lo que era normal, y luego nos despedimos para seguir la plática vía WhatsApp, lo que también era normal. Pero lo que no resultó normal para nada fue la cara de Jade, que de pronto frenó sus pasos y acusó una inesperada mezcla de sorpresa y molestia.

Asustado, seguí su mirada por el estacionamiento.

Ahí estaba: el coche negro, tan encerado y brillante como la vez que lo vi en la puerta del cine en el Cross Creek Mall. A través de la ventanilla abierta del chofer se podía apreciar con toda claridad el antebrazo tatuado y el destello acerado del piercing en la ceja. Desde el interior del coche me llegó la carcajada que de inmediato reconocí. La misma deliciosa carcajada que me pertenecía por las noches pero que debía eludir durante el día. El tipo del tatuaje encendió la radio. La voz de Adam Levine, el vocalista de Marron 5, escurrió a través de la ventanilla abierta del vehículo y serpenteó por todo el asfalto caliente del estacionamiento.

This summer's gonna hurt like a motherfucker
Fucker
This summer's gonna hurt like a motherfucker
Fucker...

Simon cantó a voz en cuello. Y justo cuando el chofer del auto pisó el acelerador para salir ruidosamente hacia la calle, pude ver a Simon inclinarse sobre él, como si quisiera olerle el cuello. O besarlo. O las dos cosas.

Tal vez fueron ideas mías.

—Se nota que son amigos de toda la vida —dijo Jade, aunque en sus ojos leí un comentario completamente distinto.

Mi amiga en el fondo quería decir: "Lo siento tanto, Eric. Sé que estás celoso a morir, porque te enamoraste de Simon Davis sin saber realmente quién es. Y eso sólo te va a provocar dolor, mucho dolor".

No, la verdad eso no fue lo que percibí en los ojos de Jade. Eso era lo que yo quería decirme a mí mismo, pero me daba demasiado temor confesarlo. Mi mente ni siquiera se atrevía a articular aquellas palabras, porque sabía con toda certeza la hecatombe que iban a provocar.

El dolor.

Cuando el dolor es puro y limpio, sin adornos ni distracciones, se siente como un puñal de hielo que se clava en el pecho y deja una herida mortal. Una que de tan fría no alcanzas a distinguir si te está congelando o quemando el corazón.

Así de mucho dolió esa carcajada que no me dedicaron a mí.

Sé que Jade siguió comentando algo, pero a esas alturas yo ya había dejado de oír. Retuve la respiración y me apoyé contra un muro. Me puse a pensar en Simon Davis. En su risa contagiosa, en su cabello que atrapaba como una telaraña los rayos del sol, en los lunares que bailaban sobre su nariz perfecta. Siempre tan dueño del espacio que habitaba. Siempre tan rodeado de gente con la que no tenía la más mínima relación. Siempre con una sonrisa que parecía esconder tristezas no confesadas. "Quien mucho se ríe, sus dolores oculta", decía mi abuela con un tono de voz que siempre me inspiró miedo y respeto. Y quizá tenía razón.

Entonces descubrí con desilusión que entre Simon y yo no había muchas diferencias. Desde el primer día me había dedicado a desearlo sin siquiera darme el tiempo de analizarlo, sin ver más allá de la primera impresión, sin darme cuenta de que por lo visto su vida era tan secreta como la mía. Se preocupaba tanto de alimentar la fachada de ser un tipo popular y respetado, que por eso siempre me lo imaginé como una persona que no pudiera tener miedo, o sentirse solo en medio de una fiesta organizada por él mismo, o que pudiera esconder algún secreto.

¿Pensaría también su padre que era el hijo perfecto? ¿Se lo diría cada noche al ir a darle el último vistazo antes de irse a dormir?

¿Veríamos en los demás, y en nosotros mismos, sólo aquello que queremos ver?

Y de repente entendí cómo se sentía el verdadero Simon Davis cuando no estaba siendo el falso Simon Davis: atrapado. Se sentía prisionero de una imagen que no podía compartir con nadie. Sí. Mi error fue creer, desde el momento que lo conocí, que Simon Davis era un tipo honesto, sin pasado ni enigmas, que decía la verdad cada vez que abría la boca. No, Simon Davis no era una conquista. No era perfecto ni único. Era simplemente un tipo. Un tipo más. Igual al resto.

Por eso no le importó regalarle el honor de su carcajada a un hombre con un tatuaje vulgar en un antebrazo. Porque, de seguro, en secreto ya se lo había regalado antes a otros hombres de tatuajes vulgares. A muchos otros. Quién sabe a cuántos.

"Nadie puede saberlo."

Seguí mirando el coche negro que terminó por perderse al final de la calle. Y no supe qué hacer para recuperar la respiración y conseguir sacar la cabeza de debajo del agua.

25
#FARSA

Si la vida fuera perfecta (como en las comedias románticas de Hollywood que siempre tienen un final feliz y que tanto a Jade como a mí nos gusta ver), yo debería haber llegado solo con Chava a mi casa desde el hospital. Lo habría bajado con infinito cuidado del coche (pobrecito, todavía estaba adolorido luego de la operación), para depositarlo con gran suavidad en mi cama y arroparlo entre el edredón de plumas siempre fragante a lavanda (por culpa de Mabel y los consejos que mi madre se encargó de inculcarle mientras vivió) y el mar de cojines esponjosos que llenaban mi cabecera.

Pero no. La vida no es perfecta. La vida es cruel. La vida puede ser una mierda (y eso lo he comprobado en carne propia estas últimas semanas). No, corrijo: la vida *es* una mierda.

Sí, llegamos Chava y yo a casa (¡Chava en mi propia casa!). Pero para mi desgracia lo hicimos en compañía de una frenética Jade que no dejó hablar a nadie más en todo el camino, porque se vino vociferando sin pausa como una loca desde que salimos del estacionamiento del Cedars Sinai en el coche de su abuela.

—¡Lo hicimos! —gritó eufórica, las manos aferradas al volante—. ¡Somos unos fugitivos! ¡Esto es lo más emocionante que me ha pasado en la vida!

En estricto rigor, mi amiga tenía toda la razón. Éramos unos fugitivos. Habíamos conseguido secuestrar a un paciente en recuperación desde el interior del hospital más importante de la zona. Burlamos las cámaras de seguridad. Esquivamos a las enfermeras del piso. Pudimos abrir una puerta reservada sólo al personal del edificio. Y lo hicimos en menos de siete minutos.

—¿Y ahora? —pregunté—. ¿Qué se hace ahora…?

Pero Jade pareció no escucharme (o simplemente no quiso contestar), porque siguió en su desaforado monólogo saltando sin lógica alguna desde una idea a la otra, y luego a otra, y a otra más, comentando que teníamos que tener mucho cuidado, que podíamos estar metidos en un problema realmente gordo, que tan pronto llegáramos a mi casa ella iba a avisarle a Paty que su hijo estaba bien, mejor que nunca, de hecho, y que Chava sólo necesitaba salir por unas horas de ese lugar que olía a limpio y a blanco para recordar cómo era la vida en el mundo real, que Chava ya era mayor de edad y podía decidir sobre su cuerpo y que por eso nadie corría el peligro de ir preso o terminar sentado en una corte frente a un juez y un jurado de doce personas. Chava ni siquiera trató de agregar algo al diálogo. Desde el asiento trasero la dejó hablar y hablar y hablar, los ojos fijos en ella, casi sin pestañear (un monumento a la paciencia).

Apenas estacionó su carcacha llena de ruidos y latas sueltas frente a la puerta de mi casa, Jade se bajó apurada llamando a gritos a Mabel.

—¡¿Está todo listo?! —la oí preguntar a todo volumen.

Nunca me había dado cuenta de la confianza que esas dos se tenían, y que por lo visto eran más cercanas y amigas de lo que yo me imaginaba. Aproveché ese momento de soledad para inclinarme sobre Chava, que seguía recostado en el asiento trasero, los ojos abiertos y muy atento a todo lo que ocurría a su alrededor. Por más que quise concentrarme en parecer seguro de mí mismo, para infundirle tranquilidad y no decir la primera estupidez que se me viniera a la mente, no pude despegar la mirada de su boca y eso terminó por nublar todas mis intenciones. Su boca. Tan parecida a aquella otra boca. Esa otra boca que fue sólo mía durante el breve tiempo que duró mi felicidad, la única dicha que he conocido. Labios suaves, siempre húmedos. El inferior mucho más grueso y mullido que el superior. Ideal para morderlo en el instante preciso, atraparlo como a una valiosa presa entre los dientes, y dejarlo ir junto con un desenfrenado quejido de satisfacción.

Al cabo de unos segundos, Jade regresó al coche en compañía de Mabel, quien no hizo ninguna pregunta ni buscó alguna explicación al vernos a mi amiga y a mí disfrazados de enfermera y arsenalero, y nos ayudó a bajar a Chava del vehículo (como si fuera la cosa más natural del mundo andar acarreando por el mundo a recién operados vestidos con batas de hospital). Entre los tres lo acomodamos en una de las largas tumbonas de la terraza, de cara al océano que ya casi no se veía pero se adivinaba más allá de la oscuridad del paisaje sólo por el eterno rumor de sus olas.

En ese minuto tuve la primera revelación de la noche, y sucedió cuando me di cuenta de que el enorme balcón, que se extendía más allá de los altísimos ventanales de la sala, estaba decorado con una infinidad de velas encendidas y dispuestas en lugares estratégicos: en algunas mesas laterales, en línea recta junto al barandal, y alrededor de Chava. También descubrí algunos jarrones repletos de flores frescas y, sobre una bandeja, un par de copas de cristal y una botella de champaña helándose dentro de una hielera que mi madre sacaba sólo en grandes ocasiones (o sea, casi nunca). ¿En qué momento habían preparado todo eso? ¿Cómo tuvo tiempo Jade para preparar aquella escenografía?

En segundo plano, camuflada entre el sonido del mar y la permanente voz de Jade (que por lo visto no tenía intenciones de callarse), se escuchaba a Norah Jones en estéreo y sonido envolvente a través de las carísimas bocinas inalámbricas que mi padre había mandado a instalar apenas compró la casa de Pointe Dume.

Come away with me and we'll kiss
On a mountaintop
Come away with me
And I'll never stop loving you...

Era el escenario perfecto para una clásica cita romántica de película dominguera. Chava, yo... y la noche que apenas estaba empezando (cursi a morir, pero cierto).

La única que sobraba en esa ecuación era Jade, que seguía hablando sin parar algo de la batería de su teléfono que estaba a punto de consumirse, y que no tenía el cargador a mano pero que iba a ir a mi cuarto a ver si conseguía uno para no quedarse sin pila en mitad de la velada. Y Mabel, que tampoco tenía intenciones de irse a la cocina, repasaba una y otra vez que la botella de champaña estuviera lo suficientemente fría antes de descorcharla como excusa para no tener que apartarse de ahí. Las dos se movían infatigablemente de un lado a otro de la terraza, cada una sumida en una actividad más inútil que la otra, de seguro haciendo hora en espera de algún acontecimiento. ¿De qué?

Fue entonces que tuve la segunda revelación de la noche, y terminé por fin de comprender lo que estaba ocurriendo bajo mis propias narices: mi amiga, una vez más, había montado el escenario perfecto para mí. Del mismo modo que ella me arrastró un año antes a la casa de Simon Davis, para asistir juntos a aquella fiesta inolvidable, ahora me pavimentaba el camino para que Chava y yo tuviéramos una velada aún más memorable.

Ay, Jade. Mi querida Jade.

Me senté cerca de Chava, que resplandecía bajo el parpadeo de las velas. No sé qué *playlist* sonaba en los altavoces, pero Norah Jones había sido reemplazada por Seal, que parecía susurrar sus letras de terciopelo en mis oídos.

> *Baby, I compare you to a kiss from a rose on the grey*
> *Ooh, the more I get of you, the stranger it feels, yeah*
> *Now that your rose is in bloom*
> *A light hits the gloom on the grey...*

Era perfecto. Absolutamente perfecto. Y, por lo mismo, tenía muy claro que el minuto no iba a durar para siempre (por supuesto, no me había olvidado que la vida era cruel y, a veces, una mierda). Saqué mi iPhone, cerré un ojo, orienté la cámara hacia Chava y apreté el obturador. Conseguí una imagen que reflejaba a la perfección el momento que estábamos (que yo estaba) viviendo: en primer plano, la llama anaranjada de una de las velas. El disparo la inmortalizó en pleno movimiento, por lo que sus bordes se veían algo imprecisos y borrosos. Más atrás, se alcanzaba a ver un puñado de los lirios rosa pálido que llenaban uno de los jarrones, junto a la hielera y las copas que duplicaban en el cristal el brillo de la vela. Y al centro, como un seductor *pashá* de tierras lejanas, yacía Chava recostado sobre la tumbona mirándome directamente a cámara. Ahí estaba otra vez: su vista directa hacia el lente, fija, decidida, observándome con tal intensidad a través de la pantalla de mi teléfono que podía sentir el peso de sus pupilas sobre las mías.

Siempre que lo fotografiaba se las ingeniaba para dejarme saber que me estaba acechando. Así como yo examinaba a Simon cada vez que la ocasión me lo permitía, convertido en un eterno espía de su rostro y su cuerpo que llegué a conocer tan bien.

Jade tenía que haberse dado cuenta. Era lo más obvio. Lo más probable es que ella y Chava habían tenido una conversación honesta allá en el hospital, donde luego de algunos momentos de incertidumbre y vacilación, él terminó por abrirle su corazón y confesarle sus verdaderos sentimientos… hacia mí. Entonces ella decidió sacrificarse al darse cuenta de que no podía hacer nada, ya que Chava (igualito que Simon) había terminado por elegir a su mejor amigo. Eso es amor, Jade. Eso es amor. Entonces fraguaron juntos un plan: mientras Jade se comunicaba con Mabel para pedirle que preparara el escenario perfecto para una perfecta y cursi cita romántica, y la ponía a cortar quesos, helar champaña, encender velas y llenar de flores los jarrones, Chava por su parte fingía desesperación y me rogaba que lo sacara del hospital lo antes posible. De seguro Paty también estaba enterada de la situación y por eso no tuvimos ningún contratiempo al salir del Cedars Sinai. Quizá todo el batallón de enfermeras del piso sabía de la confabulación y ayudaron a darme la sorpresa que jamás me imaginé.

Gracias, Jade. ¡Gracias!

Me acerqué un poco más a Chava, que, a causa de la penumbra y de la tenue luz que nos acunaba, lucía como un espejismo a punto de desvanecerse. Le sonreí. Y mi sonrisa no fue sólo el simulacro de una sonrisa. Fue una sonrisa auténtica, tan real que incluso traía ligada a ella un sentimiento que hacía mucho tiempo (un año para ser exacto) no tenía: una tibieza que tomó por asalto mi pecho y se quedó ahí, persistente, recordándome que tal vez había sido muy injusto y que la vida no tenía por qué ser siempre cruel y desalmada.

Aquí estoy, Chava. Mírame. Yo sé que puedes oírme aunque aún no haya dicho nada. ¿Por qué no empiezas tú? ¿No tienes nada que opinar de esta bendita emboscada que Jade y tú me tendieron?

Pero no fue Chava el que habló. Fue Jade (quién otra), que regresó a la terraza (¿cuándo se había ido?) con una enorme bandeja repleta de brownies que aún no habían perdido el calor del horno.

—¡Recién hechos! —exclamó risueña—. Cómanselos antes de que se enfríen.

Al ver a una curiosa Mabel asomada por los ventanales, dispuesta a no perderse detalle de lo que sucedía en la terraza, tuve la tercera revelación de la noche: no había comido nada desde el día anterior. Tomé dos brownies, uno en cada mano, y me los tragué casi sin mascarlos. Jade me empujó hacia un costado, para sentarse más cerca de Chava y así permitir que la bandeja le quedara al alcance de su mano.

—Ya hablé con Paty —le dijo tratando de sonar cariño-sa—. Más tarde te va a pasar a buscar aquí.

—¿Estaba muy enojada? —preguntó Chava.

—Digamos que no le hizo mucha gracia. Pero yo la calmé —afirmó, y le guiñó un ojo—. Puedes estar tranquilo.

No pude evitar un sentimiento de profunda gratitud al oírlos hablar. Era obvio que los dos continuaban mintiendo, y sólo seguían paso a paso el guion que juntos habían ela-borado para poder dejarme junto a Chava bajo el cielo de Pointe Dume, en una hermosa noche estrellada, sin que yo sospechara nada. Claro que Jade no había llamado a Paty, por la sencilla razón de que no había razón para marcarle: Paty estaba al tanto de todo, como buena cómplice del evento. Pero si ellos querían seguir con la farsa, allá ellos. Lo menos que podía hacer en señal de agradecimiento era seguirles el juego.

Escuché de pronto que alguien descorchaba la champaña. Al girar la cabeza hacia el sonido, tuve la sensación de que mis pupilas se abrían de golpe, del mismo modo que si alguien me hubiera apuntado con una linterna. Por una fracción de segundo llegaron todas las luces de la terraza al interior de mis ojos. Al parpadear, la sensación se esfumó. Jade estaba frente a mí, hablándome sin voz y con la botella en la mano. La vi mover los labios, una y otra vez, pero sus palabras se perdían entre su boca y mis orejas. Me froté la cara con ambas manos: mis dedos parecían tocar una piel ajena, aunque era la mía.

—¿Qué tienen estos brownies? —pregunté con la lengua que tropezaba lánguida al interior de mi boca.

—Mantequilla sin sal, harina, azúcar, cuatro huevos, ca-nela molida, esencia de vainilla y chocolate, mucho chocolate para derretir —respondió Jade.

—Jade…

—¿Qué?

—Que qué les pusiste.

—¿Para qué preguntas, Eric? Sabes perfectamente cuál es el ingrediente extra. Y a juzgar por la expresión de tu cara, te lo estás gozando… ¡Y mucho!

Me levanté y di un paso hacia el frente. Me afirmé en el barandal de la terraza, porque de súbito el suelo de tablas se convirtió en una escalera. Cada tablón era un peldaño, y todos tenían diferentes niveles, de modo que mis pies estaban en alturas distintas. Escuché una carcajada lejana. ¿Era Simon, que continuaba riéndose en el interior de ese maldito coche negro? No. No era Simon. Era yo que había comenzado a reírme y ya no podía detenerme.

No sé si alguien apagó algunas velas, o bajó la luz en el interior de la casa, pero de pronto se hizo aún más de noche a mi alrededor. Ya no alcancé a distinguir quién cantaba en las bocinas, pero todas las notas musicales se habían convertido en una sola que se repetía sin tregua, y cuando pensaba que por fin iba a cambiar el tono, volvía a repetirse. Y ahí estaban de nuevo las carcajadas. ¿Era yo? No, esta vez eras tú el que se reía, Chava, y te inclinabas sobre un cuello para besarlo, u olerlo, o las dos cosas. La gloria. Estar contigo debía ser el paraíso, ése en el que no creo pero que descubrí en las sábanas de Simon Davis. Mi piel te pertenece, tú sabes deslizarte debajo de mi cuerpo sin pedirme permiso, para acomodarte ahí, entre mis muslos, como si nos hubieran dibujado juntos y nuestros ángulos encajaran perfectos el uno en el otro. Sabías besarme despacio para luego remontar lleno de energía. Era amor. Lo que sentía por ti era amor, Simon. Estuve dispuesto a entregarme entero para que hicieras conmigo lo que quisieras. Pero no. Tú decidiste otra cosa, Simon. Algo completamente opuesto a mis planes. Y ahora te ríes cada vez más fuerte, recostado en una tumbona y vestido con esa ridícula batola de hospital que se amarra por la espalda. ¿Qué haces en mi casa, Simon? ¿Ya no te basta con aparecerte todas las noches en mis sueños, sino que además ahora llegas sin que nadie te haya invitado hasta mi terraza? Y Jade sube el volumen de la música mientras se devora un nuevo brownie y yo la imito, me trago uno entero y casi sin mascarlo, porque tengo hambre y porque sé que mientras más brownies coma, más posibilidades tengo de cambiar la historia y obligar a Simon Davis a que se quede conmigo esa noche. Jade no suelta la botella y se mete con ella hacia la casa. Baila. Alza los brazos. Cierra los ojos. Sacude su pelo azul con cada movimiento. #Party #Crazynight Parece otra persona. Una mujer más adulta. Alguien distinta. Y Simon se ha recostado, cierra los ojos. Está cansado. Todo el absurdo teatro que montaron para que él y yo tuviéramos una noche juntos, una nueva noche juntos, lo dejó agotado. Claro, mentir es muy cansador. Es mucha la energía que se invierte. Si para sonreír se necesitan doce músculos, para mentir se requiere el cuerpo entero. Su boca. Ahí está su boca. Iluminada apenas por la luna, o una vela, o lo que sea. Pero ahí está, puedo verla, a mi alcance. Trato de contener una nueva carcajada para no despertarlo, para que no vea que me estoy acercando, que me he comido la bandeja entera de brownies especiales. ¿Te acuerdas, Simon? ¿Recuerdas nuestro primer beso? Stephen Hawking. *The Theory of Everything*. Algo de una enfermedad motoneuronal relacionada con no sé qué demonios. #Soulmates. Y aquí voy de nuevo. Pruebo tus labios, que esta vez me saben distintos.

Delgado el de arriba, más grueso el de abajo. Sí, iguales pero muy diferentes. Y en lugar de aplausos y risas y quejidos de placer hay gritos. Muchos gritos. Pero un grito más fuerte que los otros. Y sobre ese grito, un chillido que me lanza hacia atrás y me deja en el suelo. ¿Qué hace Paty ahí acompañada por otra enfermera que tiene cara de haber visto un fantasma? ¿Y Jade? ¿Por qué está abrazando a Chava que me mira como si quisiera matarme con sus propias manos? ¿Qué pasó con la música, con los brownies y con esa noche llena de estrellas que al menos en mi mente iba a terminar de una manera tan diferente? ¿Por qué tus besos ya no saben iguales?

No hace falta que nadie me responda. Muy al fondo de mi mente, allá donde no llegan el caos, ni los miedos ni la confusión, sé exactamente lo que pasó. Perdí la batalla. Y terminé de comprobar de la peor manera posible que Chava y Simon no son la misma persona. Por el contrario, no pueden ser más distintos.

Y sentí miedo y alegría.

26
#CONFESIÓN

En mi sueño, yo caminaba a lo largo del muelle de Santa Mónica mientras él iba a mi lado, gozando del paisaje y la temperatura perfecta. Reíamos, creo, como sólo ríen los que saben que tienen la vida entera por delante para seguir juntos. Cuando no hubo más muelle que recorrer, decidimos bajar a la playa. No sé bien qué pasó después, pero en la siguiente escena yo ya estaba tumbado boca arriba en la arena y él tenía su cabeza apoyada en mi hombro. Me rodeaba el pecho con un brazo, y con el otro jugueteaba haciendo pequeños montículos que luego destruía, para volver a empezar. Estábamos simplemente tumbados, mirando el cielo. Creo. De lo que sí estoy seguro es que nunca le pude ver el rostro. Sabía que era él, y eso me bastaba para ser inmensamente feliz. Era él. Él.

Pero entonces sonó mi celular, programado todos los días a las 8:30 am, y terminé de despertar. Abrí los ojos y levanté la cabeza de la almohada con el mismo malestar que un muerto vuelve a la vida y se incorpora dentro de su sarcófago. Una violenta punzada me atravesaba el cráneo y la lengua reseca se me pegaba al paladar impidiéndome respirar bien. Me dolía todo el cuerpo. La cruda luz que atravesaba las ventanas de mi cuarto sólo colaboraba a aumentar el taladro que perforaba mis sienes.

Traté de recordar qué había sucedido la noche anterior. Pero mis entrañas, o mi voz interna, o lo que fuera, me advirtió que no era una buena idea.

De pronto, la puerta de mi habitación se abrió de un empujón y un resplandor azul se dejó ver en el umbral.

—Levántate —ordenó Jade—. Te estamos esperando en la sala.

No esperó mi respuesta y salió, y el sonido del portazo quedó replicando dentro de mi cabeza en un doloroso eco. "¿Te estamos esperando?" ¿Ella y quién más?

La imagen de una terraza nocturna y repleta de velas volvió a mi memoria. La voz de Seal en las bocinas de mi padre. *The more I get of you, the stranger it feels, yeah.* Los brownies de Jade. Los brownies y su ingrediente extra. Las risas incontenibles. La boca de Simon. Simon recostado en la tumbona, de cara al océano. Simon mirándome desde el fondo de una fotografía. ¿Simon? Eso era imposible. Simon Davis jamás había pisado mi casa. ¿O sí? ¿Qué diferentes recuerdos estaba combinando en uno solo?

¡Chava!

Cuando entré a la sala me encontré cara a cara con Mabel, que terminaba de salir hacia la cocina. Me dio una mirada cargada de una intención que no supe cómo interpretar. Mi primera lectura fue reproche, pero la descarté de inmediato porque no encontré ninguna razón por la cual Mabel pudiera reprocharme algo. Llevaba la bandejita en la cual a mi madre le gustaba que sirviera las tazas de café o las variadas infusiones que debía ofrecer a las visitas apenas pusieran un pie en la casa. ¿Por qué decidió sacarla a pasear, y a esa hora de la mañana? ¿Acaso Jade le había pedido algo de tomar?

En efecto, lo primero que asaltó mis sentidos fue un fragante aroma a café recién hecho. Luego, descubrí una de las tacitas de porcelana que mi mamá desempolvaba cuando había que mimar a algún invitado o un posible comprador de uno de sus cuadros. El platillo inferior de la taza lo sostenía una mano de mujer, de uñas cortas y bien cuidadas, pero sin ningún atisbo de coquetería. Y tras la mano y la taza se alzaba la distancia que me separaba de Paty y la expresión de cólera en sus ojos que a duras penas conseguía reprimir.

—Precisamente contigo quería hablar —dijo, y de inmediato supe que su presencia era una mala noticia. Para mí, claro.

A su lado se encontraba Jade, quien también me ofreció una expresión que no supe identificar. ¿Qué le sucedía a todo el mundo esa mañana que se habían puesto de acuerdo para mirarme sin precisar sus estados de ánimo? ¿O era yo el que no estaba siendo capaz de reconocer el semblante de los que me rodeaban?

Toda esta incertidumbre se arreglaría con un buen filtro, pensé. Si pudiera sacar el iPhone para retratar el momento, no dudaría en editarla. Nadie nunca se ve enojado en una fotografía filtrada con Valencia, ya que de inmediato aumenta la exposición de la imagen al inyectarle calor a los colores, enfatiza los tonos amarillos y difumina las líneas de expresión, las arrugas y las sombras muy marcadas. En el mundo del Valencia no existe el mal genio, ni la depresión, ni mucho menos las visitas inesperadas que llegan a una casa ajena diciendo "Contigo tengo que hablar" con cara de malas noticias. Por algo es el filtro más popular de Instagram.

—Quiero que hablemos de lo que sucedió anoche —lanzó Paty.

—Sé que no debimos sacar a Chava del hospital, pero… —alcanzó a decir Jade, antes de ser interrumpida.

—¡Podría denunciarlos a la policía! —gritó la mujer, realmente molesta—. ¡Mi hijo es un paciente en recuperación!

—Él nos pidió que…

—¡Ustedes no son capaces de imaginar el daño que pueden haberle causado con el solo hecho de haberlo movido de su cama! —se quejó—. ¡¿Por qué le hicieron eso?!

Mi mente trabajaba a gran velocidad intentando atar los cabos y seguir la conversación. Paty parecía genuinamente furiosa, y Jade a duras penas contenía una culpable tristeza que le aguaba los ojos. Al verlas en trincheras opuestas, cada una convertida en la enemiga de la otra, comprendí que siempre estuve en un profundo error: la maquinación de sacar a Chava del Cedars Sinai no fue un plan elaborado entre ellas. Nunca se trató de regalarme una noche de ensueño con Chava, ni mucho menos ayudar al nacimiento de una conquista romántica. ¿Qué fue lo que pasó, entonces?

—Lo vimos tan angustiado después del diagnóstico —prosiguió Jade—, que quisimos ayudarlo. Nos rogó que lo ayudáramos a escapar de ahí. Yo sabía que su salud era delicada. Por eso hablé con Mabel sin que tú supieras —confesó, ahora mirándome a mí—, para que me ayudara a preparar todo para traerlo aquí. ¡A los Libra les encanta el lujo y la comodidad! Pensé que éste era el lugar perfecto para que se relajara un rato.

Paty frunció el ceño y dejó la tacita de café sobre una mesa.

—Sé que eres Piscis —continuó mi amiga—, y por lo mismo eres muy melodramática. Y como te cuesta mucho avanzar en tu crecimiento personal, estás acostumbrada a no concretar los sueños que tú misma desearías cumplir.

—Si tu idea de darme una explicación es insultarme, esto va a terminar muy mal —protestó Paty.

—¡No, no es eso lo que pretendo! —se defendió Jade—. Sólo quiero decir que a diferencia tuya, Chava sí necesita cumplir sus sueños. No hacerlo puede ser aún más doloroso que quebrarse la columna vertebral. Y él necesitaba a toda costa salir del hospital al menos por una noche…

Paty se dejó caer en uno de los sillones. Se cubrió el rostro con ambas manos y se quedó unos instantes ahí, protegida del mundo en esa nueva oscuridad. Dejó transcurrir unos interminables segundos, donde lo único que se escuchó fue el mar al otro lado de los ventanales y el susurro del viento al despeinar las altísimas palmeras.

—¿Y la droga? ¿Eso fue idea tuya? —dijo, y me clavó la mirada.

—¿Droga…? —pregunté.

—¡No me mientan! Anoche los tres estaban totalmente drogados cuando llegué. ¿Qué era? ¡Necesito saber qué porquería le dieron a mi hijo!

—Fue sólo un poco de marihuana —admitió Jade—. Pensé que sería divertido agregarle un toquecito especial a los brownies. ¡Los tres estábamos tan nerviosos y asustados por lo que habíamos hecho!

La madre de Chava negó con la cabeza, y su cabello negro se sacudió enérgico de lado a lado. Le dio un nuevo sorbo a su café y dejó la taza vacía sobre el platillo. Y desde el fondo de su estómago pareció cobrar fuerzas para atreverse a preguntar:

—¿Y el beso?

Entonces las dos se giraron hacia mí. Por lo visto, ahora era mi turno de dar explicaciones aunque no supiera de qué demonios me estaban cuestionando.

—¿Cómo vas a justificarlo? —insistió.

¿Por qué Paty venía hasta mi casa a discutir sobre el beso que le había dado a Simon la noche anterior? ¿Qué podía importarle a ella lo que yo hiciera con mi vida?

—No entiendo —balbuceé.

—Eric, lo siento, pero no sacas nada con negarlo —me dijo Jade—. Todos te vimos. Y Chava se molestó mucho.

—¡Claro que mi hijo se molestó! —exclamó Paty y se levantó del sillón—. A Chava le gustan las mujeres, ¿me oyes? ¡Las mujeres! Y tú te aprovechaste de su estado para… —hizo una pausa y volvió a la carga—. ¡Atacaste a una persona que no podía defenderse y quiero saber el porqué!

Iba a rebatirle cada una de sus palabras, con una incipiente rabia alborotándome el pecho por la injusticia que estaban cometiendo, pero comprendí de pronto lo que había sucedido. Era cierto. Por más que quisiera negarlo, no tenía cómo desmentirla. Mi mente había confundido lo que yo quería con lo que yo tenía. A Chava sí le atraían las mujeres, y yo había metido las patas de una manera tan, pero tan espectacular, que Paty ahora me estaba acusando en mi propia casa de haber atacado a mansalva a un enfermo que a duras penas podía moverse en la silla… y tenía toda la razón.

Rogué para que el dolor de cabeza terminara de extenderse por todo mi cuerpo y me desbaratara hasta dejarme convertido en un puñado de cenizas, como las de mis padres. Por imbécil. Por mentiroso.

#Estúpido #Confusión #Vergüenza

—No entiendo qué te puede haber llevado a hacer algo así —continuó la mujer.

—Yo sí puedo entenderlo —intervino Jade, que por lo visto me conocía mejor que nadie en el mundo—. Yo sé a quién te recuerda Chava… Pero no es él, Eric —dijo sin quitarme los ojos de encima—. No tiene nada que ver con él. Y mientras antes lo termines de entender, mucho mejor.

—¿Él? ¿A quién te refieres? —Paty frunció el ceño, desconcertada.

—Fue todo una confusión —la calmó Jade—. No tienes de qué preocuparte. Chava y yo seguimos siendo novios…

—¿Estás realmente segura? —exclamé—. ¿Cómo sabes que Chava no te está mintiendo? Lo de Lisa resultó un engaño…

—¿Lisa? ¿Qué Lisa?

—Su hijo nos dijo que una tal Lisa era su novia —la confronté—. Y que por defenderla de un loco que empezó a disparar en el muelle de Santa Mónica se lastimó la espalda.

Paty se mantuvo en silencio lo suficiente como para que nos diéramos cuenta de que mi revelación la había tomado por sorpresa, y que la ausencia de respuesta se debía exclusivamente al hecho que no sabía qué decir. Por lo visto, yo ya no le parecía el único culpable del alboroto de la noche anterior: la expresión de derrota en sus ojos me dejó saber que Chava acababa de ser agregado a la lista.

—Sí, sé quién es Lisa —dijo en un susurro—. Vive cerca de nuestra casa y trabaja en un local de tatuajes, creo. A Chava siempre le gustó. Pero ellos…

—Pero ellos no son novios —terminó Jade.

Paty negó con la cabeza. Y su cabeza se hundió un poco más entre sus hombros.

—Y tampoco se fracturó la espalda por culpa de un pistolero, ¿verdad? —completé yo.

La enfermera negó una vez más y soltó un hondo suspiro. Se acercó a uno de los enormes ventanales y dejó que sus ojos vagaran en la inmensidad del océano que, a esa hora de la mañana, se confundía con el cielo a falta de una clara línea del horizonte. Desde ahí se giró hacia Jade y a mí para preguntar:

—¿Y dicen que les comentó que tuvo el accidente en el muelle de Santa Mónica…?

Esta vez fue mi turno de asentir.

—Dios mío. Ahí fue donde su padre y yo nos conocimos.

—¿Y eso qué significa? —Jade estaba muy confundida.

—¿No nos va a decir cómo se fracturó la espalda? —quise saber yo.

Paty dejó escapar un nuevo suspiró, más fuerte que los anteriores, que empañó por unos segundos el cristal y borró los contornos del paisaje al otro lado de la ventana. De pronto, como impulsada por un arrebato que nadie pudo anticipar y que cortó para siempre la conversación, avanzó veloz hacia la puerta de salida.

—No los quiero volver a ver en el hospital —sentenció—. ¿Me oyeron? ¡Nunca más!

Salió cerrando con un violento golpe. Y el portazo se quedó haciendo eco entre las cuatro esquinas de una casa demasiado pequeña para un conflicto tan grande.

27
#INFIERNO

El día que decidí contarles a mis padres lo que estaba ocurriendo entre Simon Davis y yo, Los Ángeles amaneció convertido en un infierno. Por lo visto, el verano había decidido llegar a California con la misma intensidad y pasión que mis hormonas entre las sábanas de Simon. Para evitar la combustión que tomó por asalto la ciudad, mi papá mandó cerrar de urgencia todas las ventanas y subir al máximo la intensidad del aire acondicionado, que hizo su mejor esfuerzo por refrescar el ambiente de nuestra casa en Pointe Dume.

Afuera, el mundo hervía. Y yo hervía por dentro.

No iba a dejar pasar un minuto más sin hacerles saber a mis padres que yo no era el mejor hijo del mundo. Tenían derecho a conocer al verdadero Eric Miller, el mismo que llevaba semanas escapándose por la ventana de su cuarto para irse a refugiar en una casa en Westminster Ave, de paredes azul petróleo y puertas blancas, y que se había convertido en mi propio y añorado paraíso. La mentira ya no daba para más. Cada vez que venían a desearme dulces sueños y repetían su cantaleta de "gracias a la vida por el hijo perfecto que nos regaló", yo sentía una puñalada de vergüenza y culpa en las entrañas, y el paladar se me llenaba de saliva amarga.

Tuve la certeza de que debía abrir la boca para contarlo todo precisamente una noche que regresé de mi visita diaria al cuarto de Simon. Después descubriría que ésa resultó ser mi última noche con él. Pero claro, en ese momento no tenía cómo saberlo. El arrebato de mis hormonas me impedía pensar con claridad y mucho menos anticipar el futuro. Pero cuando esa madrugada llegué a casa, comprendí que las cosas a mi alrededor estaban empezando a cambiar y que yo, ocupado en Simon, no había reparado en ellas. Lo primero fue darme cuenta de que, a esa hora, ya se adivinaba que la temperatura iba a causar estragos al día siguiente, cuando el sol se trepara en el cielo. La calle vibraba al compás de las cigarras que, por lo visto, estaban tan desveladas y acaloradas como yo. La primavera se despedía del hemisferio norte para darle paso al verano. ¿A qué estaría diciéndole yo adiós? ¿A mi antigua vida, llena de falsedades y engaños? ¿El verano traería consigo una nueva piel que exhibirle a mis padres?

Salté ventana adentro y caí en mi habitación. Mi tobillo derecho aterrizó mal, se torció con un crujido de leña seca, y me lanzó con estruendo contra el suelo. Me quedé petrificado esperando que la puerta se abriera y mi padre apareciera asustado en el umbral. Ni siquiera me sobé la pierna adolorida, en un intento por no hacer ruido y mimetizarme con las sombras de la noche. Pero no. Nadie abrió la puerta.

Me levanté cojeando y me senté en la cama. Aún podía oler a Simon en mis manos. No necesité cerrar los ojos para volver a verlo trepado sobre mí, o para sentir el fragor de su vientre húmedo contra mi espalda. Tal vez por eso pasó lo que pasó. Porque estaba demasiado ocupado pensando en Simon, y olvidé que en mi casa me esperaba una vida que ya comenzaba a quedarme chica. Nada hacía presagiar esa tormenta en que se convirtieron mis días a partir de la llegada del verano. Cuando giré la cabeza y me quedé observando mi entorno, tuve que frotarme los ojos, una, dos, tres veces, porque no reconocí nada de lo que me rodeaba. Ahí estaba mi cama con el mismo cobertor verde que llevaba meses abrigándome el sueño. Más al fondo pude ver el escritorio, la silla ergonómica, el enorme póster de la película *Rebecca* que me regaló Jade un par de cumpleaños atrás. Todo me pareció desconocido y ajeno. Nada me pertenecía. La habitación entera era una novedad, una vitrina pasada de moda que yo contemplaba de lejos sin el menor apego o cariño. Hasta el dolor de mi propio tobillo hacía quejarse a un pobre ser humano que no era yo.

Esa noche descubrí que mi propio mundo ya no me pertenecía.

Era hora de cambiar de piel.

Me eché a dormir tan angustiado, que debí cerrar los ojos a la fuerza, sin la certeza de si estaría vivo al día siguiente. Mi cama nunca me había hecho sentir tan huérfano y helado, a pesar de lo que decían todos los termómetros de California.

Al día siguiente, la ciudad entera amaneció con la noticia de que las temperaturas nunca habían sido tan altas. Todos supimos que noticiarios y periodistas decían la verdad, porque no necesitamos más pruebas que nuestros propios cuerpos sudorosos y desvanecidos para confirmarlo. El sol achicharraba las palmeras. El cielo parecía de alquitrán, devastado por la inclemencia y sequedad del ambiente, y hacía reverberar la ardiente arena de la playa.

No acudí a desayunar con mis padres. Me quedé tumbado sobre el colchón, expuesto al soplido del aire acondicionado que no era suficiente para resistir ese primer golpe del nuevo estado estival. Ensayé una y otra vez mi confesión. ¿Cómo traer el tema? ¿Cuál sería la mejor manera de enfrentar la situación? ¿Iría mi padre a apoyarme? ¿Se echaría a llorar mi mamá? Luego de ser el mejor hijo del mundo, terminaría quizá convertido en el peor de todos. El mentiroso. El sucio. Pero ya nada me importaba. Vivía en una casa que no era capaz de reconocer ni apreciar. La habitación donde estaba no me pertenecía ni me provocaba el menor cariño. Mi cuerpo, el viejo cuerpo que me acompañaba desde mi nacimiento, lo habitaba otro. Un *otro* que ya no era yo.

"Papá, mamá, tengo algo que decirles. Necesito que me presten toda su atención."

No, suena serio en exceso. Muy *se-me-va-la-vida-en-esto.*

"Ah, estaban aquí. ¿Cómo están? ¿Les importa si me siento unos minutos con ustedes?"

Tampoco. Demasiado cool. Necesito que entiendan que mi confesión es importante y que deben escuchar cada una de mis palabras. Porque podrían ser las últimas.

Me levanté de la cama. La estocada en mi tobillo me recordó que hasta el dolor más fuerte ya no podía detenerme. Conduje mis pasos hacia el pasillo, consciente de que aún no tenía un plan de ataque ni una frase inicial que echara a andar mi revelación. Pero no me importó. Una urgencia aún más grande que el miedo guiaba mi marcha. Estaba a punto de entrar a la sala, cuando la voz de mi padre me detuvo a mitad de camino:

—¿No estarás pensando en invitar a tus compañeros de taller?

El tono de la pregunta me reveló que ambos estaban sumidos en una discusión. Mi papá había hecho la pregunta demorándose más de la cuenta entre palabra y palabra, lo que quería decir que buscaba ser irónico o que estaba a punto de perder la paciencia. Últimamente, mi padre perdía mucho la paciencia. Sobre todo cuando lo llamaban del trabajo durante los fines de semana, o cuando no se hacía exactamente lo que él quería.

—Claro que estoy pensando en invitar a mis compañeros de taller —respondió mi madre con evidente molestia—. Son mis amigos, Richard. ¡Pintamos juntos todos los miércoles!

—¡Tú sabes que no me gusta que los traigas a casa!

—Eso es absurdo.

—No, no lo es.

—Estás siendo irracional.

—¿Quieres que te explique de nuevo mis razones? —bufó—. ¿De verdad pretendes llenar esta casa con un batallón de maricones? ¿Vas a exponer a nuestro hijo a eso?

Sentí que la cara me ardía. Contuve la respiración a ver si conseguía morirme pronto, antes de seguir escuchando la discusión. Algo —mis entrañas, o mi voz interna, o lo que fuera— me aseguró que lo mejor era retroceder mis pasos, sin anunciar mi presencia, y huir de ahí lo antes posible.

Sin embargo, no me moví.

—No te atrevas a repetir esa palabra —advirtió mi madre.

—¿Por qué le tienes tanto miedo? Es la verdad, Anne.

—¡No te atrevas, Richard! ¡No vuelvas a decir una cosa así!

—¡No quiero a esos invertidos bajo el mismo techo que Eric! ¡Sabes perfectamente lo que pienso de ellos!

Un portazo me dejó saber que mi madre había huido hacia la cocina. Era el momento de actuar. Rápido. No podía permitir que me sorprendieran a punto de entrar en la sala. No iba a ser capaz de mirar a los ojos a mi padre.

Corrí hacia el exterior. Una bocanada de aire hirviente se me metió por la nariz y la garganta y me quemó los pulmones. O quizá fue mi propio infierno, el que llevaba tanto tiempo habitando, que decidió castigarme sin contemplaciones y aumentó el fragor de sus llamas dentro de mí. *Maricones. Invertidos.* Sacudí la cabeza pero el sonido de la voz de mi padre no se iba. Por el contrario, se hundía cada vez más en mi cerebro, tatuando a fuego el dolor de su repudio.

No quiero a esos invertidos bajo el mismo techo que Eric.

¿Por qué, papá? ¿Cuál era tu miedo? ¿Acaso llegar a reconocerme en cada uno de aquellos rostros que no deseabas ver? ¿Admitir que tu único hijo se parecía demasiado a los amigos de mamá? ¿Adivinar mis gestos, mis sonrisas y hasta mis ojos en los gestos, las sonrisas y los ojos de otros seres que sí habían tenido el valor de confesar sus secretos?

Un muro de calor me cerró el paso. Pero ya no estaba dispuesto a dejarme detener. Si mi padre no quería que *maricones* e *invertidos* cruzaran la puerta de su hogar, yo no tenía nada que seguir haciendo en esa casa. Comprendí que todos los pequeños detalles que anunciaban un cambio radical en mi vida comenzaban por fin a ordenarse y manifestarse. Era hora de sacudir las fichas del juego, dar un golpe tan fuerte que las lanzara lejos del tablero. Jade le echaría la culpa a las estrellas, a Susan Rayder, a Tauro, a la Luna en no sé qué planeta. En cambio, yo sólo tenía un culpable: Eric Miller. Un cobarde completo. Un pusilánime que prefería fotografiar y subir a

Instagram la realidad antes de enfrentarla con los pantalones bien puestos. Un miedoso que escondía sus verdaderos deseos detrás de los filtros Mayfair, Rise o Hi-fi. Un pobre tipo.

A pesar de mí, a pesar de la temperatura, a pesar de todo, me eché a andar hacia la calle.

Lo siguiente que recuerdo fue que al alzar la vista descubrí que ya estaba frente a la casa de Simon Davis, en Venice. Esta vez me detuve a contemplarla: una hermosa construcción de madera, de tres pisos, de muros azul petróleo y puertas y ventanas blancas, y un puntiagudo techo de diferentes alturas. Se veía distinta a plena luz del día. Llevaba demasiado tiempo visitándola de noche, al amparo de las sombras, burlando la presencia del padre de Simon, o esquivando a la entrometida vecina que me hizo demasiadas preguntas la primera vez que me vio acercarme a la residencia. Consciente de que estaba viviendo el primer día de una nueva vida, quise detenerme en detalles que no había visto antes, como la balaustrada de madera que enmarcaba el balcón del segundo piso, o en la veleta con la silueta de una bruja montada en su escoba que coronaba la altísima chimenea.

Sin duda, los Davis tenían buen gusto. Y sabían elegir bien.

Desde el interior de la casa me llegó la carcajada que de inmediato reconocí. La misma deliciosa carcajada que había hecho mía las últimas semanas, pero que no me pertenecía mientras el sol brillara en el cielo. Esta vez sería distinto. Todo estaba cambiando a pasos agigantados: las estaciones climáticas, la relación con mis padres, mi valentía dispuesta a enfrentar el futuro.

Vámonos juntos. Fuguémonos esta misma tarde. Me bastarían esas palabras para hacer asentir a Simon. Subiríamos de dos en dos los peldaños hasta su cuarto. Lo ayudaría a meter algo de ropa en una mochila. Lo suficiente para sobrevivir los primeros días. Lo siguiente sería enfilar en su coche hacia la carretera en dirección a… Quién sabe. La elección de nuestro destino se la dejaríamos al azar.

Cerré los ojos y me ahogué de calor. La carcajada de nuevo. Llamándome. Invitándome a entrar. Y entonces abro los ojos y esta vez me ahogo por el exceso de luz blanca, sin atisbo de tonalidad, como si los colores del mundo se hubieran terminado de derretir por culpa de ese verano inclemente.

Mis pasos me llevan a lo largo de un camino que avanza zigzagueante a través del frondoso antejardín, directo hacia la entrada principal. Subo los peldaños. Cuando estoy a punto de tocar el timbre, me detengo porque no puedo respirar. Es como si alguien vaciara una cubeta llena de fuego líquido sobre mi cuerpo. Y otra más. Y otra. Cientos de cubetas. Miles de cubetas. Si voy a morirme, que sea dentro de la casa de Simon Davis.

Entonces descubro que no hace falta tocar el timbre: la puerta está abierta. La empujo despacio. La frescura del aire acondicionado sale a recibirme al lobby y me da la bienvenida con cariño, acostumbrada a mi secreta presencia durante las últimas semanas.

No hay nadie a la vista. Concluyo que su padre no está. Tampoco veo su coche allá afuera.

Vine a buscarte, Simon. Nos vamos. Los dos. Esta misma tarde.

Iba a hacer todo lo posible por convencerlo.

Avanzo hacia la cocina, ya que una nueva carcajada me señala el camino. El sudor adhiere mi camiseta a mi espalda mojada. Mis dedos van palpando la textura del papel mural a lo largo del corredor. Mi mano se extiende hacia la puerta. El débil quejido de los goznes me recuerda que aún hay ruidos en este mundo que parece haberse quedado en suspenso, atento a lo que va a suceder. Y me asomo hacia el interior. Voy a saludarlo. Voy a decirle que estoy ahí porque no tengo a nadie más que me haga feliz y que me provoque lo que él me provoca. Y estoy a punto de abrir la boca pero me detengo cegado por el destello metálico de un piercing que atraviesa una ceja. Un tatuaje que se extiende a lo largo de todo un brazo me salta a la cara. Lo veo. Ahí está. La piel de Simon Davis. El cuerpo de Simon Davis. Simon Davis debajo de otra piel, de otro cuerpo, del mismo tipo que ya se ha cruzado demasiadas veces en mi vida como para que sea una coincidencia. Los dos están trenzados sobre la mesa junto al refrigerador, jadeantes y tan mojados como mi espalda que se eriza al igual que un gato dispuesto a la batalla. No me ven. Están demasiado ocupados en someterse el uno al otro. Y siento que el calor de afuera se hace uno con el calor de adentro, y mi cuerpo empieza a chorrear sobre las baldosas blanquinegras de la cocina sin que pueda hacer nada por evitarlo. Es más, ya no me importa. Nada me importa. Mis piernas se licúan, arrastran con ella el torso gelatinoso, los brazos flácidos, y mi cabeza entera que termina disuelta en un triste charco de agua sucia. Un charco que el aire acondicionado evapora en pocos segundos y sopla con fuerza hacia el exterior.

Morirse en vida es el peor castigo.

Y ése fue mi castigo: quedar vivo cuando sólo quería morirme.

28
#DESEO

Después de la visita de Paty a mi casa en Pointe Dume, terminé por confirmar que cuando uno cree que mejor van las cosas, es cuando más cerca se está de meter la pata. Pero no hablo de cualquier metida de pata: no, me refiero a una metida de pata épica y monumental, una que justo antes de cometerla parecía una magnífica idea y que en tu mente no tenía ninguna posibilidad de fallar.

Eso fue lo que sentí después de descubrir que sacar a Chava del hospital pudo costarnos muy caro, sobre todo a él, considerando que estaba en plena recuperación y que cualquier movimiento indebido podía dañar aún más su médula espinal. También pude darme cuenta de que me equivoqué en cada paso al interpretar las cosas: a Chava siempre le gustaron las mujeres y jamás hubo un complot entre él y Jade para facilitarme las cosas y llegar a su corazón. Hice el ridículo de comienzo a fin. Otra vez.

#Vergüenza #Loser

Comprobar que fui el único idiota que leyó todo al revés ratificó mi conclusión de que no merecía el cariño de nadie, ya que todo a lo que me acercaba terminaba en conflicto. Era como el rey Midas, pero al revés. Lo mejor que podía hacer era alejarme para siempre de Chava antes de complicarle aún más la existencia. Por eso decidí que iría esa misma noche al Cedars Sinai a pedirle perdón y despedirme de él. El mayor obstáculo no era volver a verle la cara después de haberlo besado por error en la terraza de mi casa. El verdadero peligro era toparse en algún pasillo con Paty después de sus amenazas y advertencias.

¡No los quiero volver a ver en el hospital!

Pero ése era un riesgo que estaba dispuesto a correr.

Llamé a Jade y, sin ser demasiado evidente, le pregunté por las actividades de la mamá de Chava, aprovechándome del hecho que, según ella misma me dejó saber, eran íntimas amigas desde que se hizo su novia. Con orgullo, me repitió que se enviaban WhatsApps varias veces al día y que a pesar de lo furiosa que se puso al descubrir que su hijo había desaparecido, la relación entre ellas no se vio afectada.

—Las estrellas están de nuestro lado —dijo Jade con voz esotérica—. Tanto los Acuario como los Piscis tenemos una actitud muy positiva y constructiva ante la vida, y no juzgamos a las personas.

—Me alegro —contesté, sin saber bien qué más agregar.

—Paty, como todas las de su signo, es muy compasiva y puede distanciarse de los problemas. Por eso no guarda rencores. Tuvimos suerte, Eric. Otra persona nos denuncia a la policía.

Yo seguí haciendo las preguntas necesarias hasta que, confiado en que Jade me decía la verdad, descubrí que Paty se iría esa noche a cenar a su casa justo al terminar su turno y que no pensaba regresar hasta la madrugada siguiente.

Era la ocasión perfecta.

—Tengo que cortar, Jade.

—Todo va a estar bien —afirmó y su voz sonó alegre y cantarina, tal como se dicen las grandes mentiras—. *When the world gets cold I'll be your cover. Let's just hold onto each other.* No te olvides nunca de eso.

Apenas puse el primer pie en el Cedars Sinai, tuve la sensación de que todos los que por ahí circulaban se voltearon a verme. "Es pura paranoia", traté de consolarme. Pero por más que hice el intento de caminar erguido y casual, como si mi presencia en ese hospital fuera inocente y sin ninguna doble intención, no pude sacarme de la cabeza la idea que Paty había dado la orden específica de que si me veían entrar al edificio llamaran a la policía. ¿Y si Jade le envió un WhatsApp —uno de los tantos que comparten al día— contándole que yo había estado preguntando por ella? ¡Cómo no lo pensé antes! Mi amiga sabía leer entrelíneas. Era mucho más inteligente y astuta que yo. Y tenía conexión directa con las estrellas, o los planetas, o con su sexto sentido, o como sea que se llamara la intuición en el mundo de Jade. ¿Y si los anillos de Saturno le habían dejado saber telepáticamente mis verdaderas intenciones? O tal vez su tercer ojo lo descifró en apenas un parpadeo, y apenas me escuchó preguntarle por Paty supo de inmediato que pensaba ir al Cesars Sinai esa noche.

"Eric va a ir a ver a Chava", de seguro le escribió.

"Ahora mismo aviso a seguridad", de seguro respondió la enfermera.

"Sí, es lo mejor", de seguro agregó Jade.

"No voy a permitir que vuelva a acercarse a mi hijo", de seguro remató.

Me metí casi corriendo al ascensor, la cabeza sumida entre los hombros, la vista fija en el suelo. No podía permitir que mi presencia en alguna cámara de seguridad alertara a los guardias, al menos no antes de haberme podido disculpar y despedirme de Chava. La penumbra metálica del elevador me hizo sentir protegido el breve tiempo que me tomó llegar hasta el segundo piso.

Justo antes de que las puertas se abrieran, tuve la sensación de que estaba ahí para visitar a mi madre. Un golpe de nostalgia me llenó de lágrimas los ojos. Era tan poco el tiempo que había transcurrido desde que dejé de pasar las noches en vela junto a su cuerpo fracturado, mirando las manos que apenas se asomaba debajo de los vendajes, o revisando que el aire entrara sin problemas por el grueso tubo plástico que le mantenía abierta la boca, que aún podía sentir el impulso de dirigir mis pasos hacia el *Intensive Care Unit*. Pero no, mi madre ya no se encontraba en ese hospital, ni en ningún otro lugar donde yo pudiera visitarla. Toda su existencia se había reducido a un montón de cenizas que yo guardaba en un ánfora metálica que terminé por esconder dentro del clóset de su cuarto, junto a su ropa que aún seguía ahí. Había desaparecido. Ella y mi padre habían desaparecido en apenas un parpadeo sin darme tiempo a decirles adiós o a contarles la verdad que me hacía el ser humano más triste del planeta.

Tampoco pude despedirme de Simon.

No me iba a pasar lo mismo con Chava.

Enfilé veloz hacia la habitación 218, confiado en que lo hubieran instalado en el mismo cuarto después de llevárselo de mi casa. Al ver el corredor prácticamente vacío, aumenté todavía más la velocidad mis zancadas. Cuando entré, el corazón me latía a toda velocidad y tenía la sensación de que en cualquier momento iba a escuchar un grito de "¡Detente!" de algún guardia de seguridad. Pero no. Nadie me detuvo. Sólo la imagen de Chava, recostado en la cama, que no pareció sorprenderse al verme aparecer.

—Te estaba esperando —me dijo.

De inmediato bajé la vista, incapaz de mirarlo a la cara. Descubrí con estupor que la vergüenza que sentía era aún más grande que mis ganas de pedirle perdón.

—Necesito que hablemos, Eric.

—Sé que te debo una disculpa —musité, los ojos fijos en las blancas baldosas del suelo.

—Soy yo el que tiene que disculparse —replicó—. Te mentí.

Como no supe qué decir, no tuve más remedio que alzar la cabeza y enfrentar la situación. Y ahí estaba: tan pálido como las sábanas, el rostro aún más delgado y con una evidente expresión de congoja que me desconcertó. Porque Chava tenía derecho de atravesar cualquier emoción —molestia, incomodidad, incluso furia— menos congoja. El único en ese cuarto que merecía sentirse así era yo.

—Chava, anoche yo…

—No. Estoy hablando en serio, Eric —me frenó—. No tienes nada que explicar. Jade me contó de tu relación con ese tipo… ¿Simon se llamaba? Sé lo mal que quedaste y… Entiendo que te confundiste… No pasa nada. Por favor, no te sientas mal.

Sentí que el corazón me volvía a latir tan fuerte que por un segundo creí que mis sienes iban a estallar y que un reguero de sangre mancharía las inmaculadas paredes del hospital. Jade.

Otra vez Jade. ¡Cómo se atrevía a revelarle a Chava mi historia secreta con Simon! ¡Con qué autoridad había abierto la boca para exponerme de esa manera! Además, ella no estaba al tanto de ningún detalle, ni mucho menos de lo que vi entre Simon y el tipo del tatuaje en la cocina de su casa. Ni tampoco de lo que pasó después con su padre. Ella no tenía cómo saber que por culpa de Simon yo no había vuelto a sonreír, ni tampoco a llorar. ¿Qué podía haberle dicho a Chava? Alguna mentira, de seguro. Algo que consiguiera exculparme de la atrocidad que había cometido. Quizá lo hizo sólo para protegerme. Para no dejarme como el lunático incapaz de distinguir entre la realidad y mis propias alucinaciones que soy.

—Sé que mi madre habló con ustedes… Sí, es cierto —dijo—, nunca fui al muelle de Santa Mónica con Lisa. Jamás existió un loco con una pistola. Nunca recibí un disparo.

Comprendí que Chava necesitaba hablar. Había algo en él que iba más allá del simple hecho de entablar una conversación conmigo. Mis entrañas, o mi voz interna, o lo que fuera, me aseguraban que estaba a punto de conocer una dimensión de él que muy poca gente había tenido el privilegio —o quizá la desventura— de presenciar. Tal vez ésa era la cara que Paty estaba celosamente tratando de proteger al ir a mi casa a confrontarme. Quizás ella sólo quería evitar que yo siguiera indagando y llegara por fin a descubrirla. ¿Por eso me habría prohibido el ingreso al hospital? ¿Para que no me acercara tanto a su hijo y viera *algo* que no quería que nadie avistara?

Empecé a comprender la razón de su rostro invadido por la congoja.

—Me rompieron la espalda, Eric. Un grupo de compañeros de la escuela.

Hizo una pausa. Yo no me atreví ni siquiera a respirar para no interrumpirlo.

—Se burlaban de mí. Siempre. Que yo no tenía padre. Que mi papá se avergonzó tanto de mí que había decidido abandonarnos —murmuró entre dientes—. No sé por qué ese día me dolió tanto. Llevo mucho tiempo haciéndome esa pregunta...

—¿Por qué tu papá se podría haber avergonzado de ti? —pregunté.

—Qué sé yo. Porque no andaba lanzándome como un bruto sobre mis compañeros. O porque prefería sacar fotografías en lugar de correr detrás de un balón. O porque nunca fui bueno conquistando a las chavas que me gustaban... —reclamó—. Cuando tienes 15 años y no te pareces al resto...

Dejó la frase inconclusa. Sé que lo hizo por mí. Porque el remate de esa oración iba a llegarme como un dardo envenenado directo al pecho. Claro que sabía en carne propia la condena que podía significar no parecerse al resto. Mis padres habían muerto por culpa de ese pequeño detalle. Y era evidente que Chava lo había leído en mis ojos.

—Pero ese día... no toleré más sus burlas. Perdí el control. No recuerdo bien cómo fueron las cosas, pero me lancé sobre ellos. Eran cuatro, creo. O cinco. Me derribaron. Sentí el peso de sus cuerpos sobre el mío. Intenté gritar pero no me salió la voz. Imagínate, eran enormes. Mucho más grandes que yo —agregó con pesar—. Lo último que recuerdo es el ruido de mi espalda al partirse en dos. Fue como romper una rama seca, o triturar nueces con el puño. Desperté dos días después en este mismo hospital de donde ya no volví a salir. ¿El diagnóstico? Me fracturaron la cuarta y la quinta lumbar y parte del sacro.

En ese momento, el mundo entero se había reducido a una cama clínica, un cuerpo sin movimiento propio, y un rostro que a cada segundo se hacía más y más difuso a causa de las lágrimas que amenazaban con mojarme las mejillas. Sin embargo vi con toda claridad que lo que alguna vez me recordó a Simon Davis en aquella cara comenzaba a esfumarse poco a poco. Primero fueron los ojos: desapareció ese brillo cargado de picardía y orgullo que tanto me atrajo en un momento, y en su lugar quedó sólo el oscuro ademán de un par de pupilas que sufrían más de la cuenta. Luego fue el turno de la boca: lo que antes era una permanente sonrisa algo irónica y burlona, se evaporó para dar paso a una mueca que hacía esfuerzos por esconder un desconsolado gesto de dolor. Simon había decidido abandonar por completo las facciones de Chava. Ahora, frente a mí, había sólo un muchacho de Boyle Highs atrapado en un desvencijado cuerpo demasiado frágil y torturado como para contener a alguien más.

—Pronto se cumplirán tres años de que me trajeron aquí —continuó—. Siempre creí que saldría caminando. Que podría aprender a guiar un coche. O correr de nuevo por la playa. O ir al muelle de Santa Mónica con alguna novia, así como…

—Como tu papá con tu mamá el día que se conocieron —rematé.

—Sí, como ellos. Pero ya valió. Ya todo valió madres, Eric. No alcancé a hacer nada de lo que me sienta orgulloso. Por eso a veces… no sé… fantaseo —y esbozó una sonrisa algo nostálgica—. ¿A poco no era mucho más emocionante contar que me rompí la espalda por tratar de defender a una novia, que por brincarle encima a un par de cabrones…?

Me atreví a dar un paso hacia la cama. Ya ni siquiera me importaba la posibilidad de que de pronto se abriera la puerta y entrara Paty, o un guardia de seguridad con la orden de sacarme aunque fuera a rastras. Por primera vez atisbaba una cara completamente distinta de Chava, que me permitía asomarme a su más escondida soledad, y no iba a dejarlo solo en el camino.

—Por eso me caíste bien apenas te conocí, Eric. Porque de alguna manera supe que tú nunca te habrías burlado de mí por la ausencia de mi padre. Te reconocí como uno de los míos.

Asentí. Seguía sin encontrar las palabras adecuadas para estar a la altura de las circunstancias.

—Y por eso, sólo por eso, es que me atrevo a pedirte que...

Chava volvió a suspender el final de la frase. Trató de acomodarse en la cama, pero no fue capaz de moverse. Vi sus largos y delgados brazos hacer el empeño por levantar el tronco del colchón, pero luego de un par de fallidos intentos renunció a la idea.

—Necesito una fotografía de mi padre —suplicó—. Y sólo tú puedes traérmela.

—Muy bien —dije—. ¿Quieres que hable con tu madre? ¿La voy a buscar ahora a tu casa?

Negó con la cabeza.

—Hace apenas un par de días mi mamá me confesó, por primera vez, dónde vive mi padre. Y quiero que vayas a buscarlo, lo encuentres... y le tomes una foto. Sólo eso, Eric. Una foto y ya. ¿Lo puedes hacer? ¿Eres capaz de cumplirme el deseo?

Si tan sólo hubiera tenido una vaga idea de lo que significaba realmente contestar esa pregunta. Pero en ese momento no tenía cómo saberlo. Cuando descubrí el verdadero alcance de su petición, era demasiado tarde para huir. Y, para peor, ni siquiera estaba seguro de querer hacerlo.

QUINTA PARTE
ACEPTACIÓN

29
#TAROT

Bajé la velocidad a medida que comenzamos a recorrer un nuevo camino de tierra que se adentró aún más en el páramo en que se había convertido la carretera. Dejamos atrás un par de granjas ruinosas que parecían abandonadas, al igual que una casa de madera que se sostenía en pie de milagro, y seguimos adelante confiados en nuestro instinto y en la buena suerte. Rogué para que las cartas del tarot de Jade se hubieran equivocado flagrantemente. No estaba dispuesto a desaparecer tragado por un desierto que se adivinaba implacable al otro lado de las ventanillas del coche. Un par de niños aturdidos de calor salieron a vernos cruzar frente a ellos, como si nos tratáramos de un espejismo, y quedaron ocultos por la nube de polvo que dejó nuestro paso. Cuando miré por el espejo retrovisor, ya no estaban. A lo mejor los había imaginado. A lo mejor había imaginado gran parte del viaje. A esas alturas dudaba incluso de que Chava me hubiera encomendado esa misión. Dudaba de la cordura de Jade, sentada a mi lado, cubierta de una gruesa capa de polvo al igual que yo. Dudaba del GPS de mi iPhone y sus indicaciones satelitales cada vez más confusas. Detuve el motor. Busqué con la vista algún punto que pudiera servirme de referencia, un poste de luz, alguna señalización de tránsito, el oxidado cartel de un local de comida, para así confirmar que estábamos en el lugar correcto, pero lo único que conseguí ver fue a lo lejos un puñado de árboles plomizos reacios a florecer y una línea del horizonte tan reverberante y amenazadora como debió verla el primer hombre que llegó a vivir a esa esquina del mundo.

¿Cómo llegué hasta aquí?

¿Qué hago ahora?

Me bajé del coche. Sentí la bofetada del viento que calcinaba a fuego lento el paisaje. Jade me imitó. Dio un par de pasos pero se detuvo de inmediato, incapaz de luchar contra el cansancio y la desorientación. Permanecimos quietos unos momentos, fingiendo escuchar un ruido que no había.

—Te lo dije —musitó mi amiga.

Por lo visto, el tarot de Jade estaba en lo cierto. No iba a poder cumplir el sueño de Chava.

Hace apenas un par de días mi mamá me confesó dónde vive mi padre.

Debí contestarle que no, que era imposible, que yo jamás había hecho un viaje tan largo. Que mi vida se reducía a las pocas cuadras que conformaban Pointe Dume. Que podía llamarme un inútil, sí. Un pobre tipo que no sabe lo que es el mundo. Sí, también. Soy eso y mucho más. Jamás tuve que decirle que confiara en mí.

Quiero que vayas a buscarlo, lo encuentres… y le tomes una foto.

"Si nunca tuviste una relación con tu padre, ¿para qué quieres una imagen de él? No se extraña lo que no se conoce, supongo. Distinto es haber crecido con tu papá a tu lado y perderlo de pronto, un día donde todo salió bruscamente mal. En ese caso, al menos, te queda el consuelo de la fotografía donde apareces de su mano, pequeño, sonriente porque pensabas que te iba a durar toda la vida. Y esa foto, esa simple foto, te va a ayudar el resto de tus días a no olvidar su rostro. Porque hasta el rostro más amado se olvida. Hasta la voz más dulce se termina por esfumar en tu memoria. Ya casi no recuerdo la voz de Simon Davis. Y su rostro… creo que su rostro se parece más a la imagen que me formé de él, que a su verdadera apariencia. No lo sé. Ni siquiera sé si tiene sentido todo lo que estoy pensando. El calor de Mexicali me tiene aturdido."

Sólo eso, Eric. Una foto y ya. ¿Lo puedes hacer? ¿Eres capaz de cumplirme el deseo?

Cuando le conté a Jade lo que su novio me había pedido, le vi relampaguear los ojos de un feroz entusiasmo. Estábamos en mi cuarto. Ella se puso de pie de un salto, levantó los brazos y abrió la boca, como preparada para actuar sin demora alguna ante cualquier desafío que yo fuera a encomendarle.

—¿Cuándo nos vamos? —exclamó.

Durante un instante quise responderle que ella nunca estuvo contemplada en el viaje, pero terminé por encogerme de hombros. Ella siguió alerta y en posición de estar a punto de echarse a correr hacia una meta que no tenía idea de dónde se encontraba. Pero lo suyo no era llegar a un destino, sino acompañarme en el recorrido.

—¿Y el papá de Chava vive en…? —quiso saber.

—Mexicali.

—¿Eso queda en México?

—Sí. A cuatrocientos kilómetros de aquí.

Jade corrió hacia mi computadora, que seguía apagada sobre el escritorio.

—¡No! —la detuve.

Mi amiga frenó en seco y me miró llena de desconcierto ante mi desafinado y descontrolado grito.

—No la toques. Por favor —pedí.

Jade tomó entonces su celular, abrió Google Maps y se entretuvo unos instantes tecleando información.

—¿Mexicali, dijiste?

—Sí. Mexicali. Ya busqué todo en…

—¡Aquí está! —gritó, con excesivo entusiasmo—. Perfecto. Según esto, nos demoramos cuatro horas y seis minutos en llegar a Mexicali. Es fácil. ¿Tienes la dirección exacta de la casa del papá de Chava?

—Jade, no sé si sea una buena idea que vengas conmigo —me atreví a decir.

Ella suspendió el movimiento de sus dedos sobre el teclado digital del teléfono y me clavó el puñal de sus dos pupilas ofendidas. El brillo de su cabello azul, que enmarcaba su rostro rígido y contraído, pareció oscurecerse de golpe.

—No te atrevas a dejarme fuera de esto, Eric —me amenazó—. Chava es mi novio. Además, necesitamos mi coche para llegar allá. ¿Estamos?

Permanecí en silencio. ¿En qué momento el hecho de ir a fotografiar al padre de Chava se había convertido en una aventura a cargo de Jade?

—¿Estamos, Eric? —insistió.

No tuve más remedio que asentir. Además, muy en el fondo de mi mente, sabía que ir junto a ella era la mejor decisión que podía tomar. A duras penas sabía conducir al *downtown* de Los Ángeles. Ni siquiera me imaginaba lo que era atravesar una frontera para llegar a un país desconocido. Aunque no quisiera reconocerlo, tener a Jade a mi lado me daba seguridad.

#Soulmates #Amigosporsiempre

—Gracias —dijo—. Lo mejor será que salgamos este viernes. Así tenemos tiempo de juntar lo que necesitemos para el viaje. ¿Tienes dinero?

—Un poco. Puedo pedirle algo más al abogado de mi padre —confirmé.

—Hazlo. Lo vamos a necesitar. Yo ahora mismo me pongo a grabar música para el camino. ¡Voy a elegir ocho horas de las mejores canciones, vas a ver!

Corrió hacia su mochila y comenzó a buscar algo en su interior. De pronto se detuvo y me miró llena de intriga.

—¿Por qué no quieres que toque tu computadora? —murmuró—. ¿Qué estás escondiendo?

—Nada —respondí veloz, pero el rojo que inundó mis mejillas indicó todo lo contrario.

—Eric… Puedes confiar en mí. Somos amigos, ¿no…?

—¡Nada, Jade! ¡No estoy escondiendo nada! —contesté sin poder mirarla a los ojos—. Tengo sueño. ¿Te parece si seguimos mañana con los preparativos?

Negó con la cabeza y sacó de su mochila lo que parecía una bufanda artesanal a la que le había hecho un grueso nudo en el centro. Al desatarla, una cajita de cartón cayó sobre mi cobertor. Jade la tomó, la abrió y desplegó frente a mí un mazo de naipes.

—Elige una carta —pidió.

—¡Jade, tengo sueño! —repetí molesto ante la posibilidad de que la noche se terminara convirtiendo en una interminable ronda de consultas esotéricas.

Su dedo índice me señaló con determinación el tarot. Ofuscado, decidí levantar el primer naipe que tropezara con mi vista. Pero Jade me tomó por la muñeca y detuvo mi brazo.

—Eric, esto es serio. Para mí es importante. Por favor.

Respiré hondo, cerré los ojos y paseé la palma por encima de las cartas. Nada. Ninguna me hizo sentir alguna leve variación en la temperatura del ambiente, como para decidirme por ella. Volví a la carga. Nada.

—Eso… Concéntrate…

De pronto, un leve cosquilleo en mi pulgar guio mi mano y levanté un naipe. Jade me lo arrebató de inmediato y lo dejó frente a ella.

—El colgado. Ajá —musitó, misteriosa—… Otra.

Volví a bajar los párpados. Esta vez, la picazón fue inmediata.

—El loco —dijo Jade al ver mi elección—. No, vas a tener que elegir una tercera.

Con una extraña sensación de incertidumbre, provocada por la indescifrable voz de mi amiga, aparté una nueva carta.

—¡La torre! —Jade pareció sumirse en un pozo de desilusión.

De un rápido zarpazo recogió el tarot y comenzó a guardarlo dentro de la caja.

—¿Qué pasa? ¿Son malas noticias? —pregunté.

Tardó unos instantes en responder:

—Las cosas no van a salir como esperamos, Eric. Todo se puede venir abajo… o no.

Debo de haber fruncido el ceño, en señal de confusión, porque se apuró en aclarar:

—No vamos a regresar iguales de este viaje, eso te lo puedo asegurar. Hay un nuevo comienzo… el fin de una etapa. Hay un cambio violento. Autosacrificio.

—Suena como un viaje terrible —dije.

—Sí, puede llegar a ser un viaje terrible… o no.

Ahora, enfrentado al paisaje más extremo del que tenía memoria y a una implacable luz blanca que caía a plomo sobre mi cabeza, recordé las palabras de Jade en relación a las tres cartas que seleccioné. Por un instante tuve el impulso de regresar al coche, arrancar el motor, encender el aire acondicionado y apretar a fondo el acelerador de la carcacha de Jade para, en tan sólo cuatro horas y seis minutos, regresar a la plácida seguridad de mi hogar. Pero detuve a mi instinto. No había cruzado una frontera para arrepentirme a metros de mi destino.

Puede llegar a ser un viaje terrible… o no.

Bueno, iba a apostar por ese *o no*.

30
#VIAJE

El viernes por la mañana, día que habíamos acordado partir hacia Mexicali, Jade pasó a buscarme a primera hora. Anunció su arribo desde la cuadra anterior a mi casa, haciendo sonar la gastada bocina del coche de su abuela. Cuando salí a regañarla por molestar de esa manera a los vecinos, me la encontré junto al auto, de enorme sombrero y gafas oscuras, y el pelo rosa en dos trenzas que le colgaban como bastones de caramelo a cada lado del rostro.

—¡Buenos días! —saludó con una enorme sonrisa—. Sí, volví al rosa. *I'm pink again!*

Me aproximé al coche con mi mochila en la espalda. Dentro de ella llevaba un par de barritas energéticas, un recambio de camiseta, un *hoodie* liviano por si la temperatura descendía mucho y mi laptop, no porque fuera a usarla sino porque no quería dejarla sola en casa. Me costó bastante acomodar mis pertenencias en el asiento trasero pues Jade lo tenía prácticamente sepultado bajo bolsas con mercadería, una enorme maleta, dos almohadas, un cobertor y un oso de peluche vestido de marinero con la leyenda de *Bad Boy* en su camiseta.

—No me pongas esa cara, mira que necesito todo esto cuando viajo —se defendió ella al ver mi expresión de sorpresa.

—Jade, yo pretendo ir de día. Si salimos ahora, cerca del mediodía llegamos a la casa del papá de Chava —expliqué—. Le sacamos un par de fotos, nos subimos de nuevo al coche, y a las cinco de la tarde estamos de regreso en Los Ángeles.

Las cosas no van a salir como esperamos, Eric.

Recordé sus palabras y decidí no seguir cuestionando a mi amiga. Si cargó el coche de esa manera porque las estrellas, o el tarot, o los caracoles, o simplemente su intuición se lo habían recomendado, no iba yo a refutárselo.

—Maneja tú —pidió, pasándome las llaves—. Hoy quiero ser copiloto.

Antes de encender el motor, Jade metió a la radio un viejo casete que sacó de la guantera. Al instante, comenzó a sonar *American Pie* cantada por Don McLean.

> *A long long time ago*
> *I can still remember how*
> *That music used to make me smile*
> *And I knew if I had my chance*
> *That I could make those people dance*
> *And maybe they'd be happy for a while…*

Puse reversa y salí hacia la calle. Mis dedos tamborileaban sobre el volante, siguiendo el ritmo de la guitarra. Sentí algo parecido a la confianza cuando enfilé directo hacia la Pacific Coast Highway, como si el tener las manos bien aferradas al volante me permitiera también controlar el destino de mi propia vida. Tal vez eso era lo que me hacía falta: comenzar a guiar el carro en lugar de esperar a que alguien quisiera pasarme a buscar.

—*So bye, bye Miss American Pie...* —me atreví a cantar al compás de la canción.

—*Drove my Chevy to the levee but the levee was dry...* —continuó Jade y me guiñó un ojo con complicidad.

Nos incorporamos a la I-5 en dirección al sur y con sorpresa comprobamos que el tráfico fluía sin provocar retrasos ni congestión. Decidí que interpretaría ese milagro carretero como un augurio de buena suerte, que sepultaba con hechos concretos todo el fatalismo anunciado por el tarot. Jade, a mi lado, sacó de su mochila varios papeles y un lápiz y comenzó a hacer un repaso a viva voz de las provisiones que llevábamos: dos botellas de agua filtrada, un paquete de galletas Oreo, tres tarros de papitas horneadas y no fritas —como se encargó de aclarar con el dedo en alto—, varios sobres de sopa en polvo, una baguette y cuatro tipos de quesos.

—¡Pero si el viaje va a durar sólo ocho horas! —exclamé—. Trajiste comida como para alimentar a toda una familia.

—No me discutas, yo sé por qué hago las cosas —me contestó—. Ahora préstame tu teléfono, que es mucho más moderno y rápido que el mío.

Se acomodó en el asiento, encendió mi iPhone (descubrí con preocupación que sabía la clave de acceso) y se quedó en silencio unos minutos leyendo algo en internet. En la radio, empezó a escucharse *Sweet Dreams (are made of this)*. Una nueva oleada de entusiasmo me invadió el cuerpo: recordé de pronto lo mucho que me gustaba esa canción. Comencé a cantar

junto a Annie Lennox, sin que me importara mi voz desafinada
y mi absoluta incapacidad para alcanzar las notas altas:

Some of them want to use you
Some of them want to get used by you
Some of them want to abuse you
Some of them want to be abused.

La última vez que nos vimos en el hospital, Chava no me
dio pistas sobre su padre. Ni la más mínima. Sólo me dijo
que su madre casi no hablaba de él, y que después de muchas
discusiones accedió a darle la dirección, probablemente atur-
dida ante el hecho de que su hijo no iba a volver a caminar.
Que por eso necesitaba la foto, para poder darle un rostro al
fantasma de Salvador García —como se llamaba su papá—
que habitaba dentro de su cabeza. Me intrigaba saber cómo
sería el hombre que íbamos camino a visitar. Por alguna razón
me lo imaginaba con el mismo rostro de Chava, de grandes
ojos oscuros, pómulos muy marcados, quizás el labio superior
cubierto por un frondoso bigote, espaldas anchas y angulosas
y la piel curtida por el sol de Mexicali. Había leído fugazmente
en Wikipedia que esa ciudad era conocida por ser una de las
zonas más sísmicas de México y, sobre todo, por las altas temperaturas que calcinaban sin clemencia a sus habitantes.

¿Cómo nos iría a recibir Salvador García? Ni a Jade ni a
mí se nos cruzó por la cabeza el hecho de que a lo mejor el
hombre no quería tener contacto con su hijo. Quizás había
cortado toda relación con Paty y Chava porque no le interesa-
ba en lo más mínimo estar al tanto de sus vidas. ¿Y si se negaba
a dejarse fotografiar? ¿Y si nos corría a empujones de su casa,

furioso por nuestra inoportuna visita? ¿Y si la dirección que disponíamos no conducía realmente hasta su residencia?

Jade dejó por unos segundos el celular y se puso a revisar los papeles que tenía en las manos.

—Sí, tenemos los pasaportes, nuestras identificaciones, el registro y el seguro del coche —dijo con satisfacción—. Todo está en orden. Hacemos una buena dupla, Eric.

—Me gusta la música que seleccionaste —confesé, mientras me movía al compás de *Take on me* y permitía que mis dudas sobre Salvador García terminaran por evaporarse.

—Claro que te gusta. Elegí sólo tus canciones favoritas.

—¿Y cómo sabes cuáles son mis canciones favoritas? —pregunté, la vista fija en la carretera.

Por toda respuesta, Jade esbozó una sonrisa llena de picardía.

—Si mantenemos este ritmo, deberíamos estar cruzando la frontera en un poco menos de tres horas —calculó—. ¿A cuánto vas?

—A la velocidad permitida.

—Aumenta un poco.

—No, no quiero que nos multen.

—Aumenta un poco, te digo. Según tu Waze, no hay policías a la vista.

Pisé un poco más el acelerador y decidí pasarme al carril de la izquierda. Con el esfuerzo, el coche comenzó a temblar. Para no oír el estruendo de latas, Jade subió el volumen de la radio:

> *Oh the things that you say*
> *Is it live or*
> *Just to play my worries away*

You're all the things I've got to remember
You're shying away
I'll be coming for you anyway…

La canción siguiente resultó ser *Black or White*, de Michael Jackson. Di un brinco en mi asiento. Recordé de inmediato cuando, un par de años atrás, Jade y yo nos habíamos pasado el día entero revisando videos en YouTube y uno de los que más me había interesado era precisamente el de ese tema, porque participaban Iman, Eddie Murphy y Magic Johnson. Además, la historia estaba situada en Egipto, llena de faraones, pirámides y coreografías imposibles de repetir.

—Yo me acuerdo de todo —musitó Jade con orgullo—. De todo.

Regresé la vista hacia la carretera que se extendía infinita frente a nosotros, tratando de descifrar ese "de todo" recién pronunciado por mi amiga. Estoy seguro de que no se refería precisamente a mis gustos musicales, o a mi color favorito, ni a mi fecha de nacimiento. ¿Quería dejarme saber algo más?

De vez en cuando nos adelantaban un par de coches, a pesar de que iba más rápido de lo permitido. A veces yo los rebasaba y durante una fracción de segundo volteaba a verlos para inventar la vida que se vivía en el interior de ese otro auto: hombres solos y aburridos que de seguro regresaban de algún viaje de negocios para reencontrarse con sus esposas; parejas jóvenes que parloteaban entusiasmadas rumbo a la frontera donde iban a casarse sin que sus padres se enteraran; incluso nos cruzamos con una pequeña Van repleta de monjas que nos saludaron a través de las ventanillas, y cuya visión me desconcertó tanto que decidí ponerle fin al juego.

—Tengo hambre —dijo Jade—. Y te apuesto que tú también.

La verdad, estaba intentando no prestarle atención a mis tripas, que reclamaban algún tipo de alimento hacía ya varios kilómetros. Celebré en silencio cuando mi amiga estiró la mano hacia el asiento trasero, hurgó dentro de una de sus bolsas plásticas y sacó triunfal un envase de galletas. Repartió equitativamente un par para cada uno y reclinó un poco el asiento, para disfrutar mejor. Separó la galleta en dos y se dedicó a lamer con gula la dulce y blanca crema del centro.

—La vida es buena, Eric —concluyó—. Que nunca se te olvide.

No le respondí, porque tenía la boca llena de azúcar y de sabor a infancia. En la radio sonaba *California Dreamin'*, cantada por The Mamas & the Papas. Era la canción favorita de mi abuela Lucy, con la que también disfrutaba de comer galletas a escondidas de mis padres. Y en un parpadeo el paisaje al otro lado del parabrisas fue reemplazado por la imagen de una playa algo desierta, el alboroto de las gaviotas sobre nuestras cabezas, las tres de la tarde de un lejano verano, y mi abuela con su traje de baño rojo sentada junto a mí sobre una enorme toalla de rayas amarillas y blancas, compartiendo un paquete de galletas que habíamos pasado a comprar unas horas antes. Junto con cada mordisco, los dos tratábamos de gesticular al máximo para reflejar una cara llena de éxtasis al degustar tanta delicia. Al final, nuestras muecas eran tan exageradas y dramáticas que terminábamos riéndonos a carcajadas el uno del otro tumbados sobre la arena. Tan poco que duró esa época de sol, baños de mar y la mano de mi abuela tomando la mía. Y su voz. Su voz cantando llena de entusiasmo mientras terminaba de maquillarse frente al espejo del baño, o cuando me subía al coche con ella para irnos a la playa un domingo después del almuerzo.

All the leaves are brown
and the sky is grey.
I've been for a walk
on a winter's day.
I'd be safe and warm
If I was in L.A.

—Quedan veinte minutos para llegar al puesto fronterizo —dijo Jade, y me trajo de un golpe de regreso al coche algo recalentado por el ineficiente aire acondicionado—. Cuando veas la salida hacia Anza Rd, vete por ahí. Yo voy a tener a mano los pasaportes.

Aún con la tibieza del recuerdo y la risa de mi abuela en los oídos, giré el volante y continué el camino siguiendo las indicaciones del GPS que Jade había activado. Cuatro kilómetros más y desembocamos en Imperial Ave. De pronto cobré conciencia de que el panorama a nuestro alrededor había cambiado radicalmente desde que nos salimos de la carretera principal. Construcciones chatas y desteñidas por el sol se recortaban a cada lado de la calzada contra un cielo algo plomizo y sin nubes. Gasolineras, gigantescos galpones de Duty Free, talleres mecánicos y locales de comida rápida se sucedían uno tras otro a lo largo de la avenida.

Vimos aparecer sobre nuestras cabezas un enorme cartel verde que anunciaba *International Border / Mexicali*. El estómago me dio un brinco. Eso quería decir que la casa de Salvador García estaba a pocos kilómetros de distancia. La calle se redujo a dos carriles y todos los coches que nos dirigíamos hacia México tuvimos que luchar por imponernos los unos frente a los otros. Quedé detrás de un enorme camión de mudanzas. *Last U turn, left lane,* leímos en un letrero. *Warning, weapons illegal in Mexico,* decía en otro. *Permit required to export firearms. International Border, 10 mts.* Jade y yo permanecimos en total silencio, la vista fija en el camino y en cada una de las notificaciones que iban apareciendo en la ruta, sopesando todas las opciones a las que nos podíamos enfrentar en los siguientes minutos.

Nunca había atravesado una frontera terrestre. Todos mis viajes habían sido a través de un aeropuerto y con mi padre a cargo de todo. Yo simplemente me limitaba a seguirlos por los interminables pasillos de la terminal, a pasarles mi pasaporte cuando me era requerido, a volver a guardarlo en el estuche especialmente comprado para ese fin, y a abrocharme el cinturón de seguridad una vez dentro del avión. Jamás había tenido que lidiar con agentes de migración, con preguntas capciosas y formularios que imaginaba interminables y confusos. Sentí el sudor en las palmas de mis manos, aferradas al volante con tanta intensidad que mis nudillos lucían blancos y tirantes.

Un par de metros más adelante, la calle volvió a ensancharse y los dos carriles se convirtieron en seis diferentes pistas, todas conducentes hacia una altísima construcción más parecida a una plaza de peaje que a lo que yo imaginaba era un cruce fronterizo. Varios uniformados nos hacían gestos para que siguiéramos avanzando rumbo a una de las casetas. Un camino de conos anaranjados me señaló la ruta hasta un oficial que se acercó a mi ventanilla.

—Pasaportes —pidió.

Jade, muy obediente, pasó por encima de mí y le extendió los papeles. El hombre se quedó unos instantes mirándole la enorme sonrisa, el sombrero de diva que no combinaba para nada con su ropa ni mucho menos con el estado del coche en el que viajábamos, y las dos trenzas color chicle que llamaban la atención a metros de distancia.

—¿Motivo del viaje? —preguntó.

Yo iba a contestar pero Jade, una vez más, se me adelantó:

—Vamos a resolver un doloroso tema del pasado —dijo con voz melodramática—. Es un asunto de vida o muerte, oficial.

El agente pestañeó un par de veces, intentando procesar la respuesta de mi amiga. Como no supo qué decir, volvió a mirar los pasaportes, supongo que para comprobar que nos parecíamos a las fotos de nuestras identificaciones, y nos indicó que podíamos seguir adelante:

—Bienvenidos a México.

Retomé la marcha sintiendo que la densidad de mi cuerpo era distinta. Había atravesado mi primera frontera. Eran mis manos las que habían conducido el vehículo por casi cuatrocientos kilómetros. Esta vez fui yo el que volvió a encender la radio. Cuando escuché los primeros acordes de *Stayin' Alive*, de los Bee Gees, no pude evitar que una sonrisa tomara por asalto mi boca. Una sonrisa. La primera en mucho, muchísimo tiempo.

Recién entonces me pregunté si tal vez Chava habría provocado este viaje a propósito o no. Cualquiera que haya sido su intención, era lo más divertido a lo que me había enfrentado en los últimos meses. Y sólo eso me bastaba para agradecérselo desde el fondo de mi corazón.

31
#VACÍO

Luego de haber sorprendido a Simon con el tipo del tatuaje en la cocina de su casa, resolví que lo mejor que podía hacer era morirme lo antes posible. Decidí que necesitaba un plan efectivo y rápido para irme de este mundo, y lo único que se me ocurrió fue quedarme acostado hasta que mi cuerpo se apagara y renunciara a la dolorosa tarea de seguir respirando. Por lo mismo, al día siguiente no hice el intento de ir a clases. Mabel se quedó esperando junto a la cama a que le recibiera la bandeja con el desayuno, y al ver que ni siquiera asomé la cabeza de debajo de las sábanas, no tuvo más remedio que regresarse a la cocina con su frustración a cuestas.

Bajo los cobertores, yo no era capaz de detener el llanto. Me dolían los ojos, la garganta y cada una de las costillas. Por lo visto era cierto aquello que Jade una vez me contó durante uno de sus ataques de abandono y desilusión, por culpa de alguno de sus tantos amores imposibles: cuando alguien te rompe el corazón, tu organismo vive el luto contigo. Mi nariz todavía podía oler a Simon en la palma de mis manos. Mi piel era capaz de erizarse de sólo imaginarse que Simon se le acercaba. Ni siquiera tenía que bajar los párpados para volver a ver los lunares de su rostro brincarme encima llenos de deseo. Mis oídos creían escuchar su voz cada vez que alguien hablaba al otro lado de la puerta cerrada de mi cuarto. Pero no. Ni sus manos iban a volver a tocar mi piel, ni su cuerpo iba a frotarse una vez más contra el mío, ni tampoco era el timbre varonil de su voz el que platicaba allá lejos en el pasillo.

Seguí llorando por el dolor de la traición. Por no haber sido capaz de atar los cabos que siempre tuve frente a mí y que no quise ver.

El sonido de un nuevo WhatsApp en mi celular me hizo estirar la mano hacia la mesita de noche. Sin asomarme debajo de las sábanas busqué a tientas el teléfono. Cuando lo encontré, lo metí conmigo en mi nuevo mundo de oscuridad y agonía.

Jade: ¿Estás enfermo? ¿Por qué no viniste a clases?

No, Jade, lo siento. No tenía intenciones de ponerme a chatear contigo, ni mucho menos de comenzar a desahogarme de todo el dolor que me tenía al borde de la muerte. O al menos eso era lo que deseaba: que mis horas tuviesen fecha de expiración.

Jade: ¿Estás con Simon? Tampoco vino hoy a la escuela.

Eso me llamó la atención. ¿Por qué Simon habría decidido también quedarse en su casa? Él no me vio asomarme por la puerta de su cocina. Ni me vio salir a tropezones hacia Abbot Kinney y vomitar sobre la acera. No tenía de qué esconderse.

No tenía razón para lamentarse a solas, como yo, hasta consumirse de desilusión y tristeza.

Simon Davis no había asistido a clases. ¿Estaría arrepentido de lo que hizo?

#Hope #Vamosquesepuede #Esperanza.

Sin pensarlo demasiado, busqué su contacto en mi celular y lo llamé. No alcanzó a replicar ni una sola vez y pude escuchar con toda claridad el mensaje de la compañía telefónica: *We're sorry, you have reached a number that has been disconnected or is no longer in service.* Fue un disparo al corazón. Volví a marcar, esta vez algo más ciego a causa de las lágrimas que me volvieron a inundar los ojos. El resultado fue el mismo. El número de Simon Davis ya no estaba en servicio. Había suspendido la línea.

Un nuevo mensaje de Jade entró al buzón de WhatsApp:

Jade: No te estás perdiendo de nada. Día aburrido. Mañana te entrego las notas. Espero que te la estés pasando bien y te hayan llevado de nuevo a pasear por Mulholland Drive. J

Lancé lejos el celular, que se estrelló con un quejido contra la pared del cuarto. Me hundí aún más bajo el cobertor, con la esperanza de que mi cama se convirtiera en la fosa de una sepultura, para dejarme caer en ella y esperar a que los gusanos se hicieran cargo de mis restos.

Debí haberme quedado dormido; desperté de un salto a causa de los fuertes golpes en la puerta. Seguía aún bajo las sábanas algo húmedas a causa de mis lágrimas. Cuando saqué la cabeza, me quedé unos instantes sin entender dónde estaba o qué había pasado. De pronto comprendí que era de noche y que mi habitación se hallaba en total oscuridad.

—Eric, ¿estás ahí? —oí al otro lado de la puerta.

Me apresuré a encender la luz de la mesita junto a la cama justo cuando mi padre entró sin esperar una respuesta. Me encontró enredado en las sábanas, los ojos enrojecidos de llanto y una expresión de haber sido sorprendido en el momento menos oportuno.

—Mabel nos dijo que no fuiste al colegio y que no has salido en todo el día —dijo alarmado.

"Miente, Eric. Miente. Miente todo lo que haga falta, hasta que termines por creértelo. Eso te ha servido siempre. Te convirtió en el mejor hijo del mundo. Miente."

—No me siento bien —murmuré.

—¿Quieres que llame al doctor Stanley?

—No. Quiero dormir, papá. Por favor.

Era obvio que después de ese "por favor" no iba a seguir discutiendo conmigo. Pero se quedó en el umbral, inmóvil, la mirada hacia mí. Lo vi abrir la boca, a punto de decir algo. Algo que nunca antes había dicho y que, por alguna razón, intuí que no me iba a gustar. Algo que iba a provocar una nueva mentira para cubrir las anteriores, que empezaban a acumularse como escombros dentro de un recipiente que nadie se encargó de limpiar.

—Eric, yo quisiera que… —alcanzó a decir antes de volver a callarse.

Tuve miedo. Mucho miedo. Miedo de sus ojos fijos en los míos. Miedo del tono tan distinto al de su voz habitual. Miedo de que junto con la puerta de mi cuarto, hubiera abierto un nuevo espacio de confianza donde quisiera saber más de mis actividades, de mis sentimientos.

De pronto, el rostro de mi madre se asomó por detrás de mi papá. Su expresión cambió de súbito al verme en ese estado. Sin hacer una sola pregunta, avanzó a toda velocidad hacia mí, se sentó en la cama y me puso la mano sobre la frente.

—Richard, llama al doctor Stanley —pidió—. Este niño tiene fiebre.

—Estoy bien —rezongué.

—No, no estás bien. ¡Si vieras la cara que tienes! —exclamó—. Richard, por favor. Llámalo ahora mismo.

Pero mi padre, una vez más, se quedó inmóvil junto a la puerta. Y de nuevo sus ojos se lanzaron en picada contra los míos, con la misma intensidad que un águila contempla a su presa el instante previo a destrozarla con sus garras.

—¿Qué está pasando, Eric? —dijo, serio—. Quiero saber la verdad.

—¡Richard! —lo confrontó mi madre.

—Es obvio que nos está ocultando algo y quiero saber de qué se trata —le respondió. Y agregó, volteándose hacia mí—. Más vale que empieces a hablar, Eric. Me estás asustando.

Me quedé esperando que mi madre, como siempre sucedía en esos casos, tomara partido por mí y sacara apurada a mi padre del cuarto, exigiéndole respeto por mi privacidad. Pero en esta ocasión lo que siguió a las palabras de mi papá fue un silencio tan espeso y contundente que conseguí escuchar con toda claridad el viento al despeinar las palmeras en la calle.

—Habla —ordenó.

Pude sentir una mejor versión de mí mismo dentro de mi cuerpo, agazapada detrás de algún órgano, diciéndome que era hora de enfrentarme a ellos, de decirles la verdad y así por fin terminar de crecer. Un Eric distinto a mí, pero que cohabitaba conmigo, hacía el esfuerzo por empujarme hacia el límite. "Es muy fácil", me susurraba desde lo más profundo de mi ser.

"Abre la boca, Eric. Sólo abre la boca y las palabras saldrán solas, porque llevas años ensayando este momento." Y sí, era cierto, yo quería decirles la verdad de la manera más inofensiva posible, para que no hubiera llantos o discusiones, pero mi yo interior no me dejaba pensar porque a cada rato insistía: "¿Qué pasa? ¿No te atreves, Eric? Creí que eras más valiente". Y aquella voz me presionaba, me forzaba sin pausa: "Ya es hora, Eric, llegó el día de ser honesto, Eric, no seas miedoso, Eric", pero por más que los miré directo a los ojos, intentando hablar por medio de mis pupilas y pestañeos, no fui capaz. No fui capaz. ¿De verdad pretendes llenar esta casa con un batallón de maricones? Entonces, una vez más, la mentira empezó a parecerme real. Tan real como la verdad que no conseguía salir de mi boca. Y por más que quería terminar con el engaño, y mi madre me miraba con cara de "está bien decir la verdad, puedes confiar en mí", no conseguí que la mejor versión de mí mismo se hiciera cargo de la situación y me sacara de la tortura de jugar a ser lo que no era. Una vez más dejé que ganara el Eric cobarde. El que todos creían el mejor hijo del mundo. El que quería morirse cuanto antes para dejar de sentir ese vacío dentro del pecho.

—¡Habla! —rugió mi padre.

—Yo… me rompieron el corazón —mascullé.

—¡Te lo dije, Richard! —exclamó con alivio mi madre—. ¡Te dije que eran penas de amor!

—¿Y quién es ella? —preguntó mi padre—. ¿La conocemos?

"No es *ella*. Es él. Simon. Se llama Simon Davis. Y no, no lo conocen porque me he encargado de nunca mencionar su nombre frente a ustedes, y jamás me han visto junto a él a la salida del colegio, o bajándome de su coche, o escapándome por la ventana en mitad de la noche para ir a meterme a su cama."

Negué.

—No, Richard, no la conocemos… —precisó mi madre, como si en el fondo quisiera decir "tenemos que averiguar todo lo posible sobre esa muchachita que está haciendo sufrir a nuestro querido y perfecto hijo".

De ese modo, con ese simple movimiento de mi cabeza, hice eterna la mentira que para ellos era una verdad. Mi mamá sonrió emocionada, porque le dije lo que deseaba oír. Mi padre también pareció más aliviado.

—Cuéntame cómo la conociste; hablar de eso te ayudará a ponerte bien —dijo ella y me tomó la mano, que temblaba tanto como la suya—. Sé que esto es muy difícil para ti, Eric, pero si lo dices en voz alta vas a sentirte mejor.

—No te calles la verdad, hijo —aconsejó mi padre, siempre desde la puerta—. Y para la próxima, preséntanos a tu novia.

—Estamos aquí para lo que necesites —remató mi madre—. No nos dejes fuera de estos momentos tan importantes de tu vida.

Yo asentía a cada palabra, humillado porque la mejor versión de mí mismo me insultaba sin tregua desde su escondite. "Cobarde, Eric. Eso es lo que eres. Un maldito cobarde. Un estúpido cobarde."

—No es esa amiga tuya, ¿verdad? ¿La del pelo naranja? —preguntó mi padre asustado.

—No. No es Jade —aclaré.

—Qué bueno. Me alegro mucho. Ella es demasiado…

Y suspendió la frase. En lugar de completar la idea que tenía en mente, para así no dejarme con la duda, le hizo una seña a mi madre para que abandonaran la habitación y me dejaran recuperarme en paz de mi supuesto despecho amoroso provocado por una misteriosa novia de la cual yo jamás había pronunciado palabra alguna. Mi mamá me dio un beso en la frente y me sonrió con esa sonrisa tan llena de felicidad y orgullo que siempre me regalaba cuando descubría que ella aún podía sentirse indispensable en mi vida.

—Todo va a estar bien, mi amor. El corazón siempre se recupera —susurró en mi oreja.

Pero yo sabía que aquello era una mentira.

Al día siguiente tampoco fui al colegio y nadie cuestionó mi decisión. Pero no iba a quedarme en cama. Tal vez Simon Davis había cancelado su línea telefónica para que nadie pudiera comunicarse con él, pero en algún momento iba a tener que salir (o entrar) de su casa. Y yo iba a estar ahí, agazapado. Esperando. Dispuesto a exigirle una explicación que justificara su brusca ausencia.

Llegué a Venice justo después de la hora del almuerzo. Si Simon había asistido a clases, probablemente se aparecería por ahí en pocos minutos, con su mochila al hombro y esa expresión de ir sumergido en algo sumamente importante que no pensaba compartir con nadie. Pero si por alguna razón aún continuaba encerrado en su cuarto, escapando de quién sabe qué cosa, iba a tener que salir a buscarse algo para comer al restaurante orgánico de la esquina, su favorito, tal como me había confesado una vez en una de nuestras largas charlas recostados desnudos sobre su colchón.

Me apoyé contra un poste de la calle. Era cosa de esperar el tiempo necesario para poder enfrentarlo y conseguir las respuestas que me hacían falta.

Desde el lugar donde me encontraba ubiqué la ventana de su cuarto, en la segunda planta. Tenía las cortinas cerradas, cosa que no era muy habitual, por lo que me resultó imposible adivinar si había alguien dentro. De pronto me asaltó una duda: ¿y si el tipo del tatuaje y el piercing en la ceja estaba también ahí? Quizá Simon lo había invitado a quedarse con él, igual como me rogaba a mí que no me regresara a mi hogar. *Nadie puede saberlo, Eric.* Y no, nadie lo supo. Sólo mi corazón, que todavía no se reponía de aquel zarpazo mortal en la cocina. ¿Cumpliría ese tipo la promesa de quedarse en silencio, así como yo la cumplí?

Escuché ruido en la puerta principal. Por lo visto alguien estaba abriendo para salir. Simon. Tenía que ser él. Mi teoría de tener que ir a buscarse el almuerzo al restaurante orgánico estaba en lo cierto. Por fin. Di un paso hacia la residencia de los Davis, dispuesto a encararlo por sorpresa, pero me detuve en seco al ver que en el umbral apareció su padre, muy serio, con un gesto de profunda preocupación ensombreciéndole el rostro. También frenó al verme en mitad de la acera. Nos quedamos unos instantes en silencio, midiéndonos desde la distancia, esperando a ver quién hablaba primero.

—¿Qué quieres? —me lanzó impaciente.

—Hablar con Simon —respondí.

El hombre bajó la vista, como si buscara en la punta de sus relucientes y elegantes zapatos la contestación que debía darme. Negó con la cabeza.

—Simon no está.

—Sé que no fue a clases —dije y me acerqué un par de pasos—. Necesito hablar con él. Por favor.

—Simon se regresó esta mañana a Miami, con su madre.

Consciente de lo que sus palabras iban a provocar, se quedó contemplándome en silencio. Había en él un rictus de triunfo, de perverso gozo al saber que aquella respuesta era lo último que yo deseaba oír.

—No lo busques más —sentenció—. ¿Me oyes? ¡Deja en paz a mi hijo! ¡No quiero que se relacione con alguien como tú!

El aire de Venice se encendió de súbito y una bocanada de fuego entró hacia mis pulmones. Fue como estar en el epicentro de una bomba de neutrones, en el momento exacto de su brutal detonación. El paisaje que rodeaba aquella hermosa casa de paredes azul petróleo y ventanas blancas se cubrió de un fogonazo blanco que escondió el mundo entero y nos dejó al padre de Simon y a mí como únicas figuras con contornos definidos. El infierno. Descubrí que el infierno no era un lugar rojo lleno de llamas y tridentes. Muy por el contrario. El infierno era una calle donde el aire quemaba por dentro y la luz era tan intensa que derretía hasta el metal más poderoso.

No quiero que se relacione con alguien como tú.

Alguien como tú.

Creo que me eché a correr. Creo que aquel hombre siguió gritándome insultos que ya no conseguí escuchar. Creo que regresaré a mi casa, temblando de pies a cabeza. Creo que cuando entré a mi cuarto me lancé de bruces sobre la cama, y hundí la cara en los almohadones. Y creo que terminé de entender que una vez que se cae en el infierno, ya no hay cómo escapar de ahí.

Creo. No estoy seguro. Y todo porque morí en Westminster Ave y mi cuerpo aún no se daba cuenta.

32
#SALVADOR

Luego de recibir de regreso nuestros pasaportes de manos del agente de migración, atravesamos la frontera y retomé la marcha. Después de diez minutos de trayecto donde Estados Unidos quedó a nuestras espaldas y México se abrió ante nosotros a través del parabrisas, Jade me hizo doblar hacia una pequeña calle lateral siguiendo las indicaciones del GPS. Entonces se acabó el pavimento y el vehículo temblequeó aún más fuerte por culpa del ripio por el cual empezamos a circular. Más adelante volví a bajar la velocidad a medida que un nuevo camino se fue adentrando en el vasto desierto en el que se había convertido cada lado de la carretera. Dejamos atrás un par de granjas desoladas que lucían desatendidas, al igual que una casa de madera que se sostenía de milagro, y seguimos adelante confiados en la ruta que nos señalaba el teléfono y en la buena suerte que, hasta ese momento, nos había acompañado.

—Según esto, quedan menos de tres kilómetros —dijo Jade, mostrándome el teléfono—. ¡Ya estamos llegando!

Un par de niños salieron del interior de sus modestas casas, arrastrando los pies sobre la tierra a causa del calor. Al vernos cruzar frente a ellos se detuvieron algo aturdidos, como si nos tratáramos de un espejismo y no de un vehículo real que transportaba a dos personas que lucían completamente postizas y sobrepuestas en medio de un paisaje hecho sólo de cafés y amarillos. Quedaron ocultos por la nube de polvo que dejó nuestro paso. Cuando miré por el espejo retrovisor, ya no estaban.

¿Cuál sería la mejor manera de decirle a Salvador García que su hijo no iba a volver a caminar? ¿Cómo iría a reaccionar ante la noticia?

—¡Un momento! —gritó Jade de improviso.

Asustado, frené de inmediato. El coche derrapó unos momentos sobre la tierra suelta del camino y se detuvo en mitad de aquella desolación.

—El GPS se volvió loco —anunció mi amiga—. Ya no sé dónde estamos, ni si el camino que hemos venido siguiendo es el correcto.

Las cosas no van a salir como esperamos.

Apagué el motor y me bajé del coche. Sentí el aire tan caliente como un golpe que calcinaba el paisaje. Jade me imitó. Dio un par de pasos pero se detuvo de inmediato, incapaz de luchar contra el cansancio y la desorientación. Permanecimos quietos unos momentos, aparentando oir un ruido que no había.

—Te lo dije —musitó mi amiga—. El tarot no miente.

Puede llegar a ser un viaje terrible…

Bajé la vista y descubrí los esqueletos aplastados de un par de polluelos, con sus picos transparentes y las alas más parecidas a las de un murciélago o un ave prehistórica. Me imaginé que Salvador García debía de ser un hombre tan seco y marchito como el nuevo mundo en el que nos hallábamos. ¿Y si estaba muerto? A lo mejor su esqueleto lucía en el interior de su tumba tan decrépito como los cadáveres de los pájaros junto a mis zapatos.

Por un instante tuve el impulso de regresar al coche, arrancar el motor, encender el aire acondicionado a todo lo que daba y apretar a fondo el acelerador de la carcacha de Jade para, en tan sólo cuatro horas y seis minutos, regresar a la plácida seguridad de mi hogar en Pointe Dume.

Puede llegar a ser un viaje terrible... o no.

Pero detuve a mi instinto. No había cruzado una frontera para terminar arrepintiéndome a metros de mi destino. No iba a permitir que un par de cartas esotéricas me echaran a perder lo que se estaba convirtiendo en la mejor aventura de mi vida, y todo por tratar de hacer feliz a mi amigo Chava.

Empecé a caminar de regreso al auto.

—¿Adónde vas? —preguntó Jade, luchando contra la combustión que la consumía.

—A buscar a Salvador García. Súbete.

Retomamos la marcha. Mi amiga decidió no volver a consultar el GPS, que durante unos momentos señalaba hacia el norte y al segundo siguiente orientaba la ruta hacia el sur. Por lo visto los satélites habían enloquecido de calor. O de cansancio. O simplemente se trataba de la vida enseñándonos a usar por primera vez nuestra brújula interna. O quizás el padre de Chava no quería ser descubierto y no nos quedaba otra alternativa que salir a cazarlo guiados por los más simples indicios que el propio camino nos iba revelando. "Haz el intento y dobla en el árbol, Eric. Eso, sigue derecho hasta esa roca enorme que se ve más allá.

Mira, un puente. ¿Te parece si ahora giramos hacia la derecha, donde está esa cruz pintada de blanco…?"

Rodeamos lo que me pareció el descomunal esqueleto de una ballena milenaria, que resultó ser el andamiaje podrido de un enorme galpón de madera, tan vacío y abandonado como todo lo que nos rodeaba. Al terminar de cruzar junto a él, descubrimos más atrás una pequeña casita compuesta por apenas dos ventanas, una puerta descuadrada y un inestable techo de latas, que lucía insignificante ante la vastedad del horizonte y la inmensa construcción en ruinas que le proporcionaba algo de sombra. Me pareció que esa casa era el lugar perfecto donde esconderse luego de abandonar a un hijo y su madre, y así desaparecerse para siempre.

Habíamos llegado. Mis entrañas me lo aseguraban. O mi voz interna, o lo que fuera.

Apagué una vez más el motor y salté hacia el exterior. Jade se bajó conmigo, sin cuestionar mi intuición ni la audacia de mis pasos, que enfilaron rumbo a la sencilla vivienda. Eché un rápido vistazo a mi alrededor. Vi un par de neumáticos viejos que claramente nadie había movido de ahí hacía años. El suelo que rodeaba la casa, de cemento y salpicado de manchas de aceite, estaba lleno de grietas probablemente causadas por algún terremoto y la mala calidad de la mezcla. Junto a la puerta había una vieja cubeta llena de agua, con los bordes y el mango oxidados, rodeada de herramientas tan antiguas como la construcción. Alcancé a ver rastrillos de dientes curvados, dos palas llenas de tierra seca adherida, un serrucho algo roñoso y un hacha herrumbrosa con el mango apoyado contra el muro, como un anciano trabajador que se recuesta a tomar un descanso.

Escuché un lejano ladrido. El eco se quedó rebotando en cada una de las piedras de la zona y tardó varios segundos en desaparecer.

Iba a golpear cuando la puerta se abrió gracias a un empellón desde el interior, y la delgada silueta de un hombre llenó mi campo visual. Alcancé a ver que tenía el pelo blanco y la piel curtida por el sol, llena de gruesas arrugas que le atravesaban la frente y las mejillas. Sus ojos pequeños y enmarcados por oscuras bolsas de piel se llenaron de sorpresa y temor al verme tan cerca.

—¿Qué quieren? —gruñó.

Jade se adelantó unos pasos y le ofreció una de sus clásicas sonrisas de comisuras levantadas, que siempre usaba para las aburridas fotografías familiares o para dejar en claro que era totalmente inofensiva y no tenía intenciones ocultas.

—Buenas tardes —dijo, con una voz que me resultó demasiado melodiosa—. Buscamos a Salvador García.

El hombre la miró de arriba abajo y se detuvo con especial confusión al descubrirle las trenzas rosadas asomadas debajo del enorme sombrero que aún portaba. Luego se volteó hacia mí, como preguntándome con la mirada qué clase de ser humano tenía a mi lado.

—¿Qué quieren? —repitió.

—Hablar con Salvador García —reiteró Jade.

El hombre se inclinó con dificultad y levantó la cubeta del suelo. Vació el agua que contenía sobre la tierra reseca, que se la bebió con urgencia. Escuché el crujido de sus huesos al doblarse y luego al volver a su posición original. Pasó junto a nosotros, con pasos cortos y algo endebles, sin siquiera mirarnos.

—Necesito agua —musitó.

Jade y yo nos miramos con desconcierto. Tal vez mi intuición me había fallado una vez más. El anciano que se alejaba hacia la parte trasera de la casa no podía ser el padre de Chava. No había nada en él, en su rostro, en su cuerpo, en sus movimientos, que me recordara al novio de mi amiga. Y aunque Paty debía de estar cerca de los cincuenta años, no la imaginaba enamorada de un hombre tan mayor como el que tenía enfrente.

—¡¿Conoce o no a Salvador García?! —grité, empezando a perder la paciencia.

—Sí —lo oí decir antes de perderse al otro lado del terreno.

Hay un nuevo comienzo… el fin de una etapa. Un cambio violento.

Sin pensar en lo que hacía, me eché a correr tras el viejo. Asustada, Jade me siguió. Sentí la incomodidad de la camisa mojada de sudor y adherida a mi espalda. Con cada paso, la temperatura de mi cuerpo aumentaba de manera vertiginosa. Si el trayecto hasta el hombre se prolongaba un par de metros, iba a evaporarme antes de llegar junto a él. Lo encontré frente a un pozo, terminando de atar la cubeta a un cordel. Con el dominio de quien ha repetido ese movimiento un millar de veces, ajustó el nudo y lanzó con toda precisión el balde por la boca abierta de la noria. Desde mi posición alcancé a escuchar el chasquido del metal al encontrar la superficie del agua, muchos metros más abajo.

—¿Qué quieren? —dijo, sin mirarme.

—Hablar con el padre de Chava —respondí y me acerqué tanto a él que pude oler su agrio aroma de anciano.

Comenzó a recoger la cuerda con sorprendente fuerza. La cubeta apareció en lo alto del pozo, rebosante de agua turbia.

—Paty —murmuró con una voz que pareció muy distinta a la normal.

Cerró los ojos durante un par de segundos. Hubiera deseado con todas mis fuerzas ser capaz de sumergirme al interior de su cabeza y ser testigo de sus pensamientos. De seguro, durante el brevísimo tiempo en que bajó los párpados, volvió a ver la enorme silueta de la rueda de la fortuna en el muelle de Santa Mónica, la sonrisa relajada de Paty con el cabello negro al viento, el griterío de las gaviotas sobre sus cabezas de recién enamorados, el roce de sus manos, el primer beso robado durante una carcajada de alegría. El pasado regresaba hasta su rancho perdido en mitad del desierto, en boca de un muchacho de ojos tristes y una joven de cabello rosa.

—Sí. Vamos a hablar —sentenció luego de su pausa.

—¿Usted es Salvador García?

—Para servirle, joven —e inclinó solemne la cabeza.

Con el balde colgando de una mano, se echó a andar de regreso hacia la casa.

—Estoy cocinando —dijo—. Y los dos se quedan a cenar conmigo.

Jade, que había llegado tras de mí, adivinó mi negativa y se apuró en responder:

—Claro que sí, don Salvador, muchas gracias —y agregó muy resuelta—: Le traemos un recado de su hijo.

—Mi hijo —repitió en voz baja.

El anciano apuró con cierta dificultad el paso. ¿Quería dejarnos atrás a nosotros, o a Chava, a Paty, al muelle de Santa Mónica...?

—¿Y ustedes quiénes son? —preguntó hacia atrás, sin detenerse.

—Amigos de Chava —contesté—. Me llamo Eric y ella es Jade.

Llegó junto a la puerta de la casa. Con un quejido de boca y huesos, dejó la cubeta cargada de agua en el mismo sitio de donde la había tomado, y sin decir una sola palabra, se metió a la vivienda. No me atreví a entrar. Por alguna razón, tenía la impresión de que el viejo no se sentía muy a gusto con nuestra presencia, y que iba a demorar todo lo posible nuestro ingreso a su casa. Pero para mi sorpresa, a los pocos instantes volvió a asomarse. Frenó en seco el ímpetu con el que venía avanzando al descubrirme tan cerca de la puerta. Sus ojos pequeños y apagados se llenaron una vez más de genuina sorpresa y temor al verme.

—¿Qué quieren? —me lanzó a la cara.

No supe qué responder. ¿Qué clase de broma era ésa? ¿Acaso nos estaba tomando el pelo al preguntarnos una y otra vez lo mismo?

Un lejano estruendo sacudió el insoportable silencio del lugar y se quedó vibrando allá en lo alto. En un primer momento pensé que se trataba del paso de un enorme camión con acoplado a toda velocidad, pero después recordé que estábamos en mitad de la nada y que ahí no había camiones, ni acoplados, ni mucho menos carreteras por dónde transitar. Vi al viejo voltear hacia el cielo y fruncir el ceño en señal de malas noticias. Entonces comprendí que acababa de escuchar un trueno, cosa que me pareció imposible porque, según había leído en Wikipedia la noche anterior, Mexicali era una de las ciudades con el índice más bajo de lluvia de México.

—¿Quiénes son ustedes y qué hacen aquí? —espetó con desconfianza, los ojos aún en las nubes. Y agregó de inmediato, como si hablara consigo mismo—: Necesito agua.

Y se inclinó una vez más para levantar la cubeta.

33
#TORMENTA

El anciano acomodó un abollado cuenco de hojalata directamente en el suelo, para recoger el nuevo hilo de agua que comenzó a filtrarse a través de las vigas del artesonado. Luego revisó con toda calma las otras vasijas, que también recibían las numerosas goteras que tenían convertido al techo en una superficie tan húmeda y líquida como el paisaje al otro lado de las ventanas. Verificó que aún no estaban llenos y que podían soportar un par de horas más antes de derramarse. Cuando recién terminó de recorrer todas las esquinas de su casa, y de comprobar que a pesar de la inesperada tormenta la situación estaba controlada, Salvador García se volvió hacia nosotros.

—¿Ya tienen hambre? —preguntó.

Yo negué con la cabeza por simple disciplina y buena educación, porque el viejo ni siquiera me estaba mirando. No le quitaba los ojos de encima a Jade, fascinado tal vez por la llamarada insolente de su cabello de un color imposible, o porque ella era la única que le celebraba con exagerado entusiasmo cada comentario. Fue Jade quien aceptó sin titubeos su invitación a cenar, quien decidió quedarse a dormir esa noche en una casucha que parecía desmoronarse por el peso de la lluvia contra el techo, y todo para evitar conducir de noche de regreso a Los Ángeles. Fue ella la que convenció a Salvador de que no se preocupara por nosotros, ya que, según sus propias palabras, los dos podíamos fácilmente acomodarnos en el sofá, cuando en realidad ni siquiera uno de nosotros cabía recostado en ese desvencijado sillón lleno de hoyos y resortes oxidados. Pero nada de eso pareció desanimarla. Ella, como si estuviera en el mejor hotel de Beverly Hills, instaló sobre los cojines sus dos almohadas y el cobertor que sacó del coche, ubicó a su oso de peluche para que pareciera que estaba a punto de caer vencido por el sueño, abrió su enorme maleta, de la que sacó un neceser repleto de cremas para el rostro, el pelo y el cuerpo que fue dejando una a una en el suelo, y distribuyó sobre una mesa el paquete de galletas Oreo, un par de tarros de papitas y algunos quesos que, supongo, pensaba comerse con la baguette algo dura a esa hora de la jornada. Luego, satisfecha del escenario que había montado, preguntó dónde estaba el baño para irse a poner el pijama. Salvador García, con un gesto que iba de la sorpresa al desconcierto, y del desconcierto al estupor, sólo atinó a señalar una puerta tan destartalada como el resto de la construcción.

—Vengo enseguida, no me tardo —dijo ella, jugando a ser la protagonista de una película de aventuras. Ay, amiga, te conozco tan bien.

Al desaparecer Jade, se produjo un silencio en el cual pude escuchar con toda claridad el frenético golpeteo de la lluvia en las latas del techo y contra el barro espumante en el que se había convertido la tierra reseca del exterior. El anciano se acercó hacia un tablón de madera que hacía las veces de cocina y alacena. Ahí se apiñaban algunas cajas de cereales, un paquete de arroz sin uso, un triste montón de platos sucios, un par de vasos y una olla que hacía equilibrio sobre un ennegrecido anafre conectado por medio de una manguera a un tanque de gas. Salvador tomó una cuchara y se detuvo a mitad del camino, sin saber muy bien qué hacer con ella. Se quedó observándola unos instantes, como si se tratara de un insondable misterio que debía descifrar. Vencido, soltó un suspiro y se giró para regresar hacia la misma área de la cual se había movido apenas unos segundos antes. Fue entonces cuando se topó nuevamente conmigo, el intruso que no tenía nada que hacer entre esas cuatro paredes.

—¿Ya tienen hambre? —volvió a preguntar.

Por un brevísimo instante, menos incluso que una fracción de segundo, las pupilas de Salvador García parecieron reaccionar ante lo que estaban observando: a mí. Y durante ese mínimo lapso, tan fugaz que tuve incluso la duda de si realmente existió, pude descubrir la mirada del hijo parapetada detrás de los ojos del padre. Ahí estaba Chava, por fin, camuflado entre los rasgos de su progenitor. Los dos compartían ese ademán de intensidad máxima, un poder de pupilas negras como el espacio sideral que no dejaba a nadie ileso una vez que se posaban sobre su destinatario. Esa mirada que yo había confundido con interés romántico y que en el fondo no era más que un detallado examen e inspección de la persona a la cual se estaban dirigiendo. ¿Desconfianza? ¿Protección? ¿Soberbia? Quién sabe. Tal vez todo eso junto y más. Luego de perforarme la piel con su mirada, bruscamente el semblante de Salvador cambió por una expresión inofensiva, como si el veneno en el interior de sus ojos se vaciara de golpe y fuera reemplazado por miel diluida en agua. Regresó así el anciano que repetía hasta el cansancio aquella pregunta, o que vagaba por las esquinas de su casa intentando recordar qué lo había hecho levantarse de la silla.

—¿Cuál era tu nombre?

—Eric —contesté—. Y estoy aquí porque Chava me pidió que viniera.

Asintió. Su cabello blanco relampagueó bajo la luz del único foco de la estancia. Lo vi repetir "Chava" en silencio, moviendo apenas los labios, como si estuviera preparándolos para ponerse a cantar.

—¿Y cómo está mi hijo?

Ahí estaba la única pregunta que no sabía cómo responder. Éste era el momento de hablarle del accidente. De los mastodontes que le quebraron la espalda. De la profunda tristeza de Paty por el diagnóstico médico. De la silenciosa soledad del cuarto del Cedars Sinai. Del deseo de tener al menos una imagen de su padre, para poder ponerle un rostro al fantasma que llevaba años persiguiéndolo.

—Muéstrale la foto, Eric.

Jade me habló desde la puerta del baño, enfundada en un pijama azul con la cabeza de un sonriente Mickey Mouse sobre su pecho. Como me tardé en responder, insistió:

—La que nos tomaste a Chava y a mí justo antes de su operación. Enséñasela.

Claro. Aquella foto. #Malasnoticias

Saqué el iPhone del bolsillo y abrí la carpeta donde había archivado la imagen. Jade aprovechó el paréntesis para acercarse a Salvador y tomarlo por el brazo.

—Chava es mi novio. Y necesita más que nunca la compañía de su padre.

Antes de que el anciano pudiera decir algo, le extendí el teléfono. Frunció los párpados para afinar la vista seguramente borrosa, y para acostumbrarse al intenso resplandor de la pantalla. Hizo el intento de mantener una actitud de cierta distancia. Estoy seguro de que Jade no se dio cuenta, pero yo sí lo vi apretar con disimulo la mandíbula. Al cabo de unos momentos, incapaz de esconder sus sentimientos, una lágrima se asomó por uno de sus ojos.

—Está enfermo —musitó.

—Un accidente. Se fracturó la espalda —dije.

—No va a volver a caminar —remató Jade, con toda seguridad jugando de nuevo a formar parte de una escena cinematográfica.

Salvador me quitó el teléfono y, con él entre sus manos, se alejó unos pasos. Su espalda se curvó en una suerte de quejumbrosa reverencia sobre el aparato para acercarse lo más posible a la fotografía donde Chava, desde su cama, lucía una deforme sonrisa de analgésicos minutos antes de partir rumbo al quirófano. Acarició con delicadeza el retrato. Sin saberlo, su dedo presionó más de lo necesario la pantalla del iPhone, lo que provocó un brusco *zoom in* en el rostro y multiplicó la expresión de agonía y desamparo de su hijo. Salvador reaccionó con temor, como si lo hubiera dañado.

—¡No fue mi culpa! —exclamó.

—Tranquilo, no pasa nada —lo calmé—. Es normal que cuando uno toque así el teléfono…

—¡No fue mi culpa! —me interrumpió, alterado—. ¡Yo siempre supe que iba a estar mejor con su madre que conmigo!

Salvador se dejó caer en el sillón, el único de la estancia, el mismo donde Jade había acomodado sus almohadas, el cobertor y su oso de camiseta *Bad Boy* que cayó al suelo empujado por el cuerpo del anciano. No nos atrevimos a interrumpirlo. Por lo visto, haberse enfrentado sin aviso a la imagen de Chava sacudió en él una culpa tan vieja como su casa, su cuerpo, y el dolor acumulado durante una vida que ahora luchaba por dominar.

La noche se convirtió en un pozo profundo donde fueron a parar nuestros silencios.

—Yo no podría haberlo ayudado. Está mejor con su madre. Sí. Mucho mejor —murmuró casi sin mover los labios—. Yo… yo me fui justo a tiempo, cuando esto empezó —y se tocó la cabeza—. Justo a tiempo.

Me devolvió el iPhone sin levantar la vista. Sus ojos parecían adheridos a los tablones sucios del suelo.

—No quise que me vieran… así —agregó—. Así…

—Lo único que Chava necesita es una foto, Salvador —intervino Jade—. Es todo lo que nos pidió.

El anciano negó con la cabeza.

—Es sólo una foto —insistió mi amiga—. Es lo menos que puede hacer por él.

—Una foto… ¡una foto no sirve de nada! —bufó el hombre, alzando la voz encima de la tormenta.

—Eso no es cierto —dijo Jade—. Una foto puede cambiar la vida de mucha gente. Si no, pregúntele a Eric.

A continuación sentí dos pares de ojos clavarse en mi rostro, apremiándome por una respuesta.

—¿A qué te refieres? —balbuceé.

—A esas fotos, las que te sacaste con Simon —contestó.

Mi primer impulso fue correr hacia mi mochila y comprobar que la computadora portátil seguía ahí. Que Jade no la había sacado en un descuido mío y que luego de ponerse a hurgar en mis archivos había encontrado la carpeta "Simon", ubicada en una esquina del *desktop* de la laptop. Una vez más, mi amiga pareció adivinar mis pensamientos.

—No, no revisé tus cosas. Siempre he sabido de la existencia de esas fotos —puntualizó.

Sentí que la cara comenzaba a arderme. Por un instante, el mundo entero se me apagó. Me quedé solo, completamente solo, en un espacio tan negro como una noche eterna, sin ruidos, sin variación ni posibilidad alguna de salir de ahí. Una sensación lo más cercana a la muerte en vida.

—Simon y yo hemos estado en contacto —continuó—. Me pidió que no te dijera nada, y yo estuve de acuerdo en guardarle el secreto. Él me contó todo lo que pasó.

La voz de Jade me llegaba en ráfagas imprecisas y entrecortadas, del mismo modo que una clave morse que trata de imponerse en medio de un huracán que se lleva la mitad del mensaje. ¿De qué estaba hablando? Con una mano palpé el bolsillo del pantalón y comprobé que la llave del coche seguía ahí. Sin pensarlo dos veces corrí hacia la puerta y me lancé hacia el exterior. La lluvia me abofeteó sin piedad e hizo el esfuerzo por lanzarme hacia el suelo por el peso del agua sobre mis hombros. Pero no me detuve. Seguí avanzando hacia el auto.

—¡Eric! —escuché a mis espaldas.

El barro era tan espeso que me costaba despegar mis zapatos para dar el siguiente paso. Escuché una carrera frenética tras de mí. La mano de Jade se clavó como una tenaza en mi brazo.

—Si no te dije nada fue porque nunca me abriste la puerta a tus verdaderos sentimientos. ¿Acaso creías que no sabía? ¡Eres mi mejor amigo! ¡Claro que sé! ¡Siempre lo he sabido! —gritó.

Traté de soltarme de su garra que atenazaba mi codo, pero ella no estaba dispuesta a dejarme ir.

—¡Simon sí te vio asomarte por la puerta de su cocina! —vociferó para hacerse oír por encima de los truenos y del viento que desordenaba las gotas de lluvia—. ¡Y todavía no se perdona haberte roto el corazón!

Huir. Salir de ahí. Regresar a mi casa en Pointe Dume, de donde nunca debí salir. Meterme bajo el cobertor y esperar la muerte. Una muerte tibia, silenciosa. No una muerte en vida, empapado de pies a cabeza, y con una loca a mi lado diciéndome cosas que no quiero oír. Que no puedo oír. No puedo.

Tiré con fuerza de mi brazo, en un intento desesperado por llegar pronto al coche. Pero mis pies tropezaron en lo que pareció ser un hoyo, o una piedra, o algún trozo de basura que alguien lanzó y que nadie se preocupó de recoger, y me fui de bruces. Sentí mi cara estrellarse contra un charco de lodo tibio, una suerte de enorme piscina café que me recibió de cuerpo entero y que me llenó la boca de tierra líquida. Jade se lanzó sobre mí para ayudarme a ponerme de pie. Pero yo había cambiado de planes: me quedaría ahí a esperar la muerte. Ni siquiera haría el intento de regresar a mi habitación. Todas mis fuerzas me habían abandonado.

—Se asustó, Eric. Simon se asustó de haberte hecho daño. A ti, a la persona que más lo había querido. A la única persona que realmente llegó a quererlo —enfatizó.

Cerré los ojos para hacer desaparecer a Jade, a esa noche de pesadilla, incluso a Salvador García, que se había asomado por la puerta y nos miraba desde la distancia con esos ojos incapaces de descifrar la realidad. Traté de pensar en otra cosa para espantar el frío y el dolor insoportable de mi corazón de hielo al hacerse pedazos entre mis costillas. "Rápido. En lo que fuera. Una imagen que consiguiera hacerme olvidar todo. Piensa, Eric. El mar. El mar desde nuestra terraza en Pointe Dume. Un atardecer lleno de rojos y lilas y gaviotas y sus sombras flotando sobre la arena. El sonido del viento al sacudir los arbustos de lavanda del jardín. Los ojos de Simon Davis. La boca de Simon Davis. El cuerpo de Simon Davis."

—¡Habla! —ordenó Jade—. ¡Dime algo! ¡Dime lo que estás pensando!

La inesperada irrupción del fantasma de Simon en medio de esa tormenta estaba haciendo que mi viaje hasta ese lugar perdiera su sentido original. Yo estaba ahí por otra cosa: para hacerle un favor a Chava. No para excusarme de mis sentimientos, ni para revelar mis miedos ante un desconocido. ¿Por qué Jade estaba hablando de mí, cuando teníamos que estar discutiendo sobre Chava? ¿Por qué tenía que confesar lo que sentía, si quien debía abrirnos su corazón era Salvador? No yo. ¡No yo!

Al comprobar que mis labios seguían sellados, Jade redobló el volumen de su voz:

—¿No vas a decir nada? ¿¡Nada?! ¿Ni siquiera una miserable palabrita? —exclamó, furiosa—. ¡Te advierto que si empiezas a decir palabras sueltas me voy a levantar e ir! ¿Y sabes por qué? Porque el amor y los sentimientos no son hashtags. No son palabras vacías. ¡Claro que no! Son estados del alma, Eric. ¡Y hay que comunicarlos para que duren para siempre! Pero tú nunca dices nada. Eres el hombre con más secretos que conozco. Te escondes de todo el mundo. Por eso te comunicas por medio de hashtags en Instagram. ¿Pero sabes qué? ¡Llegó la hora de salir, Eric! ¡Llegó la hora de mandar a la chingada tus putos hashtags! ¡Llegó la hora de decirle a todo el mundo la verdad!

Intenté cerrar la boca para no permitir que ninguna palabra escapara garganta arriba. Pero una fuerza aún más fuerte que mi voluntad, una lava hirviente e incontrolable trepó desde mi estómago, me obligó a separar los labios y estalló como un volcán al entrar en contacto con el exterior.

—¡Lo amo!

Las dos palabras detuvieron por un instante la lluvia y los latidos de mi corazón.

—Lo amo y no puedo olvidarlo…

Jade me abrazó con fuerza. Sentí sus manos acariciar mi cabello empapado y luego darme palmaditas sobre la camisa adherida a mi cuerpo.

—Lo sé, Eric. Siempre lo he sabido.

—¿Qué hago…? —dije muy despacio, a propósito, porque no estaba seguro de querer escuchar una respuesta.

Y cuando estaba preparado para oír la voz de Jade, una pregunta de Salvador García me tomó por sorpresa:

—¿A quién no puedes olvidar, chamaco?

Alcé la cabeza y descubrí al anciano junto a nosotros. Desde el suelo se veía alto y firme como un poste de luz. Al observarlo frente a su casa, bajo el cielo que se derramaba sobre nosotros, en dominio absoluto de su cuerpo e incluso de su mirada interrogante, me pareció que el paisaje que nos rodeaba era el escenario perfecto para él y sus ganas de desaparecer del resto del mundo.

—¿A quién no puedes olvidar? —repitió.

—A mi primer amor —confesé.

Las palmaditas de Jade en mi espalda aumentaron su intensidad. En lugar de molestarme el contacto, pude sentir la tibieza de sus cinco dedos comenzar a despertar mi piel entumecida y muerta. Una ola de calor bajó por mi espina dorsal y me abrigó por dentro y por fuera. Ya ni siquiera hice el intento de detener mis palabras. No iba a frenar lo que había comenzado.

—Se llamaba Simon Davis —susurré. Y ante el silencio del anciano, agregué—: sí, era un hombre. Me gustan los hombres.

Ya está. Lo dije.

Y ahora, que se acabe el mundo.

La mano de Jade se detuvo sólo un instante, el tiempo preciso para calibrar mi confesión. Luego de la breve pausa, retomó sus caricias, ahora con un cariño especial que me transmitió su orgullo y compañía.

—Creo que esto amerita un tequila —dijo Salvador y nos hizo un gesto para que lo siguiéramos de regreso a su casa—. Así se curan mejor las penas de amor.

Se dio la vuelta y se echó a andar hacia la puerta, que había quedado abierta y a través de la cual se alcanzaba a ver parte de la estancia iluminada. A mitad de camino se volvió hacia nosotros. Nos miró de arriba abajo, como si nunca nos hubiera visto.

—¿Ya tienen hambre?

No contesté. Estaba demasiado ocupado en sonreír una sonrisa nueva, recién estrenada. Una sonrisa tan ligera y aliviada como el resto de mi cuerpo, de mi conciencia y mi alma. ¿Eso era todo? ¿Tan simple era decir la verdad?

A partir de ese instante, las sombras me parecieron menos oscuras. La lluvia ya casi no mojó. El recuerdo de Simon Davis encontró por fin un lugar inofensivo dónde anidar dentro de mi pecho. La mano de Jade siguió inmóvil y cómplice sobre mi espalda, donde siempre había estado, sólo que esa noche fue la primera vez que me di cuenta. Y todo en medio de la tormenta. Y todo gracias a la tormenta.

34
#FOTOS

Todo sucedió de esta manera: yo entré a mi cuarto y sorprendí a mi padre sentado en la cama, mi computador abierto sobre sus piernas, y una expresión de horror desencajándole el rostro. No necesité hacer preguntas para saber qué había ocurrido. De inmediato en mi mente tuve la visión de su dedo índice haciendo avanzar la flecha del mouse por encima del *desktop*, rumbo a la carpeta. A *esa* carpeta. La que nunca imaginé que nadie abriría, excepto yo. La carpeta donde fui depositando todas las fotos que nunca quise alterar con filtros o triquiñuelas de Photoshop. La carpeta que a lo largo de mi relación con Simon Davis fue la única en conocer los detalles más privados de mis furtivas visitas a su recámara. Imaginé su dedo apretando dos veces el mouse y viendo cómo aquella carpeta desplegaba su contenido prohibido, una foto tras otra, todas frente a los ojos desorbitados de mi padre, que ni siquiera fue capaz de articular ni una maldita palabra, cuando la puerta se abrió y yo entré a mi cuarto y lo sorprendí con las manos en la masa.

La mueca de asco congelada en su boca me dijo todo lo que tenía que saber.

Se levantó de un salto. La laptop cayó al suelo y se quedó ahí, encendida, la pantalla llena de un primer plano de una piel que no alcancé a reconocer si era mía o de Simon. Una piel de poros abiertos, de sudor. Una piel llena de lenguas, de dedos, de saliva ajena. Una piel que humillaba a mi padre, a su apellido, a todos los planes que tenía para mí.

—Papá… —atiné a decir.

Me empujó hacia un lado con tanta violencia que pensé que regresaría para estamparme un puñetazo en plena cara, o a partirme en dos con sólo un puño desafiante. Pero prefirió huir, y salió a tropezones hacia el pasillo.

—¡Papá! —grité.

Atravesé tras él el largo corredor de las habitaciones y juntos nos encontramos cara a cara con mi madre, quien acababa de entrar a casa desde su taller de pintura y aún no se quitaba su delantal manchado de óleo. Ella se asustó al descubrir de pronto el rictus desencajado de mi padre.

—Richard, ¿qué pasa? —preguntó.

Mi padre no le dijo nada, pero le hizo un gesto para que saliera con él de la casa.

—¡Papá, por favor regresa! —supliqué.

Esta vez tampoco me hizo caso. Salí corriendo justo cuando ambos terminaban de subirse al Audi, el mismo Audi azul metálico que fotografié y subí a Instagram para así inaugurar mi cuenta. Vi perderse el coche al final de la calle. Lo último que escuché fue el adiós para siempre que me dieron el brusco cambio de la caja de velocidades y el chirrido de los neumáticos al dar la vuelta en la esquina.

El resto… el resto no necesité vivirlo para tener la certeza de cómo ocurrió. Puedo apostar que mi padre debe haber salido a toda velocidad por Cliffside Dr rumbo a la Pacific Coast Highway. Devastado. Las manos aferradas al volante. Los nudillos blancos de tan tirante que tenía la piel. Mi madre, lo más probable, le repetía una y otra vez que se trataba de un error, un lamentable error, que yo era un buen hijo, uno que jamás sería capaz de hacer algo tan sucio y repugnante; el hijo perfecto. ¿Acaso no era ése el burdo cliché que siempre repetían? Y mi padre tiene que haber acelerado aún más en esa curva donde mi madre siempre le pedía que bajara la velocidad, justo antes del semáforo. Los dos deben haber gritado de horror al ver aparecer el camión por Cross Creek Rd. Un camión que surgió de la nada. Un camión que no estaba en los planes de nadie. Y entonces vino el torbellino que dejó el cielo abajo y el pavimento arriba. El final del sueño y el comienzo de la pesadilla.

Un par de horas después sonó el teléfono. Corrí a contestar, claro, aunque ya sabía cuál era la noticia que iban a darme.

—¿Eric? Habla Jeremy Kerbis. Soy el abogado de tu padre —dijo la voz al otro lado de la línea.

—¿Cómo están ellos? —pregunté mientras manoteaba en el aire para poder conservar el equilibrio.

—Es mejor que vengas al hospital —respondió con ese mismo tono lleno de falsa calma que se usa cuando se tiene que comunicar una tragedia—. ¿Tienes cómo llegar al Cedars Sinai o necesitas que vayan por ti?

Fue así como la noche más larga de mi vida comenzó cuando el sol aún brillaba con fuerza en el cielo.

35
#LÁGRIMA

Al día siguiente, Mexicali amaneció luminoso y transparente, como si alguien se hubiera dedicado a limpiar el mundo durante horas con el mejor de los solventes. El implacable resplandor blanquecino me obligó a cubrir los ojos con la mano a modo de visera, para poder dar un paso fuera de la casa. El sol del desierto había secado hasta la última gota de lluvia y la tierra volvía a lucir sus habituales grietas y resquebrajaduras. Jade salió protegida por su enorme sombrero de diva de telenovela y un par de gafas plásticas y oscuras que le tapaban parte de la frente y la mitad de las mejillas.

—¿Ya te pusiste bloqueador solar? —preguntó, extendiéndome un tubo de crema. Y al ver que negué con la cabeza, sentenció—: Mal hecho, Eric. Los rayos ultravioletas son más dañinos que un cigarrillo. Googléalo si no me crees. Es así de grave. Toma, es factor 50.

Como vi que no iba a rendirse en su intento de pasarme el frasco de bloqueador solar, no me quedó más remedio que acercarme y recibírselo.

—Sí, soy de esa clase de amiga, Eric —dijo con orgullo—. De las que se preocupa por tu corazón, pero también por tus lunares. ¿O no has escuchado hablar de los melanomas?

En cosa de minutos terminamos de cargar el coche con nuestras pertenencias y estuvimos listos para emprender el regreso hacia Los Ángeles. Nos esperaba un poco más de cuatro horas de camino en el que, con toda seguridad, mi amiga iba a cuestionarme de principio a fin sobre mi relación con Simon Davis, los pormenores de nuestra ruptura, y los planes que tenía hacia el futuro. Ahora que por fin podíamos conversar con toda sinceridad, era evidente que el tono de nuestras pláticas iba a cambiar. Jade no se reprimiría ninguna interrogante. Eso era un hecho. Iba a querer que le aclarara hasta el último detalle de cada una de sus dudas y que le justificara mis razones para haber hecho lo que hice. Y yo… Por más que intentara negármelo en el interior de la cabeza, mi interés por saber acerca de la nueva vida de Simon junto a su madre en Miami era más fuerte que cualquier dolor o coraje que pudiera tenerle. ¿Acaso estaba entre sus planes regresar a Los Ángeles? ¿Qué pensó cuando me vio asomarme por la puerta de su cocina? ¿Hablaba en serio cuando dijo que nadie lo había querido como yo? Por lo visto, no sólo Jade tenía suficiente material de conversación al que echar mano durante el trayecto. Yo también necesitaba hablar y hacer preguntas. Por primera vez.

Recién en ese momento me di cuenta de que hacía días que no alimentaba mi Instagram. Y al revés de lo que imaginé que sucedería, no me importó. Me sentí libre por el hecho de no tener que seleccionar un filtro especial que alterara los colores originales. Libre de no quedarme esperando por los *likes* y comentarios para que así aumentara el tráfico de mis redes sociales. Libre de no estar obligado a resumir en un simple hashtag todos los sentimientos que habían provocado la fotografía. En lugar de comunicárselas al resto, iba a vivir las emociones más allá de mi iPhone.

Jade pareció adivinar mis pensamientos. Ay, Jade. A veces pienso que de verdad entiendes mucho más de lo que realmente confiesas.

—Vamos a tomarnos una foto de despedida —dijo—. Una para Chava y otra para el recuerdo.

Sin esperar por mi respuesta, Jade entró a grandes zancadas a la casa. A los pocos segundos salió en compañía de Salvador, que ni siquiera necesitó entornar los ojos ante el brusco cambio de luz. No cabía duda que el hombre pertenecía a ese espacio. Hasta su cuerpo se había convertido en una prolongación del desierto. Por más que hice el intento, no conseguí imaginármelo caminando por alguna bulliciosa y contaminada calle de Boyle Highs, o de paseo por el muelle de Santa Mónica. Salvador García era la prueba perfecta de que sí era posible cambiar de piel y volver a nacer convertido en otra persona. Si él había conseguido empezar de nuevo luego de dejar a Chava y a Paty, yo también tenía la esperanza de ser capaz de reinventarme un nuevo destino, ahora huérfano y sin secretos. Sonreí.

—Quédese quieto ahí. Sí, ahí… sólo unos segundos —ordenó Jade al anciano, haciéndose cargo de la situación—. Vamos, Eric… Dispara. ¡Rápido!

De un certero movimiento saqué el iPhone de mi bolsillo y apreté el obturador. El reseco rostro de Salvador ocupó por completo la pantalla. La calidad de la imagen permitía apreciar hasta el último surco que le partía en pentagrama la frente y que luego seguían su camino hasta las mejillas y las comisuras. Sus intensos ojos de aceituna miraban directo al lente, queriendo decirme algo que no logré identificar, pero que me hizo sentir bien. Apreciado. Cómplice. Del mismo modo que me sentí al observar a Chava por primera vez.

—¡Y ahora una selfie! —gritó Jade con entusiasmo—. Ven aquí, Eric. Acércate.

Nos acomodamos cada uno a un costado de Salvador, hombro con hombro. El anciano no terminó de entender qué estaba sucediendo, ni siquiera después de que estiré el brazo hacia el frente con el teléfono en la mano, lo apunté hacia nosotros e inmortalicé el momento.

El resultado fue una fotografía perfecta: tres rostros completamente distintos entre ellos; tres expresiones que contaban tres relatos únicos e irrepetibles; tres momentos particulares en la historia de la humanidad; tres futuros que empezaban a dar sus nuevos pasos luego de un giro imprevisto en el camino.

Pero lo más sobresaliente de la imagen no era nada de lo anterior. Era un pequeño detalle: un delicado chispazo de luz que iluminaba uno de mis párpados. Y cuando se la enseñáramos a Chava en el hospital, y él lleno de curiosidad le hiciera *zoom in* a la foto, iba a darse cuenta con toda claridad de que ese destello en mi rostro no era más que una pequeña lágrima que se asomaba por uno de mis ojos. Y cuando me preguntara por ella, le diría que es la primera lágrima de esta nueva vida. La primera del resto de mis días.

Y de pronto me sentí remando a favor de la corriente, sin esfuerzo, casi sin mover los remos que se hundían en el agua desde la embarcación donde iba contemplando fascinado el paisaje que avanzaba a mi alrededor sin oponer resistencia, consciente de que a partir de hoy al fin me iba a convertir en algo grande y poderoso. Por primera vez no tenía que pelear contra nada.

Ni nadie.

Cerré los ojos.

Y pedí un deseo, sólo uno, convencido de que esta vez la vida sí me lo iba a cumplir.

ÍNDICE

Hashtag de José Ignacio Valenzuela
se terminó de imprimir en abril de 2017
en los talleres de
Litográfica Ingramex, S.A. de C.V.
Centeno 162-1, Col. Granjas Esmeralda, C.P. 09810
Ciudad de México.